A ILHA MISTERIOSA
Júlio Verne

A ILHA MISTERIOSA

Júlio Verne

adaptação
Clarice Lispector

JOVENS LEITORES

Título original
L'ÎLE MYSTÉRIEUSE

Copyright © 1973 by Clarice Lispector e
© 2006 by herdeiros de Clarice Lispector

Direitos para a língua portuguesa reservados
com exclusividade para o Brasil à
EDITORA ROCCO LTDA.
Av. Presidente Wilson, 231 – 8.º andar
20030-021 – Rio de Janeiro, RJ
Tel.: (21) 3525-2000 – Fax: (21) 3525-2001
rocco@rocco.com.br
www.rocco.com.br

Printed in Brazil/Impresso no Brasil

CIP-Brasil. Catalogação na fonte
Sindicato Nacional dos Editores de Livros, RJ.

L753i

Lispector, Clarice, 1920-1977
A ilha misteriosa/Júlio Verne; adaptação de Clarice Lispector. –
Primeira edição. – Rio de Janeiro: Rocco, 2007.
Adaptação de: L'île mystérieuse/Júlio Verne
ISBN 978-85-325-2014-2
1. Literatura infantojuvenil. I. Verne, Júlio, 1828-1905
II. Título.

06-0042   CDD – 028.5   CDU – 087.5

Este livro foi impresso com papel Chamois Fine Dunas 70g/m²,
da Ripasa S/A, fabricado em harmonia com o meio ambiente,
na Editora JPA Ltda. Av. Brasil, 10.600 – Rio de Janeiro – RJ
para a Editora Rocco Ltda.

O texto deste livro obedece às normas do
Acordo Ortográfico da Língua Portuguesa.

A ILHA MISTERIOSA

PRIMEIRA PARTE

Os náufragos do ar

Capítulo 1

O FURACÃO DE 1865 — GRITOS NOS ARES
UM BALÃO ARRASTADO POR UMA TROMBA-D'ÁGUA
O INVÓLUCRO ROTO — MAR E SÓ MAR
CINCO PASSAGEIROS
O QUE SE PASSA DENTRO DA BARQUINHA
COSTA DO HORIZONTE — DESENLACE DO DRAMA

— E agora, estamos subindo?
— Pelo contrário, Sr. Cyrus! Estamos descendo e caindo! Estamos muito perto do mar! Já jogamos fora tudo o que pesa! Que a misericórdia divina tenha pena de nós!

Essas eram as palavras que trovejaram no deserto de águas do Pacífico, no dia 23 de março de 1865. Ninguém esqueceu o terrível furacão que naquele ano durou nove dias. Os destroços e ruínas dessa tempestade na América, na Europa e na Ásia foram imensos: cidades arrasadas, florestas inteiras arrancadas, navios arremessados à costa, milhares e milhares de pessoas esmagadas em terra ou sepultadas no mar. Nos ares também se passava espantoso drama. Um balão, como uma bolha de sabão no alto de uma tromba, percorria o espaço com uma velocidade incrível. Embaixo do balão oscilava uma barquinha com cinco passageiros dentro. De onde viria ele, verdadeiro joguete da medonha tempestade? Os passageiros não podiam calcular o caminho percorrido desde o ponto de partida porque não tinham pontos de referência. Haviam mudado de lugar e girado, sem perceber a rotação ou o deslocamento. E seus olhos não podiam penetrar o denso nevoeiro que se acumulava por baixo da barquinha. Tão opacas eram as nuvens que nem sequer poderiam dizer se era noite ou dia. Nem um raio de luz, nem um som longínquo de terras habitadas – nada podia chegar até eles enquanto tinham percorrido as altas zonas da atmosfera. A rápida descida é que os fazia imaginar o perigo que corriam por sobre as ondas.

Jogaram fora objetos pesados como munições, armas e mantimentos, e assim o balão subira de novo para as camadas superiores da atmosfera. Os passageiros jogaram fora até os objetos mais úteis. E a noite passou-se no meio de inquietações. Até que reapareceu o dia, e com este alguma tendência no furacão para acalmar. Naquele dia, 24 de março, começaram a manifestar-se alguns sinais de o tempo abrandar. Por volta das onze horas, a parte inferior do ambiente estava sensivelmente mais limpa. E o furacão não caminhara mais além na direção do oeste. Mas o balão voltara a descer lentamente para as camadas inferiores da atmosfera. Os passageiros resolveram então lançar fora do balão os últimos objetos que ainda podiam fazer peso na barquinha, os mantimentos que ainda guardavam, tudo enfim, até o que traziam nos bolsos. Mas tornara-se evidente aos passageiros que não lhes era possível manter por mais tempo o balão nas zonas elevadas – porque faltava o gás! E por consequência – estavam perdidos! Pois debaixo deles não se estendia nenhum continente, nem mesmo uma ilha. O que se via era o mar imenso, cujas ondas batiam umas de encontro às outras com incomparável violência. Fosse como fosse, custasse o que custasse, era necessário suspender o movimento de descida do balão para não serem engolidos pelas ondas, e era no intento de realizar essa operação urgente que os passageiros da barquinha se empenhavam. Mas apesar dos seus esforços o balão continuava a descer. Era terrível a situação daqueles desgraçados. O fluido do balão cada vez se escoava mais rapidamente, sem ser possível retê-lo. Era impossível impedir a fuga do gás, que se escapava por um rasgão do aparelho. A catástrofe era inevitável. O mais que se poderia fazer era adiá-la e se, antes da noite, não fosse visível um pedaço de terra, tudo seria submerso pelas ondas. Os passageiros eram gente enérgica que sabia contemplar a morte frente a frente, sem um só murmúrio. Tinham resolvido lutar até o último instante e empregar todos os meios humanamente possíveis para demorar a queda. A barquinha era imprópria para flutuar nas águas. Em dado momento ouviu-se a voz potente e firme de um homem cujo ânimo era inacessível a qualquer receio: "Jogaram fora tudo?" "Não; ainda restam dez mil francos em ouro!" E logo um pesado saco caiu no mar.

— E a barquinha?

— Agarrem-se todos à rede! E barquinha ao mar!

Era o único e último meio de aliviar o balão. Cortaram-se as cordas que o prendiam à barquinha e, depois que esta caiu, o balão subiu. Todos sabem que é grande a sensibilidade estática dos aeróstatos. Basta diminuir-lhes o peso para produzir uma boa subida. Os cinco passageiros tinham trepado na rede e, agarrados às suas malhas, contemplavam o abismo. O balão, porém, depois de se ter por instante equilibrado nas zonas superiores, tornou a descer. É que o gás fugia pelo rasgão e era impossível impedir esta avaria. Os passageiros tinham feito tudo quanto se podia fazer. Dali em diante nenhum meio humano os salvaria. Só do auxílio divino tinham alguma coisa a esperar.

De repente ouviu-se um latido sonoro. Era o cão que acompanhava os passageiros.

— Top viu alguma coisa! — exclamou um dos passageiros. E logo depois ouviu-se uma voz forte que gritava: "Terra! Terra!"

Na realidade os passageiros viram uma terra bastante alta. Mas essa terra visível estava muito longe. Demorariam talvez uma boa hora de caminho antes de abordá-la, e isso se o balão não se desviasse. Uma hora! E antes dessa hora já não se teria escoado o resto do fluido do balão? Esta era a questão terrível! Os passageiros já viam distintamente aquele ponto sólido que a todo custo tinham que alcançar. Ignoravam ainda o que era, se ilha ou continente, e nem sabiam ao certo para que parte do mundo o furacão os arrastara. O essencial era alcançar aquele bocado de terra, habitada ou não, hospitaleira ou não. Mas às quatro horas via-se que o balão não podia aguentar-se e corria raso com a superfície do mar. Já a crista de algum vagalhão enorme lhe lambia a parte baixa da rede. O balão parecia um pássaro com chumbo na asa. Meia hora depois, estavam bem próximos da terra. Mas o balão, esgotado, já todo pregueado, agora só continha gás na sua parte superior. Os passageiros estavam até meio corpo imersos na água e açoitados pelas ondas furiosas. De repente eis que o balão, impulsionado por um formidável golpe de mar, subiu num pulo inesperado. Mas daí a pouco aproximava-se obliquamente da terra e caía na areia da praia, fora do alcance das ondas. Os passageiros conseguiram soltar-se das malhas da rede. Sem peso, o balão subiu no ar para sempre.

Só quatro dos náufragos, além do cachorro, chegaram à praia. O quinto passageiro na certa fora levado pelas ondas do mar. Mal os quatro náufragos pisaram na terra, pensaram no companheiro ausente e quiseram salvá-lo.

Capítulo 2

EPISÓDIO DA GUERRA DE SECESSÃO
O ENGENHEIRO CYRUS SMITH — GEDEON SPILETT
O PRETO NAB — O MARINHEIRO PENCROFF
O JOVEM HARBERT — INESPERADA PROPOSTA
REUNIÃO APOSTADA PARA AS DEZ DA NOITE
PARTIDA NO MEIO DA TEMPESTADE

Os passageiros que o furacão lançara à costa não eram nem aeronautas de profissão, nem ao menos amadores de expedições aéreas. Eram cinco prisioneiros de guerra que tinham conseguido fugir correndo risco de vida. Entre eles, um dos mais notáveis era Cyrus Smith, oficial do Estado-Maior federal na Guerra de Secessão. Além de engenheiro, era um homem de ciência de primeira grandeza, encarregado durante a guerra da direção geral dos caminhos de ferro. Era magro, de ossos fortes e salientes, enxuto de carnes; quarenta e cinco anos de idade, já lhe apareciam muitos cabelos brancos; usava barba e bigode. Possuía uma bela cabeça, como a de um medalhão. Seu olhar era ardente, a boca séria, a fisionomia a de um homem de ciência. Além de um espírito engenhoso, era dotado de suprema habilidade manual. Seus músculos eram flexíveis, e, sendo um homem de ação e um homem de ideias, todos os seus atos se realizavam sem esforço. Todo o seu caráter tinha a persistência que afronta qualquer azar da sorte. Além do mais era um homem de grande instrução, extremamente prático. Dele também se podia dizer que era a coragem em pessoa. Durante a Guerra de Secessão havia entrado em todas as batalhas até que foi ferido e feito prisioneiro no campo de batalha de Richmond.

No mesmo dia que Cyrus Smith era preso, outro personagem importante caía em poder dos inimigos: Gedeon Spilett, repórter do *New York Herald,* encarregado de relatar as peripécias da guerra. Ele não recuava diante de coisa alguma quando se tratava de obter uma informação exata. Spilett era jornalista de grande importância. Enérgico, rápido, cheio de ideias, praticamente conhecedor do mundo inteiro, soldado e artista, herói da curiosidade, da informação, do impossível, ele não temia nenhum perigo. Também entrara em todas as batalhas, com o revólver numa das mãos e o caderno na outra, sem que o fragor das metralhadoras lhe fizesse tremer o lápis. Tinha estatura elevada e uns quarenta anos de idade. Emolduravam-lhe o rosto suíças louras, um tanto arruivadas. O olhar era calmo, mas vivo e rápido. Havia dez anos que Spilett era repórter do *New York Herald,* escrevendo e desenhando. Quando fora aprisionado, estava fazendo a descrição e o desenho da batalha. O tiro que lhe era dirigido falhou e Spilett saiu, como sempre, sem um arranhão. Cyrus e Spilett foram ambos transportados para Richmond. Os dois simpatizaram um com o outro e tiveram ocasião de apreciar-se mutuamente. Logo ambos só tinham um objetivo: fugirem e unirem-se ao exército de Grant. Mas, embora os dois americanos quisessem aproveitar a primeira oportunidade e estivessem em liberdade na cidade, esta era tão rigorosamente vigiada que a evasão devia se considerar impossível.

Foi quando apareceu a Cyrus Smith um seu servo que lhe havia votado dedicação para a vida e para a morte. Era um negro nascido nas propriedades do engenheiro, de pai e mãe escravos mas libertados por Cyrus, que era abolicionista de razão e coração. O ex-escravo votara-lhe uma amizade tal que sacrificaria a própria vida por ele. Tinha uns trinta anos, era vigoroso e ágil, inteligente e pacífico; às vezes ingênuo, embora sempre bom. Chamava-se Nabucodonosor mas atendia pelo apelido de Nab. Nab largou tudo, chegou a Richmond e, com astúcia e habilidade, pondo sua vida em risco, conseguiu penetrar na cidade cercada. Entrar em Richmond era mais fácil do que sair dela. Só se aparecesse uma ocasião extraordinária para a fuga, o que era difícil.

Se era difícil aos prisioneiros fugir, havia também um certo Jonathan Forster, partidário furioso do Sul que também não podia ir unir-se aos seus, investidos como estavam pelo exército do Norte. Jonathan Forster teve então a lembrança de subir num balão, a fim de atravessar as linhas dos sitiadores e alcançar assim o campo dos separatistas. O governador autorizou a tentativa. Fabricou-se o aeróstato e foi posto à disposição de Jonathan, que devia ir acompanhado por cinco pessoas, todas bem armadas e bem providas de mantimentos. A partida devia efetuar-se à noite. Mas no dia fixado houve furacão e tempestade, e Forster teve de adiar a partida. O balão permaneceu na grande praça de Richmond, à espera de melhor tempo. Mas este só piorava: era impossível partir. Nesse dia aproximou-se de Cyrus Smith um marinheiro chamado Pencroff, homem entre trinta e cinco e quarenta anos, vigoroso, de olhos vivos e boa cara. Era um americano do norte que já navegara todos os mares do globo e estava pronto para todas as ousadias. Achava-se ali bloqueado e com um só pensamento: fugir. Dirigiu-se assim a Cyrus:

— Não estais farto de Richmond, Sr. Smith? Quereis fugir?

— Quando? — respondeu imediatamente o engenheiro, que, observando a fisionomia franca e leal do marinheiro, viu que tinha diante de si um homem honrado. Acrescentou:

— Quem sois?

Pencroff deu-se a conhecer. Então Cyrus perguntou-lhe por que meio seria a fuga.

— Por meio do balão que ali deixaram abandonado e que parece estar esperando por nós... — Antes que concluísse, o engenheiro entendeu e levou-o para sua casa.

Lá o marinheiro explicou minuciosamente o seu projeto, na realidade muito simples. Na execução dele não havia risco

— só o da vida. Cyrus escutava o marinheiro com os olhos brilhantes. Não era homem de deixar a ocasião escapar. O projeto era perigosíssimo, porém exequível.

— Mas eu não sou só! — explicou Cyrus. — Tenho o meu amigo Spilett e o meu criado Nab.

— Sois então três — ponderou Pencroff. — Com Harbert e comigo, cinco. Ora, o balão era para levar seis...

— Basta. Partiremos! — disse Cyrus Smith.

Logo que o projeto foi comunicado ao repórter, este aprovou-o sem reservas. O que o espantou foi que uma ideia tão simples não lhe tivesse ocorrido. Combinaram que se encontrariam às dez horas da noite, fingindo cada um passear. Pencroff voltou para casa, onde estava o moço Harbert Brown, que estava a par do plano do marinheiro e esperava com ansiedade o resultado do convite ao engenheiro. Eram, pois, cinco homens intrépidos que iam arrojar-se em plena tempestade!

Veio afinal a noite, e muito escura. A chuva caía envolvida em flocos de neve. E havia denso nevoeiro. As ruas da cidade estavam desertas. Com semelhante tempo, horrível, ninguém julgara necessário vigiar a praça e o balão. Tudo favorecia a fuga dos prisioneiros. Mas que horrível viagem os esperava, através da tempestade!

Os cinco prisioneiros encontraram-se junto da barquinha do balão. Ninguém os vira, e a obscuridade era tal que nem podiam ver-se uns aos outros. Cyrus, Spilett, Nab e Harbert ocuparam lugar na barquinha, sem dar palavra, enquanto Pencroff, por ordem do engenheiro, soltava os sacos de lastro, e logo ia unir-se aos companheiros. Faltava só Cyrus dar ordem e o balão subir. Neste momento Top, o cão do engenheiro, escalou a barquinha de um salto. Cyrus, receando um excesso de peso, queria mandar embora o pobre animal, mas Pencroff disse que cabia mais um, deslastrando a barca de dois sacos de areia. Em seguida soltou a extremidade do cabo. O balão, partindo em direção oblíqua, desapareceu depois de ter batido de encontro a duas chaminés. O furacão estava em plena violência. Não pretendiam de noite descer a terra e, quando amanheceu, a vista do solo estava completamente interceptada por densos nevoeiros. Só cinco dias depois é que uma clareira deixou ver o mar imenso. Já dissemos que, destes cinco homens, quatro tinham sido lançados numa praia deserta. O homem que faltava e que os quatro sobreviventes do balão queriam salvar era o chefe natural de todos – o engenheiro Cyrus Smith!

Capítulo 3

QUEM FALTA À CHAMADA — DESESPERO DE NAB
BUSCAS PARA O NORTE — O ILHÉU
TRISTE NOITE DE ANGÚSTIA
O NEVOEIRO DA MANHÃ — NAB A NADO
VISTA DA TERRA — PASSAGEM DO CANAL

O engenheiro fora levado por um golpe de mar. O cão desaparecera também, pois precipitara-se para socorrer o dono. – Avante! – gritou o repórter. E todos os quatro, esquecendo cansaço e trabalhos, começaram a busca. O pobre Nab chorava de raiva e desespero ao pensar que perdera tudo o que amava no mundo. – Procuremos! Procuremos! gritava Nab. – Havemos de encontrá-lo! –, apoiava Spilett –, e vivo ainda! Ele sabia nadar! E mesmo que não soubesse, Top está com ele!

Na parte norte da costa, a mais ou menos meia milha do lugar onde os náufragos haviam desembarcado, é que o engenheiro desaparecera. Era então perto das seis horas. Havia um grande nevoeiro que tornava a noite escuríssima. Os náufragos caminhavam, em direção norte, na terra desconhecida, cuja situação geográfica nem lhes era dado suspeitar. O chão arenoso e pedregoso parecia não ter nenhuma vegetação. Gaivotas saíam voando dos buracos na terra. De vez em quando, os náufragos chamavam em altos gritos e escutavam para ver se ouviam alguma voz respondendo do mar. Mas entre o rugir das ondas e o ruído da ressaca não sobressaiu nenhum grito. Depois de caminhar uns vinte minutos, o grupo foi detido por uma espumosa orla de vagas: ali terminava o terreno sólido. Era um promontório e o jeito seria entrar pela terra adentro.

– E se ele está aí! – acudiu Nab apontando para o oceano escuro. Todos soltaram um vibrante grito de chamada mas ninguém respondeu. Tornaram em vão a gritar. Então voltaram pelo mesmo caminho mas seguindo pelo lado oposto do promontório. Caminhavam para o sul, parte oposta àquela que Cyrus podia ter abordado.

Não havia curvatura no litoral que os levasse para o norte. Mas o promontório devia ligar-se com a terra firme. Apesar de exaustos, os náufragos caminhavam cheios de ânimo. Mas foi com desconsolado espanto que, depois de andarem muito, depararam de novo o mar, detendo-os numa ponta bastante alta e formada de escorregadios rochedos. – Estamos num ilhéu! – observou Pencroff. – E o pior é que já o percorremos de um extremo a outro!

Era exata a observação do marinheiro. Não se tratava de um continente e nem mesmo de uma ilha – apenas de um ilhéu que não tinha mais de duas milhas de comprimento e cuja largura era de pequena monta. O ilhéu era árido, pedregoso, sem vegetação, apenas refúgio para algumas aves marítimas. Faria parte de algum arquipélago? No meio de tamanha escuridão, porém, não era possível saber. E não era possível sair do ilhéu, que era cercado de mar. Era forçoso deixar para o dia seguinte a procura do engenheiro. Segundo o repórter, o silêncio de Cyrus nada provava: podia estar momentaneamente fora do estado de responder, mas não era caso de desesperar. Em seguida deu a ideia de acender uma fogueira que servisse de sinal ao engenheiro. Mas não se achou lenha ou mato seco: areia e pedras era tudo quanto havia ali. Era forçoso esperar pela luz do dia. Ou o engenheiro conseguira salvar-se sem auxílio alheio ou estava perdido para sempre. Demoraram muito a passar aquelas horas. Fazia um frio penetrante e os náufragos sofriam cruelmente mas nem ligavam, só pensavam no chefe, esperando sempre. Escutavam, gritavam, tudo inutilmente. Um dos gritos de Nab pareceu reproduzir-se no eco. Harbert fez notar o fato e acrescentou-se que isso parecia provar que havia para oeste uma costa próxima. Pencroff concordou. O eco longínquo, porém, foi a única resposta aos brados de Nab.

Passou-se a noite. Pelas cinco horas da manhã do dia 25 de março o horizonte continuava sombrio ainda e com os primeiros alvores da manhã levantou-se do mar uma neblina tão densa que nada se enxergava além de vinte passos de distância, o que era um grande contratempo.

– Apesar de nada ver – ponderou Pencroff –, sinto a costa, adivinho-a... deve estar ali... além...

O nevoeiro, porém, em breve se levantou. Por volta das seis e meia a névoa foi se tornando mais diáfana, revelando a costa! Sim!, a terra está ali. E a salvação provisoriamente assegurada. Corria uma rápida corrente de água entre o ilhéu e a costa. Nab, sem consultar ninguém e sem se explicar, arremessou-se à corrente. Pencroff ainda o chamou mas debalde. O repórter queria seguir o mesmo caminho de Nab mas Pencroff disse-lhe que para socorrer o engenheiro bastava Nab e que era melhor ter paciência de esperar quando a maré estivesse baixa. Enquanto isso, Nab nadava contra a força da corrente, procurando cortá-la em direção à costa. Nisso levou mais de meia hora, ao fim da qual saiu da água encontrando o sopé de uma alta muralha de granito. Partiu correndo até que desapareceu por detrás de uma ponta de rochedo. Os companheiros seguiam-no de longe com ansiedade mas logo deixaram de vê-lo. Comiam marisco colhido na praia: era pouco mas sempre melhor do que nada.

No planalto superior da costa, nem uma só árvore. Era uma mesa rasa. Pelo menos assim é que era vista do ilhéu. Lá não faltava verdura. E era fácil distinguir uma massa confusa de grandes árvores que se perdia além dos limites da visão. Aquela verdura alegrava os olhos, levantando os ânimos dos náufragos.

Não se podia decidir se aquela terra era uma ilha ou se fazia parte de algum continente.

Spilett, Pencroff e Harbert observavam atentos a terra em que iriam viver por longos anos, morrer talvez. Pencroff disse-lhes que daí a três horas poderiam tratar da vida e de encontrar o Sr. Smith. E não se enganara nas previsões. Dali a três horas, na maré baixa, a maior parte das areias que constituíam o leito do canal estava a descoberto. Entre o ilhéu e a costa havia apenas um estreito canal, fácil de ser atravessado. Spilett e os dois companheiros despiram-se, ataram sua trouxa na cabeça e meteram-se no canal. Harbert era o único que não tinha pé na água mas como nadava como um peixe saiu-se da empresa às mil maravilhas. E todos os três chegaram sem dificuldade ao outro lado, vestiram-se e reuniram-se em conselho.

Capítulo 4

A FOZ DO RIO — AS CHAMINÉS
CONTINUAM AS BUSCAS
A FLORESTA DE ÁRVORES VERDES
A PROVISÃO DE COMBUSTÍVEL
ESPERA-SE PELA MARÉ
DO ALTO DA COSTA
A CARGA DE LENHA — VOLTA À PRAIA

O repórter abriu a sessão dizendo ao marinheiro que o esperasse naquele mesmo lugar, e sem perda de um momento meteu-se pelo litoral, na mesma direção que horas antes seguira o negro. Harbert quis acompanhá-lo.

— Fica, meu rapaz — disse-lhe então o marinheiro —, pois temos que preparar o acampamento e ver se é possível comer alguma coisa mais sólida que mariscos. Procedamos com método. Estamos cansados, temos frio e fome. O que há a fazer é arranjar um abrigo, fogo e o que comer. Na floresta há lenha, os ninhos têm ovos. Resta encontrar uma casa.

— Encarrego-me de procurar entre estes penedos uma gruta — volveu Harbert.

Encaminharam-se para a zona sul. Por ali voavam bandos de aves aquáticas. Um só tiro mataria bom número delas. Mas para dar um tiro é necessário ter arma de fogo, coisa que nem Pencroff nem Harbert possuíam. Nesse ínterim Harbert avistou alguns rochedos atapetados de algas. Ali pululavam mariscos, o que não era para se desprezar por gente esfomeada. O marinheiro pensou que eram mexilhões, o que viria substituir os ovos não achados. Mas Harbert, que examinara atento os moluscos, disse que eram litodomos e, à pergunta de Pencroff se aquilo se comia, respondeu que sim. Pencroff e Harbert comeram-nos como quem come ostras, com a diferença de que tinham um forte sabor apimentado. Assim conseguiram, pelo menos no momento, enganar a fome mas não a sede, que aumentava à proporção que iam absorvendo os tais moluscos naturalmente condimentados. Urgia encontrar água doce. Pencroff e Harbert, com ampla provisão de moluscos nos bolsos e lenços, voltaram ao sopé da terra alta. Chegaram logo à costa onde devia correr o fluxo de algum rio ou riacho. Encontraram um riozinho que desembocava de entre as duas muralhas de granito. Haviam, pois, encontrado água e lenha. Só lhes faltava casa. A água era doce e potável. Procuraram em vão alguma cavidade que pudesse servir de abrigo. Num determinado lugar, todavia, e longe do alcance das águas, os esboroamentos da rocha tinham formado não uma gruta, mas uma acumulação de enormes penedos, tal como se encontram nas regiões graníticas, e a que se dá o nome de *chaminés*. Pencroff entendeu que, obstruindo parte de alguns corredores, tapando uma ou outra abertura com pedras e areia, as chaminés podiam se tornar habitáveis. Afirmou:

— Estamos arranjados. O Sr. Smith, se o tornarmos a ver, saberá tirar partido deste labirinto.

— Iremos vê-lo, sim, Pencroff, e quando ele voltar convém que encontre habitação pelo menos tolerável. E isto conseguiremos se arranjarmos uma lareira com suficiente abertura para a saída da fumaça.

Pencroff concordou e achou que as chaminés iam servir-lhes maravilhosamente. Precisavam fazer provisão de combustível enquanto, com a lenha, podiam tapar os buracos. Ambos caminharam rio acima e, depois de uns bons quinze minutos, chegaram até a rápida volta que o rio fazia à esquerda, continuando através de uma floresta de magníficas essências. Por entre as belas árvores vegetavam moitas de pinheiros mansos que terminavam em amplo e opaco guarda-sol. Pencroff, caminhando entre a erva alta, sentia debaixo dos pés o estalido dos ramos secos. Não era preciso esgalhar as árvores, pois no chão jaziam enormes quantidades de madeira seca. Não lhes faltava, pois, combustível. Os meios de transportá-la é que eram deficientes: tinham que levar a madeira seca em abundância para as chaminés, e isso era mais do que dois homens podiam carregar. Pencroff logo descobriu que o rio seria um caminho que andava sem que o empurrassem. Tinham que esperar que a maré vazasse. Enquanto isso iriam preparando a jangada. Arranjaram umas lenhas de sofrível grossura, atadas umas às outras com trepadeiras secas. Assim conseguiram uma jangada, em cima da qual empilharam a lenha seca. Como ainda tinham que esperar, resolveram subir ao planalto superior para examinar o território. Chegaram assim ao suave declive da muralha. Parecia uma escada feita pela natureza e por ela os dois empreenderam a projetada subida. Em poucos instantes chegaram à crista e olharam para o oceano que acabavam de atravessar em tão terríveis condições. Foi com emoção que observaram o local onde Cyrus desaparecera. O mar era um vasto deserto de água. A costa era outro deserto. Nem o repórter nem Nab apareciam. Harbert disse que achava que um homem de tanta energia como Cyrus não se deixaria ir por água abaixo como outro qualquer: por força devia ter alcançado algum ponto da praia. O marinheiro – apesar de não esperar mais tornar a ver Cyrus – não quis tirar o resto de esperança do rapaz.

O território, fosse ilha, fosse continente, parecia fértil, agradável no aspecto e variado na produção. No meio da desgraça isso era sorte, e eles louvaram o Senhor. Terminado o exame, seguiram pela crista meridional. Por ali viviam centenas de pássaros aninhados nos buracos dos rochedos. Harbert viu que eles eram pombos bravos e reconheceu-os pelas duas listras pretas que tinham na asa, pelo rabo branco e o resto da pena cinzento-azulado. Ora, o pombo bravo e seus ovos eram boa comida. Os dois homens esquadrinhavam todos os recantos da penedia e efetivamente encontraram ovos. A maré, nesse intervalo, já começava a encher e era o caso de aproveitar logo o refluxo para levar a carga de lenha até a foz. Dali a duas horas a jangada chegava à foz do riozinho, a poucos passos das chaminés.

Capítulo 5

ARRANJO INTERNO DAS CHAMINÉS
A IMPORTANTE QUESTÃO DE ACENDER LUME
A CAIXA DE FÓSFOROS — BUSCA NA PRAIA
REGRESSO DO REPÓRTER E DE NAB
FÓSFORO ÚNICO! — O FOGO CREPITANDO
PRIMEIRA CEIA — PRIMEIRA NOITE EM TERRA

Pencroff tratou, logo que apanhou a lenha descarregada, de tornar as chaminés habitáveis usando areia, pedra solta, ramos entrelaçados e terra molhada, assim fechando as galerias e deixando apenas uma fenda para dar saída à fumaça. As chaminés ficaram deste modo divididas em três ou quatro quartos que, na verdade, eram escuros covis. Mas lá dentro não havia umidade e era possível, pelo menos no quarto central, ficar de pé. Pencroff declarou que agora os amigos podiam voltar, pois encontrariam onde se abrigarem. O que faltava ainda era acender a lareira e preparar comida. Pencroff tinha fósforos, senão estariam mal arranjados, a menos que fizessem fogo esfregando dois pedaços de madeira bem seca, como faziam os selvagens.

O pior é que não achava os fósforos! Procurava nos bolsos a caixinha e não achava. Disse: — Com certeza a caixa caiu do bolso e se perdeu. — Os dois esquadrinharam na areia, nas rochas, à borda do rio – e nada. Resolveram procurar no lugar onde haviam saltado em terra. Mas nenhum resultado. O caso era sério; a perda, em tal momento, irreparável. Pencroff não pôde ocultar a raiva que teve. De testa enrugada, não deu palavra. Harbert tinha certeza de que, de um modo ou de outro, sempre se havia de arranjar lume. Pencroff, com mais experiência e apesar de não ser homem que se afligisse por pouca coisa, pensava de outra maneira. O jeito era esperar que Nab e o repórter voltassem, renunciando à refeição de ovos quentes ou cozidos. O regime de carne crua não lhes parecia perspectiva agradável. Para prevenir a hipótese da falta absoluta de lume, fizeram uma ampla colheita de moluscos e encaminharam-se silenciosos para a habitação, Pencroff sempre com os olhos no chão, à procura da malfadada caixa.

Seriam cinco da tarde quando ambos entraram nas chaminés, procedendo a uma nova busca. Por volta das seis horas, quando o sol já se escondia, Harbert avistou Nab que voltava com Gedeon Spilett. Mas voltavam sós... O pobre jovem ficou de coração apertado. O marinheiro não se tinha enganado nos pressentimentos. Cyrus Smith não pudera ser encontrado! O repórter, logo que chegou, sentou-se num penedo sem dizer uma palavra. Exausto de cansaço e morto de fome, não tinha forças para falar. Os olhos avermelhados de Nab eram prova de quanto chorara, e ali mesmo recomeçou a chorar. Mas de repente levantou-se e, com uma voz que era segura prova de quanto nele era resistente a esperança, exclamou que seu amo não morrera, que isso não podia suceder; que se fosse outro qualquer era possível, mas ele nunca! Harbert correu para ele, animando-o:

— Sossega, Nab, que havemos de encontrá-lo! Deus não há de querer que ele nos falte. Mas por enquanto vocês estão morrendo de fome. Peço-lhes que comam, comam alguma coisa!

E assim dizendo oferecia ao pobre negro alguns punhados de mariscos, pobre e insuficiente alimento. Nab não comera há horas mas ainda assim recusou: sem o amo, não podia ou não queria viver. Quanto a Gedeon Spilett, esse foi devorando os moluscos e depois deitou-se sobre a areia, junto de um penedo. Estava extenuado de corpo, mas sossegado de ânimo. Então o pequeno Harbert aproximou-se dele, segurando a mão, e disse-lhe:

– Sr. Gedeon, descobrimos um abrigo onde o senhor descansará melhor do que aqui. A noite vai caindo. Venha repousar um pouco, e amanhã trataremos do resto...

Os dois foram andando até as chaminés. Nisso Pencroff aproximou-se de Spilett e, com o tom mais natural do mundo, perguntou-lhe se por acaso não tinha algum fósforo.

O repórter procurou em todos os bolsos e respondeu que provavelmente os jogara fora... O marinheiro então dirigiu-se a Nab, que lhe deu idêntica resposta.

– Com trezentos diabos! – exclamou o marinheiro sem poder engolir a frase. E explicou-lhes a situação, o que fez Nab exclamar:

– Ah! Se meu amo estivesse aqui, bem que arranjava a situação!

Os quatro náufragos ficaram mudos, entreolhando-se inquietos. Afinal Harbert quebrou o silêncio:

– Sr. Spilett, o senhor que fuma deve trazer algum fósforo. Talvez não tivesse procurado bem! Torne a procurar! Um só fósforo é quanto basta!

O repórter tornou a procurar em todos os bolsos e, afinal, sentiu um palito por fora da fazenda do colete. Mas não o podia tirar. E como provavelmente era um fósforo único, o caso era tirá-lo sem que lhe caísse a cabeça. Quem o fez foi o jovem, que empregou toda a destreza. E, sem o quebrar, conseguiu tirar o palito, o miserável e precioso palito que para aquela pobre gente era de tão grande valor! E saiu intato...

– Um fósforo! – exclamou Pencroff. – Vale tanto como se fosse uma carga inteira deles! – E pegando o fósforo marchou, seguido pelos companheiros, direto às chaminés. Aquele insignificante palito, que seria olhado com indiferença em qualquer país habitado e cujo valor aí seria nulo, aqui eram obrigados a servir-se dele com extremas precauções. O marinheiro verificou se o fósforo estava bem seco. E depois afirmou que um bocado de papel é que seria bom. Spilett, depois de um pequeno movimento de hesitação, decidiu-se a rasgar uma folha do seu caderno de notas. Pencroff pegou no bocado de papel e acocorou-se diante da lareira, onde alguns punhados de erva, de folhas e de musgos secos foram dispostos de maneira a que o ar pudesse circular e inflamar a lenha. Depois Pencroff dobrou o papel em forma de canudo e introduziu-o entre as ervas. Em seguida pegou num seixo áspero e, com o coração palpitando, esfregou levemente o fósforo, contendo a respiração. A primeira tentativa não produziu efeito. É que Pencroff, temendo estragar o fósforo, usara-o com excessiva suavidade. Terminou dizendo que sua mão estava toda trêmula e era capaz de estragar o fósforo. Ele se negava a acendê-lo e entregou-o a Harbert. Este nunca sentira na vida impressão tão forte. Pulsava-lhe rápido o coração. No entanto não hesitou e esfregou rapidamente o fósforo na pedra. Ouviu-se um pequeno estalido e surgiu uma leve chama azulada, produzindo fumaça. Harbert com cuidado introduziu-o no canudo de papel. Daí a poucos segundos uma vivíssima chama brilhava no meio da escuridão, ativada pelo sopro forte do marinheiro.

– Enfim! – suspirou Pencroff. – Nunca na minha vida me senti tão comovido!

Dali a pouco espalhava-se no ambiente um calor agradável.

Pencroff tratou logo de utilizar o fogo, preparando uma ceia mais suculenta do que um prato de moluscos. Pediu a Harbert que lhe trouxesse duas dúzias de ovos. O repórter não dizia uma palavra. Preocupavam-no três pensamentos: Cyrus ainda vive? Se vive, onde poderá estar? Se sobreviveu à queda, como explicar o fato de não ter achado um meio de fazer conhecer a sua existência? Nab vagueava pela praia. O pobre negro era um corpo sem alma. Quanto a Pencroff, que conhecia cinquenta e duas maneiras de preparar ovos, naquela ocasião não teve livre escolha: foi obrigado a introduzi-los nas cinzas quentes para lentamente cozinharem. Tal foi a primeira refeição dos náufragos. Os ovos cozidos estavam excelentes e, como o ovo possui todos os elementos indispensáveis à nutrição do homem, os náufragos ficaram muito contentes e reanimados.

Ah! se ali não faltasse ninguém! Se os cinco evadidos de Richmond estivessem todos abrigados por aquele montão de rochas, diante daquela fogueira cintilante, então deveriam entoar um hino de graças ao Altíssimo! Mas faltava um, o mais engenhoso, aquele a quem todos reconheciam como seu chefe, Cyrus Smith! E o corpo dele nem ao menos fora sepulto!

Chegara a noite. O repórter se retirara para o fundo de um corredor escuro, depois de ter tomado sumário apontamento de todos os acontecimentos do dia. Harbert pegou logo no sono. O marinheiro dormia, mas com um olho aberto, e passou a noite ao pé do lume. O inconsolável e desesperado Nab vagueou pela praia, chamando pelo amo.

Capítulo 6

INVENTÁRIO DOS NÁUFRAGOS — TRAPO QUEIMADO
EXCURSÃO ATRAVÉS DA FLORESTA
FLORA DAS ÁRVORES VERDES — O JACAMAR FUGINDO
PEGADAS DE ANIMAIS FEROZES — OS CURUCUS
OS TETRAZES — ESQUISITA PESCA A LINHA

O inventário dos objetos que possuíam os pobres náufragos do ar, arrojados a uma praia que parecia desabitada, era fácil de fazer. Além da roupa que traziam no corpo, nada possuíam. Havia ainda a cadeia e o relógio que Spilett conservara por esquecimento. Ninguém possuía arma ou utensílio de qualquer natureza, nem um canivete sequer. Tudo tinham jogado fora para aliviar o balão. Estavam carecidos de tudo. Do nada tinham de tirar tudo. Se pelo menos Cyrus estivesse com eles, se o engenheiro pudesse aplicar a sua ciência prática, o seu espírito inventivo ao melhoramento daquela situação, a esperança não estaria de todo perdida. Mas agora só lhes restava o que pudessem conseguir por si próprios e pela Providência, que nunca abandona aqueles cuja fé é sincera.

O mais urgente era saber a que continente pertencia aquela terra, se era ou não habitada, se era apenas o litoral de alguma ilha deserta. A conselho de Spilett pareceu conveniente esperar alguns dias antes de empreender tal exploração, pois era necessário arranjar víveres, além de que convinha que recuperassem as forças perdidas. Por enquanto as chaminés lhes serviam de abrigo. O fogo estava aceso e não era difícil conservá-lo. Mariscos e ovos havia de sobra. E não seria difícil inventar um meio de matar alguns dos inúmeros pombos selvagens. Por exemplo, a paulada ou a pedrada. As árvores certamente davam frutos comestíveis. E havia água potável. Nab aderira com fervor ao adiamento da exploração do terreno. Obstinado nas suas ideias como nos seus pressentimentos, o negro não tinha a menor pressa de abandonar aquela parte da costa. Não acreditava, nem queria acreditar, na morte de Cyrus.

No dia 26 de março, logo ao amanhecer, Nab tomou novamente a costa em direção ao norte, e voltou ao lugar onde sem dúvida o mar tinha engolido o desgraçado Smith. O almoço foi apenas de moluscos e ovos de pomba. Harbert já vira um pouco de sal depositado, por evaporação, no escavado dos rochedos e esta substância mineral veio muito a propósito. Terminada a refeição, Pencroff perguntou ao repórter se queria acompanhá-los à mata onde ele e Harbert iam tentar caçar. Mas o repórter ficou para conservar o fogo e mesmo para a hipótese pouco provável de Nab precisar de alguma ajuda. Harbert ainda fez notar que, não havendo isca, era necessário substituí-la por outra substância. Por trapo queimado, por exemplo, que em caso de necessidade servia de isca. Não tardou que o lenço de Pencroff ficasse reduzido a um trapo meio queimado.

Eram nove horas da manhã. A atmosfera ameaçava chuva e o vento soprava de sudoeste. Harbert e Pencroff tomaram a margem esquerda rio acima. Pencroff, logo que chegou à mata, arrancou de uma árvore dois bons galhos que transformou em cacetes e que Harbert aguçou nas pontas num pedregulho próximo. Ah! Quanto eles dariam para ter uma navalha! Pencroff, com receio de se perderem, ia seguindo ao longo do rio, que era o guia mais seguro para poderem voltar de onde haviam partido. Às vezes Harbert sumia por entre ramos e desaparecia na espessura da mata. Pencroff, porém, tratava logo de chamá-lo e pedia-lhe que não se afastasse. Era de crer que a floresta fosse virgem, bem como a parte da costa percorrida.

Pencroff encontrou ali vestígios de quadrúpedes e pegadas recentes de animais cuja espécie não lhe foi possível reconhecer. Ele e Harbert eram da opinião que alguns destes vestígios provinham de feras enormes. Não havia sinal de machado, não apareciam cinzas de fogo apagado, nem sinal de pé humano. As dificuldades de avançar eram imensas. Os dois caminhavam muito devagar, sem falar quase. As tentativas de caça até ali tinham sido completamente infrutíferas. Havia muitas aves voando de ramo em ramo, mas todas se mostravam bravias como se instintivamente o homem lhes inspirasse justificado receio. Num lugar mais pantanoso da floresta Harbert notou uma ave de bico comprido e agudo, com penas ásperas e reflexos metálicos.

– Deve ser um jacamar – sugeriu Harbert tentando aproximar-se do animal.

– Não era má ocasião para experimentarmos o gosto do jacamar, se ele se deixar assar – disse o marinheiro.

Harbert atirou com toda força e jeito uma pedrada certeira que foi bater na asa da ave. Mas a pancada fora pequena e o jacamar fugiu. Os dois caçadores infelizes continuaram a exploração e à medida que iam avançando encontravam arvoredo menos denso e de magnífico porte, mas, infelizmente, nenhuma árvore daquelas dava fruto comestível.

Neste instante uma verdadeira nuvem de passarinhos de penas lindíssimas, de cauda furta-cor, veio pousar nos ramos.

– São curucus – exclamou Harbert depois de examinar algumas penas que apanhou no chão.

– Mas são eles bons de comer? – perguntou Pencroff.

– Se são bons? Têm até uma carne delicadíssima e, além do mais, parece-me que não será difícil alcançá-los e matá-los a pau.

Chegados perto, os nossos caçadores levantaram-se de repente e, manobrando os cajados como se fossem foices, derrubaram filas inteiras de curucus que se deixaram estupidamente apanhar, sem sequer se lembrar de fugir. O chão estava juncado de uma centena deles quando os outros se decidiram a fugir.

O marinheiro tratou de enfiá-los, como se faz com as cotovias, numa varinha flexível, e a exploração continuou. O objetivo principal da expedição era, como já dissemos, arranjar a maior quantidade possível de caça para os habitantes das chaminés, e até ali não se podia dizer que os caçadores tivessem conseguido o seu fim. O marinheiro, por consequência, tratou de fazer a diligência com toda a atividade, praguejando sempre que um ou outro animal, cuja espécie nem tinha tempo de conhecer, escapava-lhe. Ah! se Pencroff tivesse ali o cão!

Porém Top desaparecera como seu dono e provavelmente morrera com ele.

Pelas três horas da tarde tornaram a aparecer alguns bandos de aves em certas árvores. E ressoou uma espécie de toque de clarim. Estes sons extraordinários e retumbantes eram produzidos por uns galináceos a que chamam de tetrazes – e logo ali apareceram alguns casais com as penas misturadas, pardas e ruivas, e o rabo pardacento.

Pencroff achou que era indispensável agarrar alguns dos tais galináceos, que são do tamanho de uma galinha e têm a carne tão saborosa como a da galinhola; mas a coisa não era fácil, os animalejos não os deixavam aproximar. Depois de várias tentativas infrutíferas, que só deram como resultado espantar os tetrazes, o marinheiro disse para Harbert:

– Já que não podemos matá-los no ar, tratemos de apanhá-los com linha.

– Como se fossem carpas? – exclamou Harbert espantado pela proposta.

O marinheiro assentiu. Pencroff achara entre as ervas meia dúzia de ninhos de tetrazes com dois ou três ovos cada um, mas teve o maior cuidado em não tocar nos ninhos, entendendo e com razão que os proprietários deles haviam de voltar. Foi em volta dos ninhos que ele achou que deviam lançar as suas linhas. Levou Harbert para alguma distância dos ninhos e ali preparou as suas esquisitas redes com muito cuidado. Em vez de anzol Pencroff atou na extremidade das trepadeiras uns enormes espinhos recurvos. Para servir de isca apanharam uns vermes grandes, avermelhados, que por ali rastejavam no chão. Feito isto, Pencroff meteu-se por entre a erva, fazendo todos os esforços para não ser pressentido. Pôs perto dos ninhos a extremidade das linhas preparadas com os anzóis, e pegando na outra extremidade foi esconder-se com Harbert atrás de uma árvore de grosso tronco. Ali esperaram ambos com toda paciência, embora Harbert não confiasse muito no bom resultado da empresa.

Decorrida uma boa meia hora, voltaram para os ninhos alguns casais de tetrazes, saltando na terra, sem pressentirem de forma alguma os caçadores. O rapaz, que só então começava a interessar-se verdadeiramente pelo negócio, nem respirava. Quanto a Pencroff, mal podia respirar. Nesse ínterim os galináceos passeavam por entre os anzóis, sem darem conta deles. Pencroff então deu uns puxões na linha, que fizeram mexer a isca como se os vermes estivessem vivos. O nosso marinheiro experimentava então uma comoção bem mais forte que a do pescador a linha, que ao menos não vê a desejada presa, que a água encobre.

Dentro em pouco o mexer da isca afinal despertou a atenção dos galináceos, que logo se atiraram com bicadas aos anzóis. Três dos tetrazes, na certa os mais vorazes, engoliram de uma só vez a isca e o anzol. Ao percebê-lo, Pencroff deu um repentino e valente puxão nas linhas e, pelo bater de asas que ouviu, compreendeu que as aves estavam agarradas.

– Hurra! – exclamou o nosso marinheiro, correndo direto à caça e pegando-a num abrir e fechar de olhos.

Harbert aplaudira freneticamente. Era a primeira vez na sua vida que via apanhar pássaros com vara de pescar. O marinheiro, porém, modesto como sempre, apressou-se a afirmar-lhe que nem era ele o inventor do sistema, nem aquela a primeira vez que o aplicava. E acrescentou:

– E além do mais, na situação em que estamos, devemos nos preparar para ver coisas ainda muito mais extraordinárias!

Pencroff amarrou os tetrazes pelos pés e, já bem satisfeito de não voltar com as mãos abanando, tratou de regressar para a chaminé, pois o dia ia declinando. O caminho de volta estava claramente indicado pela direção do rio, cuja corrente deviam seguir.

Lá pelas seis horas da tarde, Harbert e Pencroff chegaram às chaminés, bastante fatigados pela excursão.

Capítulo 7

NAB SEM VOLTAR AINDA — REFLEXÕES DO REPÓRTER
A CEIA — PREPARA-SE UMA NOITE MÁ
HORROROSA TEMPESTADE — PARTIDA NOTURNA
LUTA CONTRA A CHUVA E O VENTO
A OITO MILHAS DO PRIMEIRO ACAMPAMENTO

Gedeon Spilett estava àquela hora imóvel na praia, de braços cruzados, contemplando o mar, cujo horizonte se confundia a leste com uma enorme nuvem negra que subia rapidamente para o zênite. O vento soprava fortemente e sua intensidade crescera com o fim do dia. O céu inteiro apresentava péssimo aspecto, e não tardou que se manifestassem os primeiros sintomas de um vendaval terrível.

Harbert entrou nas chaminés. Pencroff dirigiu-se ao repórter, que estava de tal maneira pensativo que não o viu chegar. O marinheiro lhe disse:

– Parece que vamos ter uma noite bem ruim, com vento e chuva.

Mas as primeiras palavras do repórter, logo que se voltou e viu Pencroff, foram as seguintes:

– A que distância da praia lhe parece que a barquinha apanhou o golpe de mar que nos levou o companheiro?

O marinheiro, que não esperava por essa pergunta, refletiu um instante e depois respondeu:

– Quando muito, umas duas amarras. – E como Spilett não sabia o que era amarra, acrescentou: – É mais ou menos uns seiscentos pés.

– Então – disse o repórter –, Cyrus Smith desapareceu a mil e duzentos pés de distância da praia? E o cão também?

– Também.

– O que admira é que, mesmo admitindo que o nosso companheiro morresse, Top também se afogasse, e que nem o cadáver do cão nem o do dono fossem ainda arrojados na praia!

– Com o mar tão grosso – respondeu o marinheiro –, não acho nada de extraordinário nisso. Além do mais, pode bem ser que alguma corrente os tenha levado para um local muito mais distante desta praia.

– Então na sua opinião Cyrus Smith morreu nas ondas, Pencroff?

– Estou convencido disso.

– Pois, meu caro Pencroff, apesar do respeito que devo à sua experiência, a minha opinião é que o duplo e absoluto desaparecimento de Cyrus e de Top, vivos ou mortos, tem não sei quê de inexplicável e inacreditável.

– Bem desejava eu poder pensar da mesma forma, Sr. Spilett. Infelizmente a minha convicção está formada.

Dito isto, o marinheiro voltou para as chaminés. Crepitava o fogo na lareira. Harbert lançara-lhe uns bons braçados de lenha, e a chama espalhava grandes clarões até nas partes sombrias do corredor. Pencroff tratou imediatamente de preparar o jantar. Reservando para o dia seguinte os curucus, depenou dois tetrazes, enfiou-os no espeto e colocou-os no fogo. Dali a pouco os galináceos estavam primorosamente assados.

Às sete horas Nab ainda não tinha voltado, e sua prolongada ausência inquietava Pencroff. Receava que tivesse acontecido ao negro qualquer acidente ruim naquela terra desconhecida, ou ainda que o desgraçado tivesse praticado algum ato de desespero. Harbert imaginava razões muito diferentes para justificar a ausência de Nab. Estava convencido de que se Nab não voltava era porque alguma circunstância nova se tinha produzido e feito com que ele prolongasse suas pesquisas. Ora, tudo que ocorresse de novo não podia deixar de ser a favor da descoberta de Cyrus Smith. Com certeza Nab já teria voltado se não retivesse alguma esperança. Teria ele descoberto um indício, uns vestígios de passos, uns despojos quaisquer, que lhe indicassem o caminho procurado? Estaria ele seguindo naquele momento o verdadeiro rasto? Já estaria, porventura, junto do amo? Assim raciocinava o rapaz e assim falou. Os companheiros deixaram-no falar. O repórter era o único que aprovava com os gestos.

Harbert, agitado como estava por pressentimentos vagos, quis muitas vezes sair ao encontro de Nab; Pencroff, porém, dissuadiu-o, dizendo-lhe que todos os esforços dele seriam inúteis, por não ser possível descobrir o rasto de Nab no meio daquela escuridão completa e com o horrível tempo que fazia; o mais sensato era esperar, e, se no dia seguinte Nab ainda não tivesse aparecido, seria ele, Pencroff, o primeiro a associar-se a Harbert para irem em busca do negro. Spilett aprovou completamente a ideia de não se separarem, e Harbert, tendo de desistir do projeto, mal podia conter as lágrimas que lhe rolavam pelo rosto abaixo. O repórter então não se conteve e beijou a generosa criança.

O mau tempo tinha-se afinal completamente declarado. A ventania soprava com extraordinária violência, o mar batia, rugindo de encontro aos rochedos ao longo do litoral. A chuva, levantada pelo vento antes de chegar ao chão, formava no ar uma espécie de nevoeiro líquido. Era um vendaval terrível.

Pencroff, logo que preparou a ceia, deixou o fogo esmorecer, conservando apenas umas brasinhas debaixo da cinza.

Eram oito horas, e Nab ainda não voltara. O razoável era supor que aquele tempo horroroso o tivesse impedido de regressar à habitação, obrigando-o a buscar refúgio em alguma escavação da rocha, para esperar a salvo o fim da tempestade ou, pelo menos, o nascer do sol. Era impossível ir em sua busca e tentar encontrá-lo em tais condições.

O único prato de que se compôs a ceia foi caça, e a carne desta, aliás excelente, foi comida de boa vontade. Pencroff e Harbert não comiam: devoravam, pois a longa excursão abrira-lhes a fome.

Depois da ceia, cada um foi se retirando para o canto onde havia descansado na noite anterior, e Harbert em pouco tempo estava pregado em sono profundo, ao lado do marinheiro. Este se estendera junto da lareira.

Fora, a tempestade, ao passo que a noite ia se adiantando, assumia proporções cada vez mais temerosas. Era uma catástrofe de fúria descomedida, e tudo com força superior a tudo quanto se pudesse descrever.

Por sorte grande, as rochas que formavam as chaminés eram seguras. Apesar da fúria do furacão, do fragor da tempestade, do ribombar do trovão e do rugir da tormenta, Harbert continuava a dormir profundamente. Pencroff, a quem a vida no mar habituara a todas aquelas violências, acabou por pegar no sono. Só Spilett não conseguia dormir, de tão preocupado. Agora, mais que nunca, sentia não ter ido com Nab. Os pressentimentos que antes tinham sobressaltado o ânimo de Harbert nunca haviam deixado de também preocupá-lo. Todos os pensamentos do repórter se concentravam então em Nab. Por que este não voltara? Gedeon dava voltas e voltas na cama de areia, mal prestando atenção à grande luta dos elementos que ia lá fora. Mais de uma vez as pálpebras, carregadas pelo sono e cansaço, iam se fechando, porém logo algum pensamento fazia-o abrir imediatamente os olhos.

A noite ia adiantada. Seriam duas da madrugada quando Pencroff foi vigorosamente sacudido no seu sono.

– Que é? Que há de novo? – exclamou ele, acordando logo e retomando o fio das ideias com a prontidão característica dos homens do mar. Junto dele estava o repórter, que lhe disse:

– Escuta, Pencroff, escuta.

Mas o marinheiro, por mais que aplicasse o ouvido, não conseguiu distinguir outro ruído que não fosse o da ventania.

– É o vento – afirmou então.

– Que nada! – replicou Spilett. – Pareceu-me ouvir o ladrar de um cão...

– De um cão? – gritou Pencroff levantando-se num pulo. – Não é possível! E mesmo como é que poderia ouvir através dos ruídos da tempestade...

– Escuta agora... escuta... – interrompeu o repórter.

Pencroff tornou a escutar com mais atenção e, num intervalo de calma, julgou ouvir um ladrar a grande distância.

– São latidos mesmo! – declarou.

– É Top! É Top! – gritou Harbert, que acordara naquele momento. E os três correram para a abertura das chaminés.

Custou-lhes muito sair, pois o vento empurrava-os para dentro. Afinal conseguiram, mas só podiam manter-se de pé encostando-se nos penedos. E olhavam, pois não podiam falar. A escuridão era absoluta. Mar, terra, céu, tudo se confundia na treva. Por alguns minutos, o repórter e companheiros ficaram assim, como que esmagados pela ventania, desorientados pela chuva, pela areia. Depois tornaram a ouvir os latidos e calcularam que o cão devia estar a grande distância. Só podia ser Top! Mas viria sozinho? viria acompanhado? O mais provável é que viesse só, porque se Nab viesse com ele já se teria dirigido para as chaminés. O marinheiro entrou de novo pelo corredor adentro e tornou a sair com uma grande acha acesa, agitando-a nas trevas e ao mesmo tempo soltando agudos assobios.

A este sinal os latidos responderam mais próximos – e dali a pouco entrava um cão pelo corredor adentro.

– É Top! – exclamou Harbert.

Era Top, o cão do engenheiro. Mas infelizmente vinha só! Nem o dono nem Nab o acompanhavam!

Mas como é que o animal viera às chaminés, lugar para ele desconhecido? Este fato parecia realmente inexplicável, sobretudo no meio daquela noite tão escura e tempestuosa! Além do mais, Top nem estava cansado, nem esfomeado, nem sequer enlameado ou sujo de areia! Harbert havia chamado o cão e fazia-lhe festa na cabeça.

– Se o cão apareceu, também o dono há de aparecer! – asseverou. – Partamos, que Top nos guiará.

Pencroff cobriu as brasas da lareira, acrescentando-lhes algumas achas embaixo das cinzas para manter o fogo aceso. E seguiram para a frente, precedidos pelo cão.

A tempestade estava no auge da violência. Nada se via e o jeito era confiar no instinto de Top. Trocar sequer duas palavras tornara-se inteiramente impossível. O furacão era terrível. Ainda bem que o vento apanhava-os de costas, pois se soprasse de frente não poderiam caminhar. Depois que passaram além do ângulo da penedia, pararam para respirar melhor. O recanto servia-lhes de abrigo contra o vento. Naquele momento um podia ouvir o outro, e, como o jovem pronunciasse o nome de Cyrus, Top interrompeu-o com pequenos e mansos latidos, como querendo significar que o dono estava salvo. A marcha prosseguiu. Logo que o marinheiro e companheiros saíram do recanto da penedia, foram novamente açoitados pelo vento com desordenada fúria. Caminhavam rápidos, dobrados, dando as costas à ventania e sempre seguindo Top, que não hesitava um momento na direção a tomar.

Às quatro da manhã as nuvens tinham subido um pouco, já não se arrastavam pelo chão. A ventania, menos úmida, espalha-va-se em correntes de ar rápidas, secas e frias. Os três sofriam cruelmente mas nada diziam e estavam resolvidos a seguir para onde quer que o inteligente animal quisesse conduzi-los. Às seis horas da manhã era dia claro. Naquele momento, Top manifestou sinais de agitação. Ora caminhava um pouco para o poente, ora voltava para junto do marinheiro, parecendo con-vidá-lo a acelerar o passo. O animal deixara a praia e sem hesi-tação tinha-se metido por entre as dunas. Os caminhantes seguiram-no, embora o lugar parecesse absolutamente deserto. Só um animal dotado de prodigioso instinto deixaria de perder-se naquele labirinto.

Cinco minutos depois de terem saído da praia, chegavam os três companheiros em frente a uma espécie de escavação aberta no revés de um alto cabeço de areia. Ali parou Top, soltando um latido alto e sonoro. Spilett, Harbert e Pencroff penetraram na gruta.

E ali encontraram Nab, ajoelhado junto de um corpo humano, estendido num leito de ervas secas...

Esse corpo era o do engenheiro Cyrus Smith.

Capítulo 8

CYRUS SMITH ESTARÁ VIVO? — NARRAÇÃO DE NAB
PEGADAS HUMANAS — PROBLEMA INSOLÚVEL
PRIMEIRAS PALAVRAS DE CYRUS SMITH
VERIFICAÇÃO DE PEGADAS — REGRESSO ÀS CHAMINÉS
PENCROFF ATERRADO!...

Nab nem se moveu. O marinheiro disse uma só palavra:
— Vivo?! – Mas o preto nem respondeu. Spilett e Pencroff mudaram de cor. Harbert estava imóvel. O pobre negro, absorto na sua imensa dor, não vira os companheiros, nem ouvira a pergunta que lhe fizera o marinheiro. O repórter encostou o ouvido ao peito do engenheiro, procurando ouvir uma pulsação. Nab levantou-se um pouco e olhava, mas sem ver. Ninguém reconheceria Nab, tão exausto que estava de cansaço, tão despedaçado pela dor, porque já não duvidava que seu amo estivesse morto. Mas Spilett, depois de prolongada e atenta auscultação, declarou:
— Está vivo!

Pencroff também se ajoelhou junto ao corpo de Smith e conseguiu perceber algum alento que saía de entre os lábios do engenheiro. Harbert, percebendo por uma palavra o desejo do repórter, correu para buscar água, e felizmente encontrou logo um límpido regato. Não tinha era em que levar a água. Teve portanto que se contentar em ensopar o lenço na água e voltou correndo à gruta. Spilett refrescou com o lenço os lábios do engenheiro. E o efeito foi quase imediato. Cyrus Smith teve um leve suspiro e até pareceu querer balbuciar algumas palavras.

– Vai se salvar! – afirmou o repórter.

Nab, ao ouvir estas palavras, voltou a ter alguma esperança. Procurou ver se haveria algum ferimento. Mas não havia a menor contusão, nem uma arranhadura, o que era de admirar, visto que o corpo de Cyrus devia ter rolado inerte por entre agudas rochas; até as mãos estavam intatas. A explicação de todos esses enigmas, porém, ficaria para mais tarde: logo que Cyrus pudesse falar, contaria como as coisas se tinham passado. O que urgia no momento era conservar-lhe a vida, o que se obteria por meio de repetidas fricções, imediatamente feitas com a camisa do marinheiro. O engenheiro, aquecido por tão áspera esfregação, mexeu levemente os braços, e a respiração começou a tornar-se mais regular.

Nab, então, contou como as coisas se tinham passado. Na véspera, tendo saído das chaminés ao amanhecer, caminhara costa acima até chegar à ponta do litoral. Confessou que, chegado ali, não nutria a menor esperança. Procurara na praia, por entre as rochas e ainda na areia, o menor indício que pudesse lhe servir de guia. Já não esperava encontrar o amo vivo. Procurava o cadáver que ele queria sepultar com suas próprias mãos. Mas seus esforços foram inúteis. Aquela costa deserta parecia nunca ter sido frequentada por um ser humano. Quando um cadáver fica por algum tempo boiando a pouca distância de uma praia, é raro que as ondas, mais tarde ou mais cedo, não o lancem à praia. Nab sabia disso e queria tornar a ver o amo ao menos pela última vez. Foi andando ao longo da costa e já ia desesperado de encontrar o que procurava quando, por volta das cinco horas da tarde, deparou com algumas pegadas humanas na areia.

– Quando vi as tais pegadas – prosseguiu o negro –, fiquei como doido. Os vestígios de pé humano eram perfeitamente distintos e encaminhavam-se para as dunas. Segui-as correndo durante uns quinze minutos, mas tendo cuidado de não apagá-las. Cinco minutos depois, já a noite caindo, ouvi ladrar um cão. Era Top, e foi Top que para aqui me guiou, para junto de meu amo!

Nab concluiu a narração contando sobre sua dor ao encontrar o cadáver. Lembrara-se dos companheiros de desventura que por certo desejariam também ver pela última vez o cadáver do desventurado. Não poderia por acaso confiar na sagacidade de Top? Pronunciou muitas e muitas vezes o nome do repórter, e depois mostrou a parte sul da costa ao cão, que correu imediatamente na direção que lhe era indicada. E o cão, guiado por um instinto quase sobrenatural, visto que nunca fora às chaminés, lá conseguiu chegar apesar de todas as dificuldades.

Os companheiros de Nab haviam-no escutado com a maior atenção. O fato de Cyrus Smith, depois dos esforços que devia ter feito para escapar das ondas e transpor os escolhos, aparecer sem o mais leve arranhão tinha para todos algo de inexplicável. Também não entendiam como o engenheiro podia ter alcançado aquela gruta perdida no meio dos cerros de areia, tão longe da costa. Nab garantiu que não fora ele quem transportara seu amo para aquele lugar. Era claro que Cyrus tinha ido sozinho, mas era incrível. A explicação de tais fatos, porém, só o engenheiro poderia dá-la, e para isso era forçoso esperar que recomeçasse a falar. Por sorte a vida já voltava a ele, retomando a circulação do sangue. Tornou a mover os braços e logo a cabeça, e de seus lábios entreabertos soltaram-se de novo algumas palavras, ainda incompreensíveis.

Nab, inclinado sobre o corpo do amo, não se cansava de chamá-lo. O engenheiro, porém, não parecia ouvi-lo e permanecia de olhos fechados. A vida mal se revelava naquele corpo: os sentidos não tinham ainda despertado. Urgia transportar Cyrus Smith para as chaminés o quanto antes, porque lá havia o calor do fogo. Foi esta a opinião geral.

Os cuidados dispensados ao engenheiro, no entanto, fizeram-no voltar a si mais depressa do que era de esperar. A água com que lhe haviam umedecido os lábios foi reanimando-o gradualmente. Pencroff lembrou-se de misturar com a água um pouquinho de carne de tetraz, que consigo trouxera. Harbert correu à praia e dali trouxe duas grandes conchas de moluscos. O marinheiro fez de tudo isso uma espécie de mistura alimentícia, e introduziu-a entre os lábios do engenheiro, que pareceu sorver com prazer o improvisado medicamento. E abriu logo depois os olhos...

– Meu amo! Meu querido amo! – exclamou o negro.

Cyrus ouviu-o. Reconheceu Nab e Spilett, e depois os outros dois companheiros, e a todos apertou de leve a mão. Tornou a soltar algumas palavras, mas desta vez pronunciou-as claramente, murmurando:

– Ilha ou continente?

– Ora esta! – exclamou Pencroff. – Com trezentos diabos, bem nos importa isso, contanto que o senhor viva. Ilha ou continente? Isso mais tarde se verá.

O engenheiro fez um leve sinal de assentimento e pareceu adormecer. Todos respeitaram o sono do enfermo, e o repórter tratou logo de arranjar tudo para que o engenheiro fosse transportado com toda a comodidade possível. Nab, Harbert e Pencroff saíram da gruta e caminharam até uma espécie de coroa de árvores muito raquíticas. Durante o caminho o marinheiro ia dizendo: – Ilha ou continente! Que homem! Pensar nisso ainda entre a vida e a morte!

Logo que os três chegaram ao vértice da duna, sem nenhuma ferramenta, arrancaram os ramos maiores de um pinheiro crestado pelo vento e, cobrindo estes ramos com folhas e ervas secas, arranjaram uma espécie de padiola para transportar o engenheiro. Todo este arranjo levou uns quarenta minutos, e às dez horas os três estavam junto de Cyrus, que Spilett não abandonara. O engenheiro acordara naquele momento, ou melhor, saíra do torpor em que o tinham encontrado. O rosto, até então com uma palidez de morte, começou a readquirir cor. Tentou levantar-se e olhou em torno de si como a perguntar onde estava.

– Poderá me ouvir sem se fatigar, Cyrus? – perguntou o repórter, e o engenheiro respondeu que sim.

– Estou convencido – interveio o marinheiro – que o Sr. Smith estará muito mais no caso de nos ouvir, depois de tomar mais um bocadinho desta geleia de tetraz. Pode crer que é de tetraz, Sr. Cyrus – acrescentou ele pondo uns pedacinhos de carne na geleia que ofereceu. Cyrus Smith mastigou como pôde alguns pedacinhos de tetraz, e o resto foi dividido pelos três companheiros, que, esfaimados como estavam, acharam o almoço pouco suculento.

– Lá nas chaminés há do que comer, e fartamente – disse o marinheiro.

– É bom que o Sr. Cyrus saiba que temos uma casa com uns quartos, camas e lareira, na despensa algumas dúzias de pássaros que o nosso Harbert chama de curucus. Como a padiola está pronta, o melhor é levá-lo para a nossa casa, logo que ele se sinta mais forte.

O engenheiro concordou e pediu a Spilett que falasse. O repórter relatou tudo o que se tinha passado, tudo quanto Cyrus Smith ainda ignorava. Então Cyrus perguntou, com a voz ainda bastante fraca, se, quando o haviam encontrado, estava ele caído na praia e se tinham sido os companheiros que o haviam trazido para a gruta. Ante a negativa, Cyrus achou tudo muito estranho. Depois o marinheiro quis saber o que se passara com o Sr. Smith depois do golpe de mar que o levara. O engenheiro lembrava-se de pouco. Quando mergulhara no mar, e depois viera à tona, percebera Top. Lutara com as ondas, nadando com vigor com auxílio de Top, que o segurava pela roupa. De repente fora colhido por uma corrente fortíssima e impelido para o norte, e, apesar dos imensos esforços, caíra no abismo com Top. Era tudo o que lembrava até o feliz instante em que se encontrou nos braços de seus amigos.

– Mas – insistiu Pencroff –, uma vez que Nab descobriu os sinais dos seus passos, Sr. Smith, parece que não só foi arrojado à praia mas também conseguiu chegar até aqui.

– Assim parece – disse o engenheiro, preocupado. – Não acharam indício da existência de um ser humano qualquer nesta costa?

– Absolutamente nenhum – respondeu o repórter. – E além do mais não seria razoável que esse ser o tivesse abandonado depois de tê-lo salvo das ondas.

– É verdade, meu caro Spilett. Mas diga-me, Nab... não serias tu... que em algum momento de exaltação, sem consciência do que fazias... Não, tudo isto é absurdo... Existem alguns vestígios dos meus passos?

– Há ainda um, meu amo, aqui mesmo, num lugar abrigado do vento e da chuva. Os outros foram varridos pela tempestade.

– Pencroff – volveu Cyrus Smith –, quer fazer-me o favor de levar os meus sapatos e ver se eles se adaptam exatamente aos tais sinais de passos?

Instantes depois entravam o marinheiro, Nab e Harbert. Os sapatos do engenheiro adaptavam-se perfeitamente aos sinais ainda visíveis. Ninguém duvidava de que fora Cyrus quem os deixara na areia.

A Top couberam todas as honras. Ao meio-dia Pencroff perguntou ao engenheiro se podiam transportá-lo. Cyrus concordou levantando-se com esforço e tendo logo que se encostar ao marinheiro para não cair.

Deitado Cyrus na padiola, tomaram os nossos colonos o caminho da costa. Dali às chaminés era uma longa caminhada e como, além de não se poder marchar depressa, talvez fosse necessário fazer frequentes paradas, os nossos caminhantes deviam contar com um percurso de pelo menos seis horas. O vento continuava violento, mas felizmente não chovia. Às cinco horas e meia o ranchinho chegou às chaminés, onde descansaram a padiola na areia. Cyrus dormia tão profundamente que nem se mexeu.

Pencroff reparou, com grande surpresa, que a medonha tempestade da véspera havia transformado inteiramente o aspecto dos lugares. Tinha havido ali grandes desabamentos. Na praia jaziam enormes fragmentos de rochas, e a beira-mar estava completamente coberta por espesso tapete de ervas marinhas, limos ou algas. Em frente da entrada das chaminés o solo estava tão cheio de covas que se via ter sido violentamente batido pelas ondas. Pencroff de repente teve um pressentimento terrível. Entrou precipitadamente pelo corredor adentro, de onde logo saiu pasmado... É que o fogo se apagara: as cinzas estavam ensopadas e reduzidas a lama, e onde estaria o trapo queimado que devia servir de isca? O mar havia misturado, confundido, destruído tudo!

Capítulo 9

CYRUS ALI ESTÁ — TENTATIVAS DE PENCROFF
FRICÇÃO DE PAU COM PAU — ILHA OU CONTINENTE?
PROJETOS DO ENGENHEIRO
EM QUE PONTO DO PACÍFICO? — NO MEIO DA FLORESTA
O PINHEIRO MANSO — CAÇADA AO CABIÉ
FUMAÇA DE BOM AGOURO

Aquele incidente que, pelo menos para Pencroff, podia ter consequências tão graves produziu impressão muito diversa nos amigos do marinheiro. O preto, todo entregue à alegria de ter encontrado o amo, nem queria preocupar-se com o que Pencroff dizia. Harbert é que pareceu partilhar, pelo menos até certo ponto, das apreensões do marinheiro. O repórter assegurou que tudo aquilo lhe era completamente indiferente! E, quanto ao fogo e à impossibilidade de acendê-lo de novo, o repórter achava que, estando vivo o engenheiro, se daria um jeito. Que havia de responder Pencroff? Nada, porque no íntimo também tinha a mesma confiança dos companheiros em Cyrus Smith.

Entretanto, o engenheiro recaíra em nova prostração, causada pela fadiga do caminho, e assim era impossível, ao menos então, recorrer ao seu agudo engenho. A ceia havia de ser pouco suculenta. Primeiro que tudo, transportaram Cyrus para o corredor central, onde os companheiros lhe arranjaram uma cama de algas e limos quase secos. As chaminés, com a tempestade, estavam pouco habitáveis. O engenheiro estaria assim à mercê do frio se os companheiros não o tivessem coberto com seus paletós e camisas.

A ceia se compôs de moluscos e algas comíveis. O frio era cada vez mais intenso, e desgraçadamente não ocorria aos náufragos meio algum de combatê-lo. Pencroff, desesperado, tentou por todos os meios imagináveis fazer fogo, ajudado por Nab. Pencroff, apesar da nenhuma confiança que tinha neste processo, não quis deixar de experimentar a fricção de dois pedaços de madeira seca, como fazem os selvagens. O único resultado, porém, foi aquecerem os dois pedacinhos de madeira. Os nossos colonos tiveram que renunciar ao propósito de ter fogo naquela noite, esperando então por Cyrus. Spilett deitou-se na areia mesmo, exemplo logo imitado pelos outros. Top dormia aos pés do dono.

No dia seguinte, mal o engenheiro acordou, pelas oito horas da manhã, perguntou logo aos companheiros:

– Ilha ou continente? – Como se vê, era a sua ideia fixa. Ninguém soube responder e disseram que haveriam de saber logo que o engenheiro fosse o guia. O engenheiro assentiu e logo se pôs de pé sem maior esforço, para a alegria dos companheiros.

– Todo o meu mal era fraqueza – afirmou Cyrus. – Deem-me alguma coisa para comer, amigos! Há fogo, não é?

O marinheiro então contou tudo quanto se passara. O engenheiro divertiu-se muito com a história do fósforo único, bem como com as inúteis tentativas de fazer fogo à moda dos selvagens.

– Pensar-se-á no caso, descanse, Pencroff – declarou o engenheiro –, pois se podem fazer palitos.

– Fosfóricos?

– Fosfóricos, sim!

– Já vê que a coisa não é tão difícil como lhe parecia, Pencroff! – exclamou o repórter, batendo no ombro do marinheiro. Este nada replicou.

O tempo estava lindíssimo de novo. Harbert ofereceu ao engenheiro alguns mexilhões e sargaços que este comeu com ótimo apetite. O engenheiro parecia não ligar a menor importância à questão do fogo. Depois de alguns instantes em silêncio, disse:

– Meus amigos, a nossa situação é talvez deplorável, mas, em todo o caso, simples. Ou estamos num continente, e neste caso acabaremos por chegar a algum lugar habitado, ou estamos numa ilha. Nesta última hipótese, de duas, uma: ou a ilha é habitada ou é deserta, e trataremos de nos arranjar sozinhos. O mais provável é que estamos em terras do Pacífico. Havemos de encontrar com quem nos entendamos. Mas se esta costa pertence a alguma ilha deserta de um arquipélago, vê-lo-emos do alto daquela montanha que domina toda esta região. Se assim for, trataremos então de nos estabelecermos como se nunca mais daqui tivéssemos de sair.

– Nunca mais! – exclamou o repórter.

– Não há nada melhor do que nos prevenirmos sempre para o pior. Assim ao menos pode haver surpresa agradável. Enquanto não subirmos aquela montanha, não podemos saber com que devemos contar – insistiu o engenheiro.

Ficou combinado que o engenheiro e o repórter passassem o dia nas chaminés, a fim de examinar o planalto superior e o litoral, e que Harbert, Nab e o marinheiro voltassem às florestas para lá renovarem a provisão de lenha e apanharem qualquer animal, de pena ou de pelo. Partiram, pois, os três por volta das dez da manhã, Harbert esperançado, Nab alegre, Pencroff murmurando: – Só se algum raio o acender é que hei de encontrar na volta fogo em casa.

Resolveram começar pela caça, para depois fazerem a provisão de lenha. Então arrancaram três galhos de um abeto novo e seguiram atrás de Top, que já ia aos pulos por entre a erva alta. E embrenharam-se mais diretamente para o centro da floresta. Caminhar sem se perder por entre aquele arvoredo tão basto, sem nenhuma vereda batida, não era coisa fácil. E o nosso marinheiro quebrava de vez em quando alguns ramos de árvores, para assim marcar o caminho e poder reconhecê-lo facilmente. Havia já uma hora que estavam caminhando, e nem uma só caça tinha aparecido. Até os próprios curucus se haviam tornado invisíveis. Nesse tempo o sol tinha atingido o ponto mais elevado da sua carreira acima do horizonte.

A exploração continuou e foi utilmente assinalada pela descoberta, feita por Harbert, de uma árvore cujos frutos eram comíveis: era um pinheiro que dá pinhões, espécie de amêndoas ótimas e muito apreciadas nas regiões temperadas da América e da Europa. Os pinhões estavam maduros. E todos se regalaram com eles.

— Isto — disse Pencroff — é mesmo jantar de quem não tem um único fósforo no bolso. Algas em vez de pão, molusco em vez de carne, e para sobremesa pinhões!

Juntamente com os latidos de Top, ouvia-se um grunhido estranho. O marinheiro e Harbert seguiram atrás de Nab, convencidos de que se ali havia alguma caça, mais valia apanhá-la do que discutir de que modo haviam de assá-la. Mal entraram mais para a frente, viram Top lutando com um animal que tinha seguro por uma orelha. O tal quadrúpede era uma espécie de porco comprido, de cor castanha muito escura, um pouco mais clara no ventre, de pelo raro e eriçado, e cujos dedos, então fortemente cravados no chão, pareciam ser ligados por membranas. Harbert julgou que se tratava de um cabié, quer dizer, um dos maiores exemplares da ordem dos roedores. Entretanto o animalejo nem lutava com o cão: movia estupidamente os grandes olhos quase escondidos em espessa manta de toicinho. Era talvez a primeira vez que via homens. Nab já se preparava segurando o pau fortemente com ambas as mãos, quando o roedor, escapando dos dentes de Top e com sacrifício de um bocado de orelha, soltou um valente grunhido, precipitando-se sobre Harbert e desaparecendo por dentro da floresta. Todos correram no rasto de Top, mas, quando estavam quase perto do animal, este desapareceu nas águas de uma grande lagoa. Top tinha-se lançado à água, mas o cabié, escondido no fundo da lagoa, não tornava a aparecer.

– Esperemos – aconselhou Harbert –, que não tardará a vir respirar à superfície.

– Não se afogará?

– Não – respondeu Harbert –, pois tem pés de palmípede, é quase um anfíbio.

Harbert não se enganara. Passados alguns minutos o animal veio até a superfície da água. Top caiu de um pulo em cima dele e impediu-o de tornar a mergulhar. Pouco depois, o cabié, arrastado até a margem, era desancado por Nab.

– Hurra! – exclamou Pencroff que, à menor coisa, empregava aquela exclamação de triunfo. – Que nos deem umas brasinhas e garanto que o tal roedor será roído até os ossos.

Pencroff lançou o animal nos ombros e, calculando pela altura do sol que deviam ser quase duas horas, deu o sinal de retirada. Graças ao instinto do inteligente Top, os caçadores acharam facilmente o caminho por onde tinham vindo, e meia hora mais tarde chegavam à curva do rio. Ali, Pencroff, convencidíssimo de que a falta do fogo inutilizaria todo o seu trabalho, arranjou uma boa carga de lenha e, metida a carga rio abaixo, voltaram todos às chaminés. Mal, porém, teriam dado uns cinquenta passos, quando o marinheiro parou, soltou um novo hurra e apontando exclamou:

– Harbert! Nab! Olhem!

Era uma fumacinha que dali saía rodopiando por sobre os rochedos!

Capítulo 10

INVENÇÃO DO ENGENHEIRO
O ASSUNTO QUE MAIS PREOCUPA CYRUS SMITH
PARTIDA PARA A MONTANHA
A FLORESTA — SOLO VULCÂNICO — AS TRAGOPANAS
OS CARNEIROS SELVAGENS
O PRIMEIRO PLANALTO — ACAMPAMENTO NOTURNO

Instantes depois estavam os três caçadores diante de uma fogueira chamejante. Cyrus Smith e Gedeon Spilett achavam-se ali. Pencroff olhava ora para um, ora para outro, sem dar uma palavra e com o cabié na mão.
— Mas... quem o acendeu? — perguntou ele.
— O sol!
Spilett falava a verdade. O sol é que tinha ministrado aquele calor que tanto maravilhava Pencroff. O marinheiro estava tão assombrado que nem se lembrou de interrogar o engenheiro. Perguntou a Cyrus Smith: tinham então uma lente?
— Não, meu filho, não tinha mas arranjei-a — disse o engenheiro mostrando-lhe o aparelho que havia servido de lente e que era simplesmente formado pelos vidros dos relógios dele e do repórter. Unidos por meio de um pouco de greda e água, tinham dado uma verdadeira lente, capaz de concentrar os raios solares sobre um pouco de musgo seco e de produzir assim a combustão deste. O marinheiro analisou com toda a atenção o aparelho e depois olhou para o engenheiro sem falar. Mas aquele olhar dizia tanto! Cyrus Smith não era para Pencroff um deus mas seguramente mais do que um homem. Logo que lhe voltou a fala, o marinheiro exclamou:

— Note isto, Sr. Spilett, no seu relatório!

Passados os primeiros momentos de pasmo e satisfação, o marinheiro, ajudado por Nab, preparou o espeto, e o cabié, já convenientemente arranjado, estava ali a chiar como qualquer simples leitão diante daquela chama viva e cintilante.

As chaminés iam-se tornando cada vez mais habitáveis, não só porque os corredores iam aquecendo com o calor do fogo, mas também porque tinham sido reconstruídos os diversos tabiques de pedra e areia solta. Por tudo isso via-se que o engenheiro e o repórter haviam aproveitado bem a manhã. Cyrus recuperara quase inteiramente as suas forças, e até tinha querido subir ao planalto superior.

Chegada a noite, ceou-se muito regularmente, e a carne do cabié foi declarada excelente, junto com sargaços e pinhões. Por uma ou duas vezes Pencroff tentou emitir sua opinião sobre o que se deveria fazer. Cyrus, porém, que era um espírito metódico, contentou-se em abanar a cabeça, repetindo:

— Amanhã saberemos com o que temos de contar e procederemos de acordo. — Perto da lareira, depois, todos adormeceram, e no dia seguinte, 29 de março, acordaram bem-dispostos, prontos para empreender a excursão que devia fixar-lhes a sorte. Tudo estava pronto para a partida. Os restos do cabié davam para comer por mais vinte e quatro horas; além disso os nossos viajantes esperavam caçar mais no caminho.

Seriam sete e meia da manhã quando os exploradores, armados de cajados, saíram das chaminés e meteram-se pelo caminho já percorrido através da floresta. Era o caminho mais direto para a montanha. Às nove horas chegavam à orla ocidental da floresta. O terreno ali manifestava um ligeiro declive que subia do litoral para o interior das terras. Top queria atacar os poucos animais espantadiços mas o dono achava que a tarefa devia ser adiada. E era bem provável que não se enganasse quem afirmasse que Cyrus nada observava. O único pensamento então dominante na sua cabeça era o monte que iam subir.

O monte compunha-se de dois cones sobrepostos. O de baixo assentava em contrafortes que pareciam as unhas de uma imensa garra cravada no chão. A vegetação parecia menos densa, vendo-se uns barrancos fundos que deviam provir de caudais de lava solidificada. O segundo cone parecia um enorme chapéu de copa redonda. Era este segundo cone despido de qualquer vegetação, mas furado em partes por umas rochas avermelhadas. Ao cume deste cone superior é que os nossos exploradores queriam subir, e a aresta dos contrafortes era o melhor caminho para lá chegar.

– Estamos num terreno vulcânico – anunciou Cyrus Smith, ao começar a subir, seguido pelos companheiros. Alcançaram o primeiro planalto: por todos os lados viam-se montes de penedos, enormes destroços de basalto, pedras-pomes, gargantas quase impenetráveis aos raios do sol. Harbert fez notar aos companheiros certos sinais que indicavam a passagem recente de grandes animais. Os caminhantes iam subindo pouco a pouco por um caminho longo. Quando, ao meio-dia, o grupo parou para almoçar perto de um regato que caía em cascata, os viajantes ainda estavam a menos de meio caminho, reconhecendo que só atingiriam o objetivo à noite.

Durante uma hora continuou a ascensão, sendo forçoso embrenharem-se de novo no basto arvoredo, sob cujo copado esvoaçavam alguns casais de galináceos da família dos faisões. Eram tragopanas, aves que têm por adorno uma pescoceira carnuda que lhes pende sobre a garganta. Com uma pedrada certeira e atirada com força, Spilett matou uma das tragopanas, que despertou fome em Pencroff.

Logo que os nossos ascensionistas saíram da mata, começaram a trepar pela montanha acima, caminho muito íngreme. Até que chegaram a uma planície superior, onde as árvores eram raras e o terreno apresentava aparências vulcânicas. Continuaram, Nab e Harbert à frente, Pencroff na retaguarda, Cyrus e o repórter no meio. Não faltavam vestígios de animais que frequentavam aquelas alturas. Deviam ser camurças ou cabras montanhesas. Mas Pencroff deu outro nome quando alguns deles apareceram, porque logo exclamou: – Carneiros!

– Aqueles animais não eram carneiros comuns; pertenciam a uma raça muito vulgar nas regiões montanhosas das zonas temperadas, e Harbert deu-lhes logo o nome de carneiros da Córsega.

– Eles têm pernis e costeletas que se assem? – perguntou o marinheiro.

– Têm, sim – respondeu Harbert.

– Até a vista – gritou Pencroff com tão cômica entonação que os outros não puderam conter o riso.

A ascensão continuou, difícil. E as dificuldades tornaram-se maiores ao chegarem ao primeiro planalto. Por volta das quatro horas já os caminhantes haviam passado além da zona extrema do arvoredo. Restavam apenas aqui e ali alguns pinheiros descarnados e esqueléticos. Felizmente o tempo estava ótimo, a atmosfera perfeitamente sossegada. Através da transparência do ar percebia-se a pureza do céu. Quinhentos pés apenas separavam então os nossos exploradores do planalto a que pretendiam chegar a fim de assentarem acampamento para passarem aquela noite.

Era quase noite fechada quando Cyrus Smith e companheiros, fatigadíssimos pela violenta ascensão que levara sete horas, atingiram o planalto do primeiro cone.

Chegados ali, tratou-se logo de organizar o acampamento e de reparar as forças com uma boa ceia e depois um melhor sono. Abundância de combustível não havia, é verdade; contudo, os exploradores puderam acender lume com musgos secos que cresciam em certos pontos do planalto. O fogo era apenas destinado a combater a temperatura um pouco fria da noite, e não serviu para assar o faisão, reservado por Mestre Nab para o dia seguinte. Os restos do cabié e algumas dúzias de pinhões constituíram a ceia. Cyrus Smith lembrou-se então de explorar, apesar da semiobscuridade, o enorme alicerce circular onde assentava o cone superior da montanha. Sem se lembrar de como estava cansado, deixou Pencroff e Nab tratando de arranjar cômodos para dormir, Spilett a tomar apontamento dos incidentes do dia, e foi, acompanhado de Harbert, percorrer a extremidade do planalto, dirigindo-se sempre para o norte.

Eram quase oito horas quando Cyrus Smith e Harbert chegaram à parte superior do monte, no cimo do cone. A escuridão era tão completa que não permitia o olhar alongar-se num raio de duas milhas. Estaria aquela terra desconhecida toda rodeada de mar, ou unir-se-ia a oeste com algum continente do Pacífico? Não podiam reconhecê-lo ainda. A oeste, numa faixa de pequenas nuvens, perfeitamente desenhada no horizonte, aumentavam as trevas, e a noite não deixava ver se o céu e o mar se confundiam na mesma linha circular. Mas, num ponto do horizonte, apareceu de repente um vago clarão que descia lentamente à medida que as nuvens subiam para o zênite. Era um estreito crescente da lua, próximo a desaparecer, mas cuja luz bastava para alumiar a linha horizontal, então separada das nuvens. O engenheiro viu a sua imagem trêmula a refletir-se por um momento numa superfície líquida. Cyrus Smith agarrou a mão do rapaz e – no momento em que a lua se ocultava – exclamou com voz grave:

– Uma ilha!

Meia hora depois, Cyrus e Harbert estavam de volta ao acampamento. O engenheiro limitou-se a dizer aos companheiros que a terra em que o acaso os tinha lançado era uma ilha, como no dia seguinte veriam. Depois cada um tratou de se arranjar o melhor possível para dormir, e os insulares gozaram de um profundo descanso.

No dia seguinte, depois de um parco almoço que se compunha de tragopana assada, o engenheiro quis tornar a subir ao cimo do vulcão. Dali observaria com toda a atenção a terra em que ele e os companheiros estavam presos, talvez para toda a vida, se a ilha estava situada a grande distância de outra terra qualquer, ou se não estava no caminho dos navios que visitam os arquipélagos do oceano Pacífico.

Deviam ser mais ou menos sete horas quando todos deixaram o acampamento, sem que nenhum deles parecesse inquieto pela sua sorte. Tinham, sem dúvida, fé em si próprios, mas é necessário observar que o ponto em que Cyrus Smith apoiava a sua fé era bem diferente daquele dos companheiros. O engenheiro tinha confiança porque se sentia capaz de arrancar daquela natureza selvagem tudo o que fosse necessário para a vida dos seus companheiros e para a sua, e estes nada temiam precisamente porque Cyrus estava com eles.

O engenheiro seguiu o caminho da véspera. Contornou a pirâmide pelo planalto até a abertura da enorme cova. O tempo estava magnífico e o céu puro.

Capítulo 11

NO VÉRTICE DO CONE — INTERIOR DA CRATERA
O MAR EM VOLTA — NENHUMA TERRA VISÍVEL
O LITORAL VISTO DE CIMA
HIDROGRAFIA E OROGRAFIA — A ILHA SERÁ HABITADA?
BATIZAM-SE BAÍAS, CABOS, RIOS, GOLFOS ETC.
A ILHA LINCOLN

O sol cobria com seus raios todo o lado oriental da montanha.

Chegaram finalmente à cratera. Como se tinha afigurado ao engenheiro no escuro da noite, era mesmo uma enorme abertura que se dilatava até a altura de mil pés acima do planalto. Abaixo da boca enorme, espessas camadas de lava serpenteavam sobre os lados do monte, enchendo assim o caminho de matéria eruptiva até os vales inferiores, que sulcavam o lado norte da ilha.

Antes das oito horas já Cyrus Smith e os companheiros estavam todos no cimo da cratera, sobre uma intumescência cônica que lhe tomava o bordo setentrional.

– O mar! Por toda a parte o mar! – exclamaram todos, sem poderem reprimir aquele grito, cuja realidade os tornava insulares.

Era mar, com efeito, sempre aquele imenso lençol de água em volta deles. Nenhuma praia ou ilha próxima. Nada aparecia até os limites do horizonte. Nenhuma terra à vista. Nenhum navio. Toda aquela imensidão estava deserta: a ilha ocupava o centro de uma circunferência que parecia ser infinita.

Calados, imóveis, eles percorreram com os olhos, durante alguns minutos, todos os pontos do oceano, investigando com a vista até os mais distantes limites do horizonte. Do oceano volveram os olhos sobre a ilha, que dominavam toda dali, e Spilett foi o primeiro a romper o silêncio nestes termos:

– Que tamanho pode ter esta ilha?

É que na verdade não parecia ser de um tamanho extraordinário no meio daquele oceano imenso. Cyrus Smith refletiu durante alguns momentos, observou atentamente o perímetro da ilha, sem se esquecer da altura em que se encontrava, e disse:

– Meus amigos, creio bem que não me engano atribuindo à linha do litoral um desenvolvimento de uns cento e oitenta e cinco quilômetros.

– E a superfície da ilha?...

– Essa – respondeu o engenheiro – é tão caprichosamente recortada que é difícil avaliá-la.

Quanto ao interior da ilha, o seu aspecto geral era o seguinte: coberta de matas em toda a sua parte sul, desde a montanha até o litoral, e árida e arenosa na parte norte. Cyrus Smith e os companheiros ficaram surpreendidos ao verem entre o vulcão e a praia leste um lago rodeado de árvores vigorosas, e de que eles nem sequer suspeitavam a existência. Visto daquela altura, o lago parecia estar ao mesmo nível do mar. Refletindo melhor, porém, o engenheiro explicou aos companheiros que a altitude daquele lençol de água devia ser de trezentos pés, pois o planalto, que lhe servia de bacia, era somente um prolongamento do que havia na costa.

– Será um lago de água doce? – perguntou Pencroff.

– Decerto – respondeu o engenheiro –, e é alimentado pelas águas que se escoam das montanhas.

– Parece-me ver um riacho que vai lançar-se lá – disse Harbert, indicando um estreito regato.

– Assim é – confirmou Cyrus Smith –, e, visto que o regato alimenta o lago, é provável que exista do lado do mar algum escoadouro pelo qual desapareça o excedente das águas. Na volta veremos isso.

Era possível que debaixo daquelas massas de árvores, que transformavam dois terços da ilha numa imensa floresta, outros riachos corressem para o mar. Devia mesmo supor-se isto, tão fértil e rica se mostrava aquela região nos mais maravilhosos exemplares da flora das zonas temperadas. Na parte norte da ilha não havia indício algum de água corrente; talvez houvesse águas estagnadas na parte pantanosa do nordeste, mas tudo o que se via eram montões de areia, dunas, enfim uma aridez muito caracterizada, contrastando visivelmente com a opulência do terreno na sua maior extensão. O vulcão não estava no centro da ilha; pelo contrário, elevava-se na região nordeste e parecia servir de limite às duas zonas.

Cyrus e os companheiros conservaram-se uma hora no cimo da montanha. A ilha, desdobrando-se debaixo dos seus olhos, parecia um mapa em relevo com as suas cores diversas, verde nas florestas, amarelo nas areias e azul nas águas.

Havia ainda um problema grave a resolver e que devia influir extraordinariamente no futuro dos náufragos.

Seria a ilha habitada? A esta pergunta, feita pelo repórter, parecia que, depois do minucioso exame que se acabava de fazer das suas diversas regiões, podia-se responder negativamente. Não havia vestígio algum de obra de mão humana, nem aglomeração de casas, nem uma cabana isolada, nem uma pescaria no litoral. No ar não se elevava fumaça alguma que traísse a presença do homem. Era natural admitir que a ilha era desabitada.

Mas seria ela, ao menos temporariamente, frequentada pelos indígenas das ilhas vizinhas? Era difícil responder a esta pergunta; não se avistava terra nenhuma.

A exploração da ilha estava acabada, a configuração determinada, as suas desigualdades de terrenos cotadas, extensão calculada e hidrografia e orografia reconhecidas. A disposição das florestas e das planícies tinha sido indicada de uma maneira geral no plano do repórter. Faltava tornar a descer o declive da montanha e explorar o solo do ponto de vista dos seus recursos minerais, vegetais e animais. Cyrus Smith, antes de dar o sinal de partida, disse com voz grave e pausada aos companheiros:

– Eis aqui, meus caros amigos, o cantinho de terra em que a mão da Providência nos lançou e onde temos de viver talvez por muito tempo. Pode também ser que algum socorro inesperado nos apareça, que por acaso passe algum navio... Digo por acaso porque a ilha, além de ser pouco importante, não tem porto que possa servir de abrigo aos navios, e assim é bem de supor que ela esteja fora das rotas ordinariamente seguidas. Não quero, pois, dissimular-vos a situação...

– Tem toda razão, meu caro Cyrus – declarou o repórter.

– Está tratando com homens corajosos que têm no senhor toda a confiança, e com quem se pode contar. Não é assim, meus amigos?

– Obedecer-lhe-ei sempre, Sr. Cyrus – declarou Harbert, agarrando na mão do engenheiro.

– Meu amo, em tudo e para tudo! – exclamou Nab.

– Quanto a mim – disse o marinheiro –, que eu perca o meu nome se me negar a qualquer trabalho. Se quiser, transformaremos esta ilha numa pequena América, edificaremos cidades, estabeleceremos caminhos de ferro, instalaremos telégrafos, e um belo dia, quando estiver completamente transformada, bem-arranjada e civilizada, iremos oferecê-la ao governo da União! E para isto tudo peço só uma coisa.

– O que é? – perguntou o repórter.

– Que nós não nos consideremos mais como náufragos, mas sim como colonos que vieram para aqui colonizar!

Cyrus não pôde deixar de sorrir e, sendo a moção do marinheiro adotada, este agradeceu aos companheiros, dizendo que contava com a sua energia e com o auxílio divino.

– Vamos! A caminho para as chaminés! – exclamou Pencroff.

– Meus amigos, esperem mais um momento – acrescentou Smith. – Parece-me que devemos dar um nome a esta ilha, assim como a todos os cabos, promontórios e correntes de água que temos debaixo dos olhos.

– Acho isso muito bom – concordou o repórter –, porque simplificará de futuro quaisquer instruções que precisarmos dar ou seguir.

– As chaminés, por exemplo – lembrou Harbert.

– É exato – respondeu Pencroff. – Esse nome era já mais cômodo e foi ideia minha. Conserva-se o nome de chaminés ao nosso primeiro acampamento, Sr. Cyrus?

– Acho que sim, Pencroff.

– Ora bem! Quanto aos outros, será fácil – opinou o marinheiro, que estava em ótima disposição de espírito. – Inventemos-lhes nomes, como faziam os Robinsons, de que Harbert me leu mais de uma vez a história: a *baía da Providência*, a *ponta dos Baleotes, o cabo do Desengano!...*

– Nada disso! É melhor dar os nomes do Sr. Smith, do Sr. Spilett, de Nab!... – objetou Harbert.

– O meu nome! – exclamou Nab, mostrando os dentes de uma alvura extraordinária.

– E por que não? – replicou Pencroff. – O *porto Nab* ficava até muito bem!

– Quereria antes que nos valêssemos de nomes tirados da nossa pátria – retorquiu o repórter – e que nos recordassem a América.

– Admito isso de boa vontade – opinou então Cyrus – para as baías e mares principais. Chamemos à vasta baía de leste baía União, à do sul baía Washington, ao monte onde estamos nesta ocasião monte Franklin, ao lago que se alonga debaixo dos nossos olhos lago Grant, e não poderíamos escolher melhor. Estes nomes nos lembrarão o nosso país e os cidadãos que o têm honrado. Para os riachos, golfos, cabos e promontórios que avistamos do alto desta montanha escolhamos denominações que melhor signifiquem a sua configuração particular. Assim gravar-se-ão no nosso espírito e serão ao mesmo tempo mais práticos. A forma da ilha é tão estranha que decerto nos veremos embaraçados para arranjar um nome que a simbolize. Quanto às correntes de água que ainda não conhecemos, às diversas partes da floresta que exploraremos mais tarde, às angras que descobriremos lá para diante, nós as batizaremos à medida que se nos apresentem. Que pensam a este respeito, meus amigos?

A proposta do engenheiro foi unanimemente aprovada pelos seus companheiros. Spilett foi o encarregado de tomar nota dos nomes à medida que a nomenclatura geográfica fosse adotada. Começou a inscrição pelos nomes de baía União, baía Washington e monte Franklin.

— Agora — observou o repórter — proponho que se dê o nome de península Serpentina à península que se projeta a sudoeste da ilha, e o de promontório do Réptil à cauda recurvada que o termina e que na forma é o mais semelhante possível à cauda de um réptil.

— Adotado — aprovou o engenheiro.

— A outra extremidade da ilha — propôs Harbert —, ao golfo que parece tão estranhamente uma queixada aberta, chamemos golfo do Tubarão.

— E a extremidade da baía União?

— Cabo Garra — exclamou logo Nab, que também queria ser padrinho de algum pedaço do seu domínio. E Nab escolhera bem: o cabo parecia uma garra de animal.

À ribeira que fornecia água potável aos colonos, perto de onde o balão os tinha lançado, deram o nome de Mercy, como agradecimento à Providência.

Estava tudo terminado, e os colonos somente tinham de descer o monte Franklin para voltarem às chaminés, quando Pencroff exclamou:

— Somos uns estouvados! Não íamos esquecendo de batizar a nossa ilha?

Harbert ia propor o nome do engenheiro, o que os companheiros teriam certamente aprovado, quando Cyrus Smith sugeriu:

– Demos-lhe o nome de um grande cidadão, amigos, daquele que luta neste momento em defesa da unidade da república americana. Chamemos-lhe a ilha Lincoln!

Três valentes hurras serviram de resposta à ideia do engenheiro. Tudo isto se passava no dia 30 de março de 1865. Mal calculavam os nossos colonos que dezesseis dias depois Abraham Lincoln havia de cair fulminado pela bala de um fanático.

Capítulo 12

REGULAM-SE OS RELÓGIOS — PENCROFF SATISFEITO
FUMO SUSPEITO — CURSO DO RIACHO VERMELHO
FLORA DA ILHA LINCOLN — FAUNA
OS FAISÕES DAS MONTANHAS
CORRIDA AOS CANGURUS — AS CUTIAS
O LAGO GRANT — REGRESSO ÀS CHAMINÉS

Os colonos da ilha Lincoln lançaram um último olhar à volta de si, rodearam a cratera, e dali a meia hora estavam no primeiro planalto, onde tinham acampado na noite anterior. Pencroff achou que era hora de almoçar, e a este propósito ocorreu acertar os relógios de Cyrus e do repórter. O relógio de Spilett tinha escapado à água do mar e ele tinha o maior cuidado de dar-lhe corda todos os dias. O de Smith estava parado. Então ele deu-lhe corda e, calculando pela altura do sol, achou que deviam ser aproximadamente nove da manhã, e assim pôs os ponteiros nessa hora. Spilett ia seguir-lhe o exemplo, quando o engenheiro disse:

– Não faça isto, meu caro Spilett. Conservou a hora de Richmond, que é mais ou menos a de Washington. Dê corda regularmente, mas sem tocar nos ponteiros. Talvez isso nos possa servir.

"Servir para quê?" – pensou o marinheiro.

Feito isto, almoçaram, e com tão bom apetite que a reserva de caça e pinhões sumiu completamente. Contavam em abastecer-se novamente no caminho.

Cyrus propôs aos amigos, quando deixaram o planalto, tomar por caminho diferente para voltar às chaminés. Ao passo que iam conversando, os colonos usavam sempre os nomes próprios que tinham escolhido. Tinha-se combinado que os viajantes, sem que formassem um grupo compacto, não se afastariam muito uns dos outros porque, sendo quase certo que as espessas florestas da ilha eram habitadas por animais perigosos, seria prudente acautelarem-se. Às dez horas descia o nosso grupo as últimas rampas do monte Franklin. Foi quando viram Harbert voltar precipitadamente, enquanto Nab e Pencroff se escondiam entre os rochedos.

– Fumaça! – disse Harbert. – Vimos uma coluna de fumo que subia entre os rochedos, a cem passos de distância de nós.

– Homens nestes lugares! – exclamou o repórter.

– Evitemos aparecer antes de saber com quem temos de lidar – recomendou Cyrus. – Se há índios na ilha, creio que os temo mais do que desejo. Onde está Top? E por que não ladra? É extraordinário, será bom chamá-lo.

Esconderam-se atrás dos penedos. E dali divisaram claramente uma densa coluna de fumo, que se elevava nos ares, rodopiando, com uma cor amarelada. Top, chamado pelo assobio do dono, veio logo. Cyrus, fazendo sinal aos amigos para que o esperassem, escondeu-se por entre as rochas. Os colonos, imóveis, esperavam ansiosos o resultado daquela exploração, quando, ao chamado de Smith, correram todos. Ficaram surpresos com o cheiro ruim que impregnava a atmosfera. Aquele cheiro, que facilmente se reconhecia, era suficiente para Cyrus adivinhar donde provinha o fumo.

– É a natureza a causa única daquela fumaça. Há ali uma nascente sulfurosa que nos permitirá tratar eficazmente das nossas laringites.

Os colonos dirigiram-se logo ao lugar de onde saía o fumo e viram ali uma nascente sulfurada sódica, que corria abundante por entre os rochedos, e de cujas águas se exalava um cheiro fortíssimo de ácido sulfídrico.

Mas já que a nascente sulfurosa não oferecia utilidade real, os colonos dirigiram-se para a basta orla da floresta. Como tinham suposto, o rio ali espraiava as suas águas vivas e límpidas entre escarpadas margens de barro vermelho, cor que indicava a presença de óxido de ferro, e que fez com que se desse de imediato o nome de riacho Vermelho àquela corrente de água. A água era doce, o que fazia supor que a do lago também, condição bem favorável, caso os colonos encontrassem nas margens alguma habitação mais confortável que as chaminés.

De repente, da espessura da mata, rebentou um estranho concerto de vozes discordantes, e os colonos ouviram sucessivamente cantos de aves, gritos de quadrúpedes e uma espécie de estalos que era natural supor saídos dos lábios de um índio. Nab e Harbert, esquecendo os princípios mais elementares da prudência, embrenharam-se na moita. Felizmente não havia ali feras terríveis, nem índios perigosos, apenas meia dúzia de aves zombeteiras e cantoras, conhecidas como faisões das montanhas. Algumas pauladas puseram ponto final à cena de imitação, fornecendo-lhes ao mesmo tempo excelente caça para o jantar.

Foi quando apareceu um bando de quadrúpedes, dando pulos de trinta pés, verdadeiros mamíferos voadores, escondendo-se depois por cima das árvores, com tanta ligeireza e a tal altura que pareciam saltar de uma árvore para outra com a agilidade de esquilos. Eram cangurus, disse Harbert.

– E isso se come? – perguntou Pencroff.

– Recheados – explicou o repórter –, valem tanto como a melhor caça da América. – Spilett não tinha acabado esta frase estimulante, e já Pencroff, seguido de Nab e Harbert, se havia lançado na pista dos cangurus. Em vão Cyrus os chamou, e em vão os três perseguiam aquela espécie de caça elástica, e após cinco minutos de carreira estavam eles esfalfados; os animais desapareceram pela floresta. O marinheiro exclamou:

– Sr. Cyrus, é indispensável que fabriquemos espingardas. Será isso possível?

– Talvez – respondeu –, mas comecemos por fabricar arcos e flechas, pois estou certo de que em pouco tempo vocês os manejarão tão bem como qualquer caçador da Austrália.

– Arcos e flechas! – disse Pencroff com gesto de desdém. – Isso é bom para crianças!

– Nada de desdenhar – disse o repórter. – Foi com arcos e flechas que durante séculos se ensanguentou o mundo; a guerra é tão velha como a raça humana; a pólvora, sim, é apenas de ontem.

Top, sentindo que no negócio de que se tratava ia o seu próprio interesse, andara, esquadrinhara, excitado por um apetite voraz. Por três horas, o cão desapareceu por entre os tojos, e alguns grunhidos, que dentro em pouco se ouviram, indicaram que ele estava lutando com algum animal. Nab dirigiu-se ao lugar donde lhe parecia virem aqueles sons, e efetivamente viu Top devorando com extraordinária rapidez um quadrúpede. Felizmente o cão tinha encontrado uma ninhada: a caçada fora tríplice, pois mais dois roedores jaziam no chão estrangulados.

Nab reapareceu triunfante, trazendo em cada mão um dos roedores, maiores que lebres, com o pelo amarelado, algumas manchas esverdeadas e cauda apenas rudimentar. Eram marás, espécie de cutias, verdadeiros coelhos da América.

– Hurra! – exclamou Pencroff. – Agora, que já temos assado, podemos voltar para casa.

Os exploradores tinham chegado à margem ocidental do lago Grant. As águas eram doces, límpidas, um pouco escuras e, pelos borbotões e círculos concêntricos, via-se que ali devia haver abundância de peixe.

– É realmente belo este lago! – exclamou Spilett. – Podia-se viver admiravelmente nestas margens.

– E aqui havemos efetivamente de viver – afirmou Cyrus Smith.

Para voltar às chaminés, bastava atravessar obliquamente o planalto, e tornar a descer até o cotovelo formado pela primeira volta do Mercy. Cyrus tinha toda a esperança em que seria possível utilizar a queda-d'água junto ao lago, aproveitando a sua força, atualmente perdida e sem vantagem para ninguém.

Mal chegaram às chaminés, acenderam o fogo, e Nab e Pencroff prepararam com a maior ligeireza umas cutias grelhadas, a que os colonos fizeram as maiores honras. Terminada a refeição, quando todos iam dormir, Cyrus tirou do bolso bocadinhos de diferentes espécies de minerais que apanhara no caminho, e disse:

— Meus amigos, isto é minério de ferro, isto pirite, isto argila, isto carvão. Essa é a parte do trabalho comum da própria natureza. Amanhã falaremos na nossa parte.

Capítulo 13

O QUE SE ENCONTROU NO CORPO DE TOP
FABRICAÇÃO DE ARCOS E FLECHAS
UMA TIJOLEIRA — O FORNO DE LOUÇA
DIFERENTES UTENSÍLIOS DE COZINHA
PANELA AO LUME PELA PRIMEIRA VEZ
IMPORTANTE OBSERVAÇÃO ASTRONÔMICA

— Então, Sr. Cyrus, por onde devemos começar? – perguntou Pencroff no dia seguinte.
 – Pelo princípio – respondeu Cyrus Smith.
 E na verdade era bem pelo princípio que os colonos se viam obrigados a começar. Tinham tudo para fabricar: o ferro e o aço achavam-se ainda no estado de minério, a olaria no estado de argila, a roupa branca e o terno no estado de matérias têxteis. Contudo, é preciso notar que os colonos eram *homens,* na mais bela e poderosa acepção da palavra. O engenheiro não podia ser coadjuvado por companheiros mais inteligentes, mais zelosos e dedicados, e Cyrus conhecia-lhes as aptidões. Seria difícil reunir cinco homens mais capazes de lutar com a sorte e mais seguros de triunfarem dela.
 O princípio de que falara Cyrus era a construção de um aparelho que servisse para transformar as substâncias naturais. O calor é parte importante nestas transformações. O combustível, lenha e carvão, podia-se utilizar já, mas era necessário construir um forno para esse fim.
 – O forno – explicou o engenheiro – serviria para fabricarem louça, de que precisavam, e o forno se construiria com tijolos. E os tijolos com argila.

– Não faltará fogo – disse o repórter –, mas talvez os alimentos venham a faltar por falta de armas de caça.

– Ah! se ao menos eu tivesse uma faca – disse o marinheiro –, bem depressa arranjaria arco e flechas, e a caça com certeza não havia de faltar na cozinha. – O engenheiro ficou pensativo. Depois fitou os olhos em Top, e chamou-o; desapertou a coleira que ele trazia ao pescoço e partiu-a em dois pedaços, dizendo:

– Aqui estão as duas facas, Pencroff.

Dois hurras foram a única resposta do marinheiro. A coleira era feita de uma lâmina delgadíssima de aço temperado. Bastava amolá-lo de maneira a indicar o gume. Duas horas depois a ferramenta dos colonos compunha-se de duas lâminas cortantes, às quais tinham arranjado cabos bem fortes. Essa conquista foi saudada como um triunfo.

Partiram. A intenção de Cyrus Smith era voltar ao lago, em cujas margens tinham visto terra argilosa. Harbert, enquanto caminhava, descobriu diversas árvores que os índios empregavam para fabricar arcos. Faltava apenas achar uma planta própria para fazer a corda do arco. Serviram-se de uma árvore cujas fibras eram de tal maneira rijas que se podiam comparar a tendões de animais. Pencroff conseguiu assim obter arcos de tamanho razoável e aos quais só faltavam flechas. Estas se podiam arranjar servindo-se de ramos retos e rijos, sem nós, mas não era fácil encontrar uma substância qualquer para substituir o ferro de que pudessem fazer bicos nas flechas.

Chegaram às margens do lago e encontraram a argila, reconhecida na véspera. A argila embebida em água, amassada depois pelas mãos, foi dividida em prismas de tamanho igual. Em dois dias de trabalho fizeram três mil tijolos que ali deixaram até que a sua completa dessecação permitisse que os cozessem, isto é, daí a três ou quatro dias. Enquanto isso, os colonos trataram de se abastecer de combustível. Não se descuidaram também de caçar, tanto mais que Pencroff já possuía algumas dúzias de flechas armadas de pontas aguçadíssimas. Top fornecera aqueles bicos apanhando um porco-espinho, insignificante como peça de caça mas de um valor incontestável pela quantidade de espinhos que possuía. Dentro em pouco o repórter e Harbert começaram a caçar, e não faltou alimento nas chaminés: cabiés, pombos, cutias, galos, etc. Os nossos colonos foram comendo a caça fresca, e guardaram só os presuntos de cabié, passando-os pela fumaça de lenha verde, depois de os terem perfumado com algumas folhas cheirosas. Mas estavam cansados de assados e bem que gostariam de ouvir uma panela chiar no fogo. Durante as excursões os caçadores notaram vestígios recentes de animais de grande estatura e fortes garras. Cyrus recomendou a todos a maior prudência, convencido de que na floresta havia feras terríveis.

E tinha toda razão. Com efeito, Spilett e Harbert avistaram certo dia um animal muito semelhante a um jaguar. Felizmente a fera não os atacou. Mas logo que tivessem uma arma séria, uma das espingardas que Pencroff reclamava, Spilett prometia a si mesmo fazer uma guerra tão encarniçada aos animais ferozes que expurgasse deles a ilha.

Durante aqueles dias os colonos não trataram de tornar as chaminés mais confortáveis, porque o engenheiro contava descobrir ou, se fosse preciso, edificar uma habitação mais conveniente.

No dia 5 de abril, que era uma quarta-feira, fazia doze dias que o vento arrojara os náufragos naquelas terras inóspitas. No dia 6 de abril, ao despontar da manhã, todos estavam reunidos no lugar em que se deviam cozer os tijolos. A própria aglomeração dos tijolos seria um forno enorme que se cozeria a si mesmo. Este trabalho durou todo o dia, e só à noite puderam acender o fogo. Naquela noite ninguém se deitou, pois todos velavam com o maior cuidado que o fogo não afrouxasse. No dia 9 de abril o engenheiro tinha à sua disposição uma certa quantidade de cal preparada e alguns milheiros de tijolos, e começaram a construção de um forno que devia servir para cozer os diversos objetos de louça indispensáveis ao uso doméstico. A primeira coisa que os colonos fabricaram foi louça comum, mas própria para cozinhar os comestíveis. Fizeram potes, xícaras, pratos, jarras enormes, vasos próprios para conter água etc. Pencroff fabricou alguns cachimbos bastante grosseiros. Mas faltava-lhes o tabaco, e isso era para Pencroff uma das maiores provações.

Na tarde de 15 de abril, o engenheiro fez uma feliz descoberta: uma certa planta pertencente ao gênero artemísia, que serviria de isca.

Naquela noite, reunidos todos os colonos na câmara central, jantaram admiravelmente. Nab tinha preparado um caldo de cutia e um presunto de cabié aromatizado, a que juntou alguns tubérculos, cozidos na água, de uma planta herbácea. Estes rizomas tinham um gosto excelente, eram muito nutritivos, podendo até certo ponto substituir o pão.

Terminada a ceia, os cinco homens foram tomar um pouco de ar na praia. Eram oito horas de uma noite que prometia ser magnífica. Brilhavam no céu as constelações, e, entre elas, aquela que o engenheiro alguns dias antes tinha saudado do cume do monte Franklin com o nome de Cruzeiro do Sul.

– Compreendam, meus amigos – disse Cyrus –, que, antes de empreenderem trabalhos mais sérios de instalação, não basta termos verificado que esta terra é uma ilha: é preciso, tanto quanto possível, reconhecer a que distância está situada, quer do continente americano, quer do continente australiano ou dos principais arquipélagos do Pacífico.

– Efetivamente – aventurou o repórter –, talvez ganhemos mais em construir um barco em vez de uma casa, se descobrirmos que estamos apenas a alguns centos de milhas de qualquer costa habitada.

– É por isso mesmo – afirmou Cyrus Smith – que eu vou tentar esta noite obter a latitude da ilha Lincoln, e amanhã ao meio-dia tratarei de calcular-lhe a longitude.

Para isso era preciso construir um instrumento que substituísse um sextante. Cyrus voltou às chaminés e, à claridade do fogo, talhou duas réguas pequenas e chatas, reuniu-as uma à outra por uma das extremidades, de maneira que formassem uma espécie de compasso. Smith resolveu fazer as suas observações do planalto da Vista Grande, não se esquecendo de tomar nota da altura a que estava acima do nível do mar, altura esta que ele tencionava calcular no dia seguinte por um simples processo de geometria elementar. Como todos os cálculos fossem deixados para o dia seguinte, às dez horas dormiam profundamente.

Capítulo 14

MEDE-SE A ALTURA DA MURALHA GRANÍTICA
LATITUDE DA ILHA — EXCURSÃO AO NORTE
UM BANCO DE OSTRAS — PROJETOS DE FUTURO
A PASSAGEM DO SOL PELO MERIDIANO
COORDENADAS DA ILHA LINCOLN

No dia seguinte de madrugada saíam os nossos colonos das chaminés e trataram de lavar a roupa.

Tencionava Cyrus fabricar sabão logo que tivesse conseguido as matérias-primas essenciais: soda ou potassa e uma gordura ou óleo qualquer.

O problema da renovação do guarda-roupa fora adiado para ocasião mais oportuna. Era preciso, entretanto, completar os elementos adquiridos pelas observações da véspera, medindo o planalto da Vista Grande acima do nível do mar. Harbert, sempre desejoso de instruir-se, acompanhou o engenheiro. Cyrus conseguiu todos os dados que se propusera obter. Faltava saber a longitude para completar as coordenadas geográficas da ilha, e era esta falta que o engenheiro tentava preencher ainda naquele dia, ao meio-dia, com o sol no meridiano.

Resolveu-se que aquele domingo seria empregado num passeio ou, antes, numa exploração da parte da ilha situada entre o norte do lago e o golfo do Tubarão. O almoço seria nas dunas e o regresso à noite.

Às oito e meia da manhã já o grupinho estava a caminho pela margem do canal. Na outra margem do ilhéu da Salvação passeavam numerosas aves.

Pencroff ouviu com satisfação que a carne dos tais cotetes,* ainda que negra, era muito comível.

Sobre a areia viam-se caminhando grandes anfíbios, talvez focas, que pareciam ter escolhido o ilhéu para abrigo. Não serviam de alimento, pois a sua carne, oleosa, é detestável. Cyrus observou bem as focas e, sem dizer o que tinha em mente, anunciou aos amigos que muito breve iriam visitar o ilhéu.

A praia estava semeada de conchas; mais útil, porém, foi uma grande ostreira que se deparou entre uns penedos. Nab fora o descobridor.

– Foi uma boa descoberta – disse o repórter –, e se é verdade, como dizem, que cada ostra dá por ano cinquenta a sessenta mil ovos, temos aqui uma mina inesgotável.

O marinheiro, ajudado por Nab, arrancou muitos desses moluscos.

E continuaram de novo costa acima entre as dunas e o mar.

Aquela porção da ilha, dali até a ponta que fechava a baía União e que fora chamada de cabo Mandíbula Sul, era de grande aridez.

O que por ali mais se encontrava era areia e conchas, em mistura com alguns restos de lavas. Aquela tristíssima costa era apenas frequentada por aves marítimas. Pencroff tentou matar algumas a flechadas, mas sem resultado. Pencroff queixou-se de novo:

– Nada, Sr. Cyrus! Enquanto não tivermos uma ou duas espingardas, a nossa caça será sempre muito deficiente!

– Arranja-nos ferro, aço – disse Spilett –, salitre e enxofre para a pólvora, mercúrio e ácido azótico para os fulminantes e chumbo para as balas, que Cyrus nos dará boas armas de fogo.

– Nem tanto – replicou Cyrus. – Todas essas substâncias podemos encontrar na ilha; uma arma de fogo, porém, é um

---

* Gênero de aves palmípedes que têm apenas cotos de asas, os quais lhes servem de barbatanas para nadar. (N. do E.)

instrumento delicado, cuja construção exige ferramenta de grande precisão. Enfim, lá mais adiante veremos.

– O que vale é que mais tarde ou mais cedo havemos de encontrar meio de sair daqui – exclamou Pencroff.

– E talvez mais cedo do que imaginam, meus amigos – disse Cyrus. – Se a ilha Lincoln estiver a medíocre distância de algum arquipélago habitado ou de um continente.

– Então, Cyrus – perguntou o repórter –, se a ilha Lincoln estiver a duzentas ou trezentas milhas da Nova Zelândia ou do Chile?

– Então... em vez de construirmos uma casa, faremos um barco, e mestre Pencroff comandará...

– Pois não, Sr. Cyrus! Não haverá dúvida de minha parte em ser promovido a comandante... logo que se encontre jeito de construir uma embarcação que possa aguentar o mar!

– Há de achar-se! – declarou Cyrus.

Em seguida procedeu a todos os cálculos para estabelecer a longitude, que era meio-dia.

Resultado: a ilha Lincoln estava a tal distância de qualquer terra firme ou arquipélago que não era sensato arriscarem-se a transpor semelhante extensão num simples e frágil barco. E por mais esforço que se fizesse não se lembravam de nenhuma ilha no Pacífico cuja situação fosse aquela da ilha a que deram o nome de Lincoln.

Capítulo 15

RESOLVE-SE DEFINITIVAMENTE INVERNAR
A QUESTÃO METALÚRGICA
CAÇADA ÀS FOCAS — O KULA
EXPLORA-SE O ILHÉU DA SALVAÇÃO
FABRICAÇÃO DO FERRO — COMO SE OBTÉM AÇO

No dia seguinte, 17 de abril, as primeiras palavras de Pencroff foram para Spilett.

– Em que espécie de ofício trabalharemos hoje?

O caso é que, de tijoleiros e oleiros, iam os companheiros de Cyrus passar a metalúrgicos. Ao cair da noite não adormeceram logo porque um problema devia ser resolvido: não sendo possível sair já da ilha, ali passariam o inverno. Por todos os motivos decidiu-se arranjar habitação mais confortável para passarem os meses de frio.

A próxima tarefa era a de utilizar certo minério de ferro, das jazidas que Cyrus tinha percebido, e transformar esse minério em ferro e aço.

Não longe das jazidas de ferro magnético estavam as de carvão de pedra já começadas a serem exploradas pelos nossos colonos.

– Acho – disse o engenheiro – que meus amigos vão gostar de irmos ao ilhéu caçar focas. – Pencroff espantou-se: para fabricar ferro eram necessárias as focas?

Chegando lá, viram, nadando, grandes pontos negros: as focas. Elas nadam tão bem que era melhor esperar que viessem a terra, onde tinham movimento rastejante e lento. Assim, em uma hora caçaram meia dúzia.

– Está bom! – disse Cyrus. – Tiram-se delas dois ótimos foles de ferreiro. – Cyrus pretendia tirar da pele dos animais uma máquina de soprar, necessária para a preparação do minério.

E, realmente, três dias depois do trabalho resultava uma máquina de soprar. As jazidas da hulha e minério estavam a pouca distância uma da outra. O engenheiro propôs acamparem ali, abrigados por uma choupana de ramos, para que a operação não parasse dia e noite. A caminhada durou um dia inteiro. Mas aproveitaram e caçaram. Entre os caçados estava uma equidna, animal muito semelhante ao ouriço. Harbert observou o bicho e disse que dentro de uma panela seria como excelente carne de vaca. Foi quando encontraram um animal que, ao longe, parecia um urso. Tratava-se de um kula, mais conhecido pelo nome de preguiça.

Organizaram o acampamento em menos de uma hora: uma choupana de ramos entrelaçados com trepadeiras e amassados com barro.

No dia seguinte Cyrus e Harbert saíram à procura da jazida. Lá o minério era riquíssimo em ferro. A colheita da hulha fez-se como a do minério, sem grande trabalho.

O primeiro pedaço de ferro, mesmo por forjar e encavado num pau qualquer, foi o martelo com que trabalharam uma bigorna de granito. E assim conseguiram obter uma porção de metal, de qualidade secundária, mas utilizável. No dia seguinte estavam forjadas muitas barras de ferro, algumas transformadas em ferramentas e utensílios.

Não era, porém, no estado de ferro puro que o metal podia prestar grandes serviços, mas sim depois de transformado em aço. Com o ferro puro Cyrus conseguiu o aço aquecendo o metal com carvão em pó num cadinho de barro refratário. Em seguida bateu a martelo o aço obtido, que era maleável tanto quente como frio.

Muitos instrumentos, todos grosseiramente moldados, como é de supor, foram fabricados, tais como ferros de plainas, machados, machadinhas, fitas de aço para fazer serras, torqueses, pregos etc. No dia 5 de maio estava terminado o primeiro período metalúrgico e os nossos ferreiros voltaram às chaminés.

Capítulo 16

TRATA-SE DE NOVO DA QUESTÃO DA HABITAÇÃO
FANTASIAS DE PENCROFF
EXPLORAÇÃO AO NORTE DO LAGO — AS SERPENTES
A EXTREMIDADE DO LAGO — TOP VAI NADAR
COMBATE DEBAIXO DA ÁGUA — O DUGONGO

Era no dia 6 de maio e o céu havia já dias que começava a escurecer. Convinha ir tomando certas disposições, se a intenção era invernar ali. O frio ainda não chegara, mas a estação chuvosa estava próxima e era urgente resolver o problema da habitação.

— Demais, receio que por aí vaguem animais perigosos — disse Cyrus —, contra os quais devemos nos abrigar. Além disso, amigos, convém prever sempre o pior. Lembrem-se de que estamos numa parte do Pacífico muito frequentada pelos piratas malaios...

— Não seria razoável explorar toda a ilha antes de empreender qualquer coisa? — disse Pencroff. E Spilett acrescentou:

— É verdade, pois quem nos diz que na outra costa não acharemos uma dessas cavernas que procuramos?

— Mas — lembrou Cyrus — não se esqueçam que devemos ficar nas margens de um rio e que, do cume do monte Franklin, não vimos do lado oeste nem um regato. Aqui ficamos entre o Mercy e o lago Grant. Além do mais, esta costa não está, como a outra, exposta às ventanias.

— Ah, se nós pudéssemos abrir uma habitação nessa muralha de granito! — disse Pencroff. — Com cinco ou seis quartos...

– Todos com janela! – acrescentou Harbert rindo.

– E uma escada para lá subir! – brincou Nab.

– Riam – exclamou o marinheiro. – Que há de impossível no que proponho? Temos os instrumentos!

Cyrus propôs aos outros que voltassem às chaminés pelo monte, aproveitando a caminhada para explorar as margens setentrionais e orientais do lago. Cyrus e os companheiros caminhavam com cuidado naquele terreno para eles inteiramente novo. Arcos, flechas e paus cerrados eram as únicas armas que possuíam.

Nenhuma fera apareceu: era provável que os animais ferozes frequentassem, de preferência, as densas florestas do sul. Mas tiveram a desagradável surpresa de verem Top parado diante de uma enorme serpente, de uns catorze a quinze pés de comprimento. Nab matou-a a paulada. Cyrus examinou o réptil e declarou que não era venenoso. Mas era possível que por ali houvesse serpentes cuja picada fosse fatal.

Via-se dali o lago Grant em toda a sua extensão. Top, que continuava pelo mato, fez levantarem-se diversos bandos de aves, logo atingidas pelas flechadas de Spilett e Harbert. Naquele momento Top, até ali perfeitamente sossegado, começou a dar sinais de agitação, ladrando enfurecido. Os latidos do animal tornaram-se de tal forma frequentes que Cyrus afinal prestou-lhes atenção. O cão, ouvindo a voz do dono, deu alguns pulos, manifestando verdadeira inquietação, e correu de novo à margem. Logo depois precipitou-se no lago.

– Aqui, Top! – gritou Cyrus, que não queria que o cão se aventurasse naquelas águas suspeitas.

– Naturalmente Top farejou, por aí, algum jacaré – supôs Harbert.

– Penso que não – respondeu Cyrus. – Jacarés só se encontram em regiões de latitude inferior.

Top, ao ouvir a voz do dono, voltara à margem, mas não podia estar quieto. Cyrus estava muito preocupado. E propôs:

– Levemos a exploração até o fim. – Todavia o nosso engenheiro não conseguira descobrir por onde nem como se realizava a saída das águas.

– Mas que importância tem o conhecimento disso, caro Cyrus? – perguntou Spilett.

– Tem, e grande. Porque, se a saída das águas se realiza através da penedia, é bem possível que nela exista alguma cavidade fácil de tornar habitável, começando por desviar o curso das águas.

– Mas não será possível que elas tenham saída mesmo pelo fundo do lago e que vão parar no mar por algum canal subterrâneo? – lembrou Harbert.

– Isto é muito possível. Se for assim, teremos de edificar a nossa habitação, já que a natureza não fez os primeiros trabalhos de construção.

Os nossos colonos se dispunham a atravessar o planalto para voltar às chaminés, por serem cinco da tarde, quando Top manifestou de novo sinais de viva agitação. Ladrava raivoso e atirou-se pela segunda vez nas águas do lago. Todos correram até a margem. O animal afastava-se nadando, apesar dos chamados de Cyrus, quando uma enorme cabeça emergiu da superfície das águas. Harbert julgou reconhecer a cabeçorra do anfíbio: – É um lamantin! – exclamou. Mas não era. Era um dugongo, porque as narinas se abriam na parte superior do focinho. O enorme animal atirara-se sobre o cão, que em vão tentou fugir nadando.

O dono, naquele caso, nada podia fazer para salvá-lo, e Top, agarrado pelo dugongo, desaparecia debaixo da água. Nab quis lançar-se à água para socorrer o cão, mas foi impedido por Cyrus.

A luta continuava. Top não podia resistir. Luta terrível, que não podia terminar sem a morte do cão! Mas, de repente, apareceu Top e, lançado no ar por alguma força desconhecida, subiu a dez pés acima da superfície do lago, tornando a cair no meio das águas. E dali a pouco voltava para a margem sem ferimento de gravidade, salvo por milagre.

Cyrus e os companheiros viam sem entender. E – circunstância ainda menos explicável – dir-se-ia que a luta debaixo da água continuava. Era, por certo, o dugongo que, atacado por outro animal mais forte, largara o cão, para defender-se. Tudo isto, porém, não durou muito.

As águas tingiram-se de sangue e o corpo do dugongo foi parar numa praiazinha ao sul do lago. Os colonos correram para lá. O dugongo estava morto. No pescoço dele abria-se uma ferida que parecia ter sido feita com instrumento cortante.

Qual seria o anfíbio que, com tão terrível golpe, destruíra o dugongo? Ninguém poderia dizer, e Cyrus com os companheiros, preocupados, voltaram às chaminés.

Capítulo 17

VISITA AO LAGO — A CORRENTE INDICADORA
PROJETOS DE CYRUS SMITH
A GORDURA DO DUGONGO
EMPREGO DAS PIRITAS XISTOSAS
O SULFATO DE FERRO — COMO SE FAZ GLICERINA
SABÃO — SALITRE — ÁCIDO SULFÚRICO
ÁCIDO AZÓTICO — NOVA QUEDA-D'ÁGUA

No dia seguinte, 7 de maio, Cyrus e Spilett foram até a praiazinha onde estava o corpo do dugongo. Grandes bandos de aves haviam atacado aquela carne e foi preciso espantá-las a pedradas, porque Cyrus desejava guardar a gordura do animal para dela tirar algum proveito. A carne do anfíbio devia ser alimento excelente. Cyrus, no entanto, pensava num assunto diverso. O incidente da véspera não lhe saíra da cabeça e ele não conseguiu decifrar o mistério. Mas das tranquilas águas nada emergia.

– Então, Cyrus – perguntou o repórter –, não lhe parece que estas águas têm qualquer coisa de suspeito?

– Sim, meu caro, na realidade não sei como explicar o incidente de ontem!

– A ferida do anfíbio é estranha – disse Spilett. – O caso de Top, lançado fora da água, também não está claro. Foi como se um braço possante o tivesse atirado no ar e atacado, com um punhal, o dugongo, matando-o.

– Isso mesmo – concordou Cyrus, pensativo.

Como é sabido, o engenheiro não conseguira descobrir ainda por onde extravasavam as águas. Mas, por coincidência, teve a agradável surpresa de perceber uma corrente bastante forte. Seguiu então a corrente, caminhando pela margem, até chegar à ponta sul do lago. Ali as águas pareciam sumir de repente por alguma fenda do terreno. Com o ouvido ao nível do lago, Cyrus ouviu o ruído de uma queda-d'água subterrânea.

– O orifício do escoadouro é ali, e hei de pô-lo a descoberto – disse Cyrus. – E conseguirei isto fazendo baixar o nível das águas do lago.

– Mas como fazer para baixar o nível?

– Abrindo outra saída mais ampla que esta na parte da margem que está mais próxima da costa. Sim, sim – respondeu à observação do repórter –, sei que a margem aí é puro granito. Mas pode-se estilhaçar o granito, e depois as águas hão de baixar tanto que se descubra o tal orifício...

– E formarão uma queda-d'água até a praia – acrescentou o repórter.

– Queda d'água que ainda nos há de ser útil! Venha!

Voltaram para as chaminés. Lá explicou tudo aos companheiros.

A ideia de empregar meios heroicos, de abrir o ventre do próprio granito, de criar uma cascata, entusiasmou a todos.

Antes Nab e Pencroff extraíram as gorduras do dugongo e prepararam a carne para a alimentação. Cyrus, Harbert e Spilett subiram rio acima, em direção à jazida de hulha, onde existiam em quantidade certas piritas xistosas. Passaram o dia todo a levar as tais piritas para as chaminés, e à noite tinham algumas toneladas.

No dia seguinte, 8 de maio, Cyrus escolheu, por trás das chaminés, um pedaço de terreno plano e lá mandou juntar um monte de ramos e de lenha miúda; e em cima desse monte pôs pedaços grandes de xistos piritosos; por cima de tudo uma camada pequena de piritas partidas do tamanho de uma noz. Depois mandou atear fogo na lenha, e o calor logo inflamou os xistos principalmente compostos de enxofre e carvão. Enquanto se realizava o trabalho das forças químicas, Cyrus foi ver a gordura do dugongo.

Pretendia isolar da gordura, pela saponificação, a glicerina. Para isso precisava obter soda. E seria coisa difícil? Não. Os nossos colonos apanharam boa quantidade de determinadas plantas especiais e, depois de secas, queimaram-nas ao ar livre. O resultado dessa incineração foi uma massa compacta, pardacenta, conhecida pelo nome de soda natural. Com ela Cyrus tratou as gorduras, o que lhe deu sabão solúvel e também glicerina. Agora precisava de salitre do norte da ilha, e todo o trabalho foi purificar o sal.

Logo que o montão de piritas foi completamente reduzido pelo fogo, o resultado da operação, que consistiu em sulfato de ferro, sulfato de alumínio, sílica, resíduos de carvão e cinzas, foi lançado num tanque de água. Para obter ácido sulfúrico, calcinaram os cristais de sulfato de ferro, de forma que o ácido sulfúrico se destilasse em vapores, que, pela condensação, dariam o ácido líquido. E Cyrus podia produzir ácido azótico que, uma vez obtido, foi posto em mistura com a glicerina e como resultado apareceram camadas de um líquido oleoso e amarelado. Quando Cyrus mostrou aos amigos o tal líquido num frasco, disse-lhes apenas: – Nitroglicerina! – Essa substância altamente explosiva faria voar pelos ares os penedos. Ficou combinado que esta operação seria no dia seguinte.

Quando amanheceu, os improvisados mineiros encaminharam-se para um planalto que estava a nível inferior ao das águas, estas apenas retidas ali por uma parede de granito. Logo que fosse despedaçada essa espécie de dique, as águas sairiam pela abertura, formando um riacho que iria precipitar-se na praia. Consequência de tudo isto: abaixamento geral do nível das águas do lago e a boca do escoadouro posta a descoberto, que era o objetivo final de tantos esforços.

Pelas quatro horas da tarde, o buraco da mina estava pronto. Restava a inflamação da substância explosiva. Instalou-se um aparelho complicadíssimo na rocha, com fibras e ferro. Feito isso, Cyrus pegou na ponta da fibra enxofrada, acendeu-a e, fugindo depressa, foi juntar-se aos outros nas chaminés.

Daí a pouco retumbou tão violenta explosão que mal se poderia descrever. Até os penedos das chaminés se abalaram. E os colonos, apesar de estarem a mais de duas milhas da mina, caíram no chão. Logo que levantaram subiram até o planalto e correram para a margem do lago aberta pela explosão. Todos gritaram três vezes hurra! Pois o dique de granito fendera em grande extensão! E por esta fenda saltava uma torrente de águas que correndo, planalto abaixo, se precipitava em seguida na praia a uma altura de trezentos pés!

Capítulo 18

PENCROFF ACHA TUDO POSSÍVEL
O ANTIGO ESCOADOURO DO LAGO
DESCIDA SUBTERRÂNEA
CAMINHADA ATRAVÉS DO GRANITO
DESAPARECE TOP — A CAVERNA CENTRAL
O POÇO INFERIOR — MISTÉRIO!
A GOLPES DE PICARETA — REGRESSO

Mas Cyrus ainda não parecia satisfeito. Pencroff queria armas de fogo. Cyrus disse-lhe que tinha elementos mas não havia armas, infelizmente.

– Oh! Sr. Cyrus – insistiu Pencroff –, com um bocadinho de boa vontade! – Decididamente Pencroff riscara do dicionário da ilha Lincoln a palavra impossível.

No planalto da Vista Grande via-se agora, no ângulo inferior do lago, o tão procurado orifício do escoadouro. Como não desse passagem fácil aos colonos, Nab e Pencroff pegaram nas picaretas e aumentaram a fenda. Improvisaram archotes e, com Cyrus à frente, entraram no estreito canal à procura de um lugar seguro que lhes servisse de habitação. À medida que entravam o canal aumentava de largura e mostrava as paredes graníticas lisas e polidas pela água e pelo tempo. Top ia à frente para o caso de se encontrar algum ser vivo que lhes pudesse molestar.

– E então, Cyrus? – disse Spilett. – Estamos no final e encontramos uma guarida que na verdade é inabitável.

– Inabitável, por quê?

– Por ser pequena e escura demais.

– E por que não havemos de alargá-la e abrir-lhe os vãos por onde entrem luz e ar?

Continuaram a andar. Top não estava mais à vista. De repente ouviram seus latidos.

– Não larguemos os paus ferrados – disse Cyrus. – Cuidado, vamos!

E os cinco correram até onde se achava o cão que, cada vez, latia mais como se já estivesse em luta com algum animal. Ali, o corredor se alargava em vasta e magnífica caverna. Top latia com furor. Os paus ferrados estavam para o que desse e viesse.

Mas a enorme caverna estava vazia. Percorreram-na em todos os sentidos e nada. E Top a latir.

– Deve haver por aí alguma abertura por onde as águas do lago corram para o mar – sugeriu Cyrus. E gritou: – Anda, Top, busca!

O cão correu para o extremo da caverna e voltou a ladrar com fúria. Todos o seguiram e viram finalmente a boca de um poço, por onde se realizava a saída das águas. Por ali pôde o engenheiro calcular que a caverna ficava a uns noventa pés acima do nível do mar.

– Aqui temos uma boa morada – observou Cyrus.

Estavam certos também que aquela caverna abrigava algum outro ser que se afastara, cedendo-lhes o lugar. A caverna vastíssima podia ser dividida em quartos, por meio de paredes de tijolos. Havia duas dificuldades a resolver: o problema da luz nos quartos e a necessidade de facilitar o acesso àquele lugar.

Quanto à luz foi só abrir onde a parede parecia ter menor espessura. Pencroff, Nab e Spilett trabalharam meia hora de picareta e logo uma abertura bastante ampla deixava entrar ondas de luz que inundavam de claridade a esplêndida caverna. Iluminada, tinha a beleza de uma catedral. Era uma espécie de palácio maravilhoso.

– Amigos – exclamou Cyrus entusiasmado –, arranjados os nossos quartos, armazéns e oficinas, faremos desta caverna uma sala de estudo e museu. O nome de nossa moradia será Palácio de Granito.

Afinal o grupo saiu da caverna, subindo pelo estreito e escuro escoadouro. Top, que ia na retaguarda, rosnava de maneira estranha.

Antes das quatro horas os nossos exploradores desembocavam pelo orifício superior do escoadouro.

Capítulo 19

PLANO DE CYRUS SMITH
FACHADA DO PALÁCIO DE GRANITO
A ESCADA DE CORDA — SONHOS DE PENCROFF
AS ERVAS AROMÁTICAS
DESVIAM-SE AS ÁGUAS PARA PROVER ÀS
NECESSIDADES DA NOVA HABITAÇÃO
O QUE SE VÊ DAS JANELAS DO PALÁCIO DE GRANITO

No dia seguinte, 22 de maio, foram inaugurados os trabalhos especiais na nova moradia. As chaminés não seriam abandonadas: a intenção de Cyrus era fazer ali uma oficina de obra pesada.

A primeira coisa que Cyrus tratou foi de saber para onde dava a fachada do Palácio de Granito. De fora via-se o buraco bem grande. Por ali entravam e saíam pombos bravos. A ideia era dividir a caverna em muitos quartos, precedidos de um corredor, iluminado por cinco janelas e uma porta aberta na fachada. Pencroff não via utilidade nessa porta. Cyrus explicou-lhe que a entrada pelo escoadouro era devassável. Pretendia fechá-la e dissimular-lhe a entrada.

— Mas por onde entraremos? — perguntou Pencroff.

— Por uma escada exterior — elucidou Cyrus. — De corda, é claro, que se possa tirar à vontade e tornar impossível a entrada em nossa casa.

Pencroff não entendeu tanta precaução, já que não tinham visto nenhum animal feroz e já que a ilha não era habitada por indígenas.

– Está bem certo disso? – perguntou Cyrus. – Só poderemos ter certeza quando tivermos explorado toda a ilha. Se não há indígenas aqui, podem vir de fora, pois estas paragens não são boas.

Cyrus resolveu tratar logo da sólida escada de corda. Essa escada era formada de fibras de *currijong*, que eram tão fortes como um cabo grosso. Os degraus foram tirados de um cedro vermelho, cuja madeira era leve e resistente.

Em breve os nossos homens habituaram-se a servir-se da escada de corda. O difícil foi treinar Top, que, com a ajuda de Pencroff, acabou por aprender como um cão de circo.

Enquanto isso, não esqueciam a alimentação. A caça era abundante. E Harbert descobriu uma espécie de prado coberto de ervas aromáticas, plantas que eram um manjar para os coelhos. Não seria de espantar se esses aparecessem. Harbert apanhou várias plantas com propriedades terapêuticas: peitorais, adstringentes, febrífugas, antiespasmódicas, antirreumáticas, para o caso de doenças. Levou também uma que dava um excelente chá.

Naquele dia, ainda, conseguiram apanhar quatro roedores, nas covas. Eram uma espécie de coelho. Foram levados para o jantar: deliciosos. E existiam em número inesgotável.

A 31 de maio estavam prontas as paredes divisórias. Restava mobiliar. Na cozinha, com barro de tijolo, fabricaram uma chaminé.

Depois, Cyrus tratou de fechar a boca do escoadouro que ia dar no lago e que ficaria completamente vedado com rochas bem cimentadas. Abriram um canalzinho para abastecer a casa de água pura do lago. Assim nunca faltaria água no Palácio de Granito.

Afinal, tudo terminado. Era tempo, pois o inverno chegava. Enquanto não haviam fabricado vidro, as janelas eram fechadas com grossas portas de madeira.

Os esforçados colonos tinham realmente razão de sobra para se darem por satisfeitos.

Capítulo 20

ESTAÇÃO PLUVIOSA — A QUESTÃO DO VESTUÁRIO
CAÇANDO FOCAS
FABRICAÇÃO DE VELAS DE ESTEARINA
OBRAS INTERIORES NO PALÁCIO DE GRANITO
VOLTA DE UMA EXCURSÃO À OSTREIRA
O QUE HARBERT ACHA NO BOLSO

O inverno começou em junho, inaugurando sua entrada com aguaceiros e ventanias.

Então é que os habitantes do Palácio de Granito sentiram o valor de uma habitação que os abrigasse.

No decorrer do mês o tempo foi empregado em trabalhos diversos, também com a pesca e a caça, de que fizeram boa reserva.

Nesta altura é que a questão do vestuário teve que ser seriamente tratada. Se o frio fosse rigoroso os colonos sofreriam muito.

Então Cyrus combinou que, quando voltasse o tempo bom, caçariam carneiros bravos com que fariam os agasalhos de lã.

Enquanto isso, resolveram melhorar a iluminação nas noites longas do inverno. Iriam caçar focas para fabricarem, com a gordura, velas de estearina.

No dia 5 de junho, partiram, com a maré baixa, para o ilhéu. Para essas travessias necessitavam de um barco que servisse também para navegar pelo Mercy acima quando fossem explorar o sudoeste da ilha.

As focas apareceram em grande número e os caçadores mataram logo meia dúzia delas. Nab e Pencroff trataram a caça, levando para o Palácio de Granito só as gorduras e as peles que serviam para fabricar ótimos sapatos.

Durante todo o mês não faltou trabalho no interior da nova habitação. Os marceneiros tiveram com que se entreter. Aperfeiçoou-se toda a ferramenta que era mais do que rudimentar e completou-se a coleção. Fabricaram tesouras para cortar os cabelos e as barbas, fabricaram um serrote. Com este fizeram mesas, cadeiras, armários, camas para mobiliar a casa. A cozinha estava cheia de utensílios.

Não lhes faltavam alimentos azotados, nem produtos vegetais que lhes contrabalançassem a alimentação; as raízes linhosas dos dragoeiros, submetidas à fermentação, davam-lhes uma bebida ácida, espécie de cerveja. Fabricaram açúcar. Não lhes faltava chá, nem sal... mas de pão é que havia carência absoluta.

A Providência, contudo, parecia ter decidido auxiliar diretamente os nossos colonos. É que um dia, por acaso, Harbert encontrou alguma coisa no forro da jaqueta que estava consertando.

– Sr. Cyrus! Imagine o que eu achei! Um grão de trigo! – e mostrou-o aos companheiros.

A presença do grão ali era explicada pelo hábito que Harbert tinha, em Richmond, de dar comida aos pombos presenteados por Pencroff. Este último disse:

– Ora, grande achado, rapaz! E que podemos nós fazer com um grão de trigo?

– Havemos de fazer pão – respondeu Cyrus.

Harbert já se dispunha a jogar fora o pobre do grão, mas Cyrus pegou-o logo, examinou-o, viu que estava em bom estado e perguntou ao marinheiro:

– Sabes quantas espigas pode produzir uma só semente, Pencroff? Dez. E sabes quantos grãos tem uma espiga? Oitenta, em termo médio. Por consequência, se semearmos este único grão, colheremos da primeira vez oitocentos, que na segunda colheita darão seiscentos e quarenta mil, na terceira quinhentos e doze milhões deles, e na quarta mais de quatrocentos milhares de milhões de grãos. Esta é a proporção.

Os companheiros ouviram-no sem responder. Aqueles algarismos espantavam-nos.

– Pencroff – continuou Cyrus –, diga lá, você sabe quantos alqueires de trigo representam os tais quatrocentos milhares de milhões de grãos? Não? Pois darão mais de três milhões de alqueires. Três milhões, em quatro anos, e até em dois, se, como é de se esperar, nesta latitude se puderem obter duas colheitas por ano.

Pencroff não achou outra resposta além de um hurra formidável que soltou.

– Como se vê, Harbert – continuou o engenheiro –, o achado para nós é precioso.

– Vamos semear este grão – falou Harbert.

– Contanto que o trigo nasça! – exclamou Pencroff.

– Nascerá – assegurou Cyrus.

Era o dia 20 de junho. Por coincidência a ocasião era própria para semear o único e valioso grão de trigo. Pensaram plantá-lo num vaso, a princípio; mas, refletindo melhor, resolveram confiar mais na natureza e entregar o grão à terra, com todas as precauções para que a operação desse o resultado desejado.

Parecia que os nossos colonos estavam assentando a primeira pedra de algum edifício. E tudo isso fez Pencroff lembrar-se do dia em que acendera o único fósforo que possuía e todos os cuidados de que rodeara aquela operação. Desta vez, porém, o caso era mais sério. O fogo havia de se arranjar de um modo ou de outro, mas um grão de trigo... que forças humanas poderiam dar outro, se aquele, por azar, viesse a morrer?

Capítulo 21

ALGUNS GRAUS ABAIXO DE ZERO
EXPLORAÇÃO DA REGIÃO PANTANOSA
VISTA DE MAR
O QUE VIRÁ A SER DO GLOBO TERRESTRE

Desde aquele momento, nem um só dia se passou sem que Pencroff fizesse uma visita ao que ele, com toda seriedade, chamava a sua seara de trigo, e desgraçado seria o inseto que se aproximasse...

No fim de junho, depois de chuvas intermináveis, a temperatura baixou a cerca de seis graus abaixo de zero. Na foz do Mercy acumulou-se logo gelo e, em breve, todo o lago estava gelado.

Mais de uma vez se tornou necessário renovar a provisão de combustível e Pencroff, antes que o rio estivesse gelado, trouxera ao Palácio enormes cargas de lenha. O intenso calor do carvão de pedra foi muito apreciado durante o frio que, a 4 de julho, chegou a treze graus abaixo de zero! Na sala de jantar, onde então trabalhavam em comum, tinham construído outra chaminé.

Por aquela época, tendo o tempo se tornado bastante seco, resolveram consagrar um dia inteiro à exploração da ilha a sudeste, entre o Mercy e o cabo Garra. O terreno era numa vasta extensão pantanoso, onde provavelmente existiria boa caça, sobretudo aves aquáticas.

Como se tratava de explorar uma parcela da ilha toda desconhecida, todos fizeram parte da expedição. Tomaram o caminho mais curto, que é passar o Mercy por cima do gelo de que o rio estava coberto. Mas isso não poderia substituir sempre uma ponte. E esta passou logo a ser inscrita entre os futuros trabalhos.

O aspecto daqueles lugares era o das desoladas costas de alguma ilha das regiões antárticas invadidas pelos gelos. Ali mesmo fizeram uma parada para almoçar. Acendeu-se uma fogueira e comeram carnes frias, acompanhadas por goles de chá.

Enquanto comiam, notavam que aquela parte da ilha era realmente estéril.

— É notável — observou Spilett — que esta ilha apresente território tão variado. Isso só acontece aos continentes de certa extensão.

Cyrus também fez a mesma observação. Não se admirava de que outrora tivesse sido continente.

— Como foi outrora a Atlântida — observou Harbert.

— Sim, meu filho... Se é que a tal Atlântida existiu...

— E a ilha Lincoln fazia então parte desse tal continente? — perguntou Pencroff.

— É provável — respondeu Cyrus —, e assim se explica melhor a diversidade de produções que se encontram no terreno da ilha.

Chegara à conclusão de que a ilha Lincoln fazia parte de um continente vasto, que submergira aos poucos no Pacífico. Acreditava firmemente que um dia, quando muitos séculos tiverem sucedido a outros séculos, o Pacífico poderá estar transformado num vasto continente habitado e civilizado por novas gerações.

— Mas que necessidade há de novos continentes? — perguntou Harbert. — Parece-me que bastam à humanidade os que existem, e como a natureza não faz coisa inútil...

— É que os cientistas admitem que a terra há de acabar, ou melhor, chegará o tempo em que não terá mais condição de vida animal ou vegetal, em virtude do intenso resfriamento. Foi o que aconteceu com a lua, que esfriou e já não é habitável, apesar de o sol continuar a mandar à sua superfície o mesmo calor. Foi o fogo interno que se apagou. Mas isso é segredo que só pertence a Deus. E esta ilha é de origem puramente vulcânica.

— Nesse caso, vem a desaparecer qualquer dia?

— É provável, mas nessa época não havemos de estar aqui. Nenhum de nós tem vontade de ficar, e, no fim de contas, de algum modo, havemos de sair.

O almoço estava acabado. A expedição prosseguiu.

Contentaram-se em caçar uma dúzia de patos, pois só podiam usar armas silenciosas como o arco e a flecha. Um tiro de chumbo teria espalhado as aves para todos os cantos do pântano. O caso estava em explorar o terreno quando fosse tempo próprio.

Era até provável que muitas daquelas aves pudessem se não domesticar-se, pelo menos aclimatar-se nas vizinhanças do lago, o que as poria mais à mão dos consumidores.

Por volta das cinco horas da tarde, Cyrus e os companheiros trataram de voltar para casa, atravessando o pântano e caminhando pela ponte de gelo no Mercy.

Às oito da noite, finalmente, estavam todos no Palácio de Granito.

Capítulo 22

AS ARMADILHAS — AS RAPOSAS
SALTA O VENTO A NOROESTE — TEMPESTADE DE NEVE
OS MAIORES FRIOS DO INVERNO
CRISTALIZAÇÃO DO AÇÚCAR DE BORDO
O POÇO MISTERIOSO — A EXPLORAÇÃO PROJETADA
UM GRÃO DE CHUMBO

Os frios intensos duraram até 15 de agosto. Durante esse tempo Pencroff e o repórter foram tratando de pôr armadilhas no planalto da Vista Grande e nas vizinhanças da floresta. Segundo Pencroff, qualquer animal seria boa presa. Mas só encontraram raposas.

– Que história é esta?! Nesta terra só existem raposas! – exclamou o marinheiro quando pela terceira vez tirou uma delas da cova.

– Para alguma coisa servem. Por exemplo, para iscas que chamem outros!

Fabricaram ratoeiras de fibra e o resultado foi melhor do que as covas. Era raro o dia em que não caía no laço algum coelho. Uma ou duas vezes encontraram, nas covas, porcos selvagens. Eram pecaris, comíveis desde a cabeça até os pés, e em tudo parecidos com os suínos domésticos.

Por volta de 15 de agosto, a temperatura subiu. Seguiu-se um furacão que soprava do noroeste. Entretanto, pela situação do Palácio de Granito, a casa ficou livre dos estragos do vendaval. Os colonos ficaram fechados em casa durante uns bons cinco dias. A tempestade rugia lá fora, árvores eram arrancadas e Pencroff consolava-se, pensando que assim ficaria poupado de abater árvores para lenha.

Os colonos não pararam durante esses cinco dias de prisão forçada. Com a reserva de tábuas que possuíam completaram a mobília com mesas e cadeiras.

Na última semana de agosto, o tempo tornou a modificar-se, baixando a temperatura e acalmando a tempestade.

Os nossos colonos saíram logo de casa e encontraram a praia coberta de espessa camada de neve, onde podiam caminhar. Tudo, aliás, estava branco, as florestas, planície, lago, rios, praias.

Spilett, Pencroff e Harbert foram examinar as covas, difíceis de serem localizadas, cobertas de neve como estavam. O perigo era caírem em alguma delas. Afinal descobriram as covas. Nenhum animal tinha caído nas armadilhas. Mas algum animal carnívoro por ali passara: eram tigres, sem dúvida.

Finalmente a neve acabou por dissipar-se, pois a temperatura elevara-se. Caiu também muita chuva que acabou com a neve. Os colonos, apesar do mau tempo, renovaram suas reservas de gêneros alimentícios. Tudo isso obrigou a algumas excursões à floresta. Grande número de árvores estava por terra. Nab e Pencroff foram à jazida de hulha e levaram algumas toneladas de combustível. Esse combustível foi muito útil, pois os frios rigorosos não haviam acabado.

Como não tivesse no momento nada a fazer, Cyrus lembrou-se de uma operação que podia ser feita a portas fechadas.

Sabemos que os nossos colonos não tinham outro açúcar além da substância líquida que tiravam de certas árvores, fazendo-lhes incisões profundas. Cyrus participou que tinham de se transformar em refinadores, o que espantou os companheiros. Mas essa refinação não era feita com máquina complicada. Para cristalizar o líquido bastava purificá-lo por meio de uma operação fácil. Posto o líquido ao fogo em grandes vasos de barro, foi simplesmente submetido a uma certa evaporação, Nab mexeu-o com uma espátula de pau.

Depois de algumas horas de ebulição, a substância ficou transformada num xarope grosso que foi derramado em moldes variados, de antemão fabricados no forno da cozinha. No dia seguinte o xarope estava frio e solidificado em pedaços de açúcar, um tanto mascavado, mas quase transparente e de sabor agradável.

A prisão forçada impacientava o cão. O animal andava de um lado para outro, nervosamente. Cyrus notou que, muitas vezes, sempre que passava junto do escuro poço cujas águas iam ao mar, o cão rosnava de um modo singular. Top dava voltas e voltas em redor do buraco, já então coberto com uma larga tampa de madeira. Às vezes tentava mesmo meter as patas por debaixo do tampo, como se quisesse levantá-lo, e latia cheio de raiva e susto. Que haveria naquele abismo para impressionar a tal ponto o animal? Talvez não passasse de uma mania de Top.

Afinal cessaram os frios. Caiu muita chuva, houve grandes vendavais, carregados de neve, mas nada disto durou.

O regresso da primavera foi uma grande alegria para os habitantes do Palácio de Granito. Agora só ficavam em casa para comer e dormir.

Na segunda metade de setembro caçou-se muito. Pencroff sentia falta de uma arma de fogo mas sabia que era muito difícil conseguir uma. Mas naquela época não eram armas de fogo que preocupavam Cyrus e sim o vestuário. Era urgente arranjar peles para reforçar a roupa com que enfrentariam o outro inverno. Muitos carneiros bravos eram encontrados na ilha. Bastava formar um rebanho que lhes desse a lã necessária. Para isso iriam explorar o lado desconhecido da ilha, quando o tempo estivesse firme.

Esperavam todos o momento oportuno, quando aconteceu um incidente que lhes aguçou mais o desejo de explorar a ilha toda.

O caso se passou no dia 24 de outubro. Pencroff trouxera das armadilhas uma fêmea de porco e duas crias. Ele e Nab prepararam um jantar magnífico. Entre os pratos figuravam em primeiro lugar os saborosos porcos recheados. Estavam todos à mesa e Pencroff serviu a todos quantidades monstruosas. Ele próprio devorava a sua parte quando, de repente, soltou um grito e uma praga.

– Que há de novo? – perguntou Cyrus.

– Há... há... que quebrei um dente! – respondeu Pencroff.

– Então os porcos têm pedras? – disse Spilett.

– É de se acreditar! – respondeu Pencroff, tirando da boca o objeto que lhe dera o susto. Mas não era pedra...

Era um grão de chumbo!!!

SEGUNDA PARTE
O abandonado

Capítulo 1

A PROPÓSITO DO GRÃO DE CHUMBO
CONSTRUÇÃO DE UMA PIROGA — A CAÇA
NO CUME DE UM KAURI
NADA QUE REVELE A PRESENÇA DO HOMEM
UMA PESCA DE NAB E DE HARBERT
A TARTARUGA VOLTADA — DESAPARECE A TARTARUGA
EXPLICAÇÃO DE CYRUS SMITH

Havia sete meses que os passageiros do balão tinham sido arrojados às praias da ilha Lincoln e nunca puderam ver um ser humano ou uma fumaça que denunciasse a presença do homem na ilha, nem um vestígio sequer de trabalho manual que manifestasse a sua passagem por ali em qualquer época.

E agora tudo caía por terra diante de um simples grão de metal, achado no cadáver de um inofensivo roedor. O chumbo saíra de uma arma de fogo que só um ser humano poderia manejar. Cyrus Smith pegou o pedacinho de chumbo, examinou-o e perguntou a Pencroff se era certo que o animal ferido pelo grão de chumbo não tinha mais de três meses.

— Creio que sim, porque quando o encontrei ainda mamava.
— Isto prova — prosseguiu Cyrus — que nos últimos três meses foi disparado um tiro de espingarda na ilha Lincoln. Ou a ilha era habitada antes de chegarmos ou alguém desembarcou aqui recentemente. Fosse quem fosse, teria vindo voluntariamente? Teria havido um naufrágio? Estaria ainda na ilha?

Nab achava que o chumbo talvez já estivesse na boca de Pencroff. Este indignou-se: abriu a boca e mostrou os trinta e dois dentes perfeitos.

Cyrus recomendava prudência, pois talvez a gente desembarcada se compusesse de piratas malaios.

– O marinheiro achou melhor construírem um barco e escaparem rio acima. Mas Cyrus disse que a construção levaria pelo menos um mês, ao que Pencroff explicou: seria um barco simples. Uma piroga de casca de árvore, à moda dos índios, que ficaria pronta em menos de cinco dias.

– Pois esperemos os cinco dias, mas redobremos a vigilância – disse Cyrus.

Assim terminou o jantar.

Cyrus e Spilett antes de dormirem conversaram sobre tudo isso procurando relacionar o incidente com a salvação do engenheiro.

– Minha opinião, Spilett – disse o engenheiro –, é que nunca encontraremos explicação para isso tudo.

No dia seguinte Pencroff começou a construir uma embarcação ligeira, para o que bastava unir pedaços de cortiça uns aos outros. A madeira tinha várias vantagens: leve, flexível, resistente, e encontravam-se muitas árvores no chão derrubadas pela última tempestade. O difícil era tirar-lhes a casca e nisso foi ajudado por Cyrus. Enquanto isso Spilett e Harbert dedicavam-se à caça.

Num dia de caçada viram árvores altíssimas a que os indígenas da Nova Zelândia chamam de kauri.

Harbert teve ideia de subir num desses kauris, de onde poderia ver uma grande extensão do território.

Spilett aprovou e em poucos minutos o rapazinho já estava no cimo da árvore. Dali se via toda a parte meridional da ilha, até então desconhecida dos colonos.

O jovem olhou atentamente tudo: o mar, a massa de arvoredo: nada. Também na atmosfera limpa e pura nem o menor sinal de fumaça. Por um momento Harbert julgou ver a oeste um fumozinho ligeiro, mas logo se convenceu de que fora ilusão...

Harbert desceu do kauri e voltaram ao Palácio de Granito, onde Cyrus ouviu a narração do rapazinho. Achou difícil formular uma opinião antes de explorar a ilha.

Passados dois dias, em 28 de outubro, deu-se outro incidente que também ficou sem explicação.

Harbert e Nab, andando pela praia, tiveram a sorte de apanhar uma grande tartaruga cuja couraça tinha belos reflexos verdes. Aprisionaram-na, virando-a de barriga para o ar. Assim não poderia mais fugir. Era enorme e pesava umas quatrocentas libras.

Pencroff ia se alegrar, pois a carne daquela espécie de tartaruga é saborosíssima.

Não podendo carregá-la até o Palácio de Granito, deixaram-na virada para depois virem buscá-la de carro. Para segurança Harbert teve o cuidado de cercá-la com pedregulhos. Voltaram os dois caçadores para casa e nada disseram sobre o magnífico quelônio capturado. Dali a duas horas retornaram com o carro.

Só acharam o lugar onde a haviam deixado: a tartaruga sumira sem deixar rasto! Espantados, Nab e Harbert procuraram. Ali estavam os pedregulhos e o lugar onde estivera virada. Apenas isso.

Voltaram ao Palácio de Granito e contaram tudo. Pencroff exclamou: – Desastrados! Deixaram escapar umas cinquenta sopas. Mas eu achava, Sr. Cyrus, que as tartarugas uma vez de barriga para o ar não se põem de pé sem ajuda.

Cyrus disse que ele tinha razão.

– Que sucedeu, então? – perguntou Harbert.

– A maré estava baixa, nessa hora?

– Estava sim, Sr. Cyrus.

– Está, portanto, explicado: talvez a maré tenha subido enquanto vocês vieram aqui e a tartaruga, ajudada pela água, fez o que era impraticável na areia seca. Virou-se e foi calmamente para o alto-mar.

Cyrus Smith dera aquela explicação. Tinha lógica. Mas estaria ele convencido do que dissera?

Capítulo 2

PRIMEIRA EXPERIÊNCIA DA PIROGA
SALVADOS NA COSTA — O REBOQUE
A PONTA DOS SALVADOS
INVENTÁRIO DO CAIXOTE: FERRAMENTAS, ARMAS,
INSTRUMENTOS, VESTUÁRIO, LIVROS E UTENSÍLIOS
O QUE FAZ FALTA A PENCROFF — O EVANGELHO
UM VERSÍCULO DO LIVRO SAGRADO

No dia 29 de outubro estava inteiramente acabado o bote de cortiça. Pencroff cumprira a promessa e aprontara a piroga em cinco dias.

Muito leve, foi fácil levá-la até o mar.

Ali embarcaram todos e Pencroff fez-se ao largo. O tempo estava bom e o mar calmo como um lago. Um dos remos ficou com Nab, outro com Harbert. Pencroff governava com o remo em pá, servindo de leme.

Depois de navegarem até meia milha da costa, Pencroff virou de bordo e seguiu para a foz do rio, indo ao longo da praia. O barco ia perfeito com os dois remos. Spilett com o lápis desenhava a costa. Cyrus mirava tudo como se estivesse em alguma região estranha e singular.

Já chegavam ao extremo da costa e Pencroff se dispunha a dobrá-la, quando Harbert apontou para um ponto na praia, dizendo:

– Que será aquilo lá na praia?

Todos olharam: meio enterradas na areia estavam barricas, quem sabe cheias!

Logo depois saltavam na praia. Ali estavam duas barricas amarradas a um grande caixote que, aguentado por elas, boiara até a praia.

Teria havido algum naufrágio? Que conteria o caixote?

Aconselhados por Cyrus, concordaram em abrir o caixote no Palácio de Granito. Para lá foi levado, boiando, conforme viera atado às barricas.

Quem sabe agora se acharia explicação para casos como o do grão de chumbo? Quem sabe se alguns estranhos teriam desembarcado em outro ponto da ilha? Depois dessas reflexões os colonos trataram de cuidar do caixote, que era grande, de boa madeira, bem fechado, forrado de couro.

Tudo estava em bom estado de conservação: caixote e barricas, fortemente amarrados por grossas cordas com nós de marinheiro.

– Reboquemos tudo isto até o Palácio de Granito – ordenou o engenheiro. – Depois veremos a quem entregar. Se não encontrarmos ninguém...

– Fica tudo para nós – exclamou Pencroff.

Separadas as barricas, arrombados os fechos do caixote, a tampa caiu. Todos estavam comovidos.

O caixote era, por dentro, protegido por um forro de zinco que foi cortado e dobrado para os lados.

Eis o inventário, como foi transcrito por Spilett:

Ferramentas:	Armas:	Instrumentos:
3 navalhas	2 espingardas	1 sextante
2 machados de rachar	(pederneira)	1 binóculo
lenha	2 espingardas de	1 óculo de longo
2 machados de	cápsulas	alcance
carpinteiro	2 carabinas	1 estojo com compasso
3 plainas	5 facas de mato	1 bússola de bolso
2 enxós	4 sabres	1 termômetro
1 enxó de dois gumes	2 barris de	Fahrenheit
6 tenazes	pólvora	1 barômetro
2 limas	12 caixas de	1 caixa com máquina
3 martelos	cápsulas	fotográfica e
3 verrumas		acessórios

2 brocas	*Utensílios:*	*Livros:*
10 sacos de pregos e parafusos	1 caldeira de ferro	1 Bíblia completa
3 serras	6 caçarolas de cobre estanhado	1 atlas
2 caixas de agulhas	3 pratos de ferro	1 dicionário dos diferentes idiomas polinésicos
	10 talheres de alumínio	
	2 chaleiras	1 dicionário de ciências naturais, em 6 volumes
	1 fogão portátil	
	6 facas de cozinha	3 resmas de papel de escrever
		2 livros de registro

– Temos de admitir – disse o repórter – que o dono da caixa era homem prático e prevenido, se esperava naufragar preparou-se bem!

– Nada falta, é verdade – murmurou Cyrus pensativo.

– Está fora de dúvida – acrescentou Harbert – que os do navio onde vinham o caixote e o dono dele não eram piratas malaios!

– É possível – disse Cyrus – que, no momento de prever um naufrágio, alguém tivesse metido nesse caixote diversos objetos para os encontrar depois em qualquer ponto da costa...

– Será que não há em todos esses objetos nenhum sinal que possa indicar a procedência deles? – lembrou Spilett.

Era coisa realmente para se verificar.

Tudo foi então detidamente revistado, um por um. Nada trazia marca de fábrica e tudo estava novo em folha. Os livros também não traziam nome do editor nem data de publicação. A Bíblia, impressa em língua inglesa, esta parecia ter sido folheada frequentemente. Era notável sua perfeição tipográfica.

Donde quer que viesse, o caso é que o caixote tornara ricos nossos colonos. Todos deram graças ao céu.

Um dos colonos estava, porém, desapontado. Era Pencroff, que esperava encontrar tabaco no meio de tanta coisa. Todos acharam graça na queixa do marinheiro.

Da descoberta do caixote resultou a convicção plena de ser necessário explorar a ilha imediatamente.

Assim, combinou-se que no dia seguinte, cedo, todos se poriam a caminho em direção à costa ocidental, porque se houvesse náufragos talvez estivessem sem recursos, precisando de socorro urgente.

Naquele mesmo dia todo o conteúdo do caixote foi arrumado no salão do Palácio de Granito. Antes de deitarem Harbert lembrou-se de pedir ao engenheiro que fizesse o favor de ler-lhe alguma passagem do Evangelho.

Cyrus já estava com o livro na mão e ia abri-lo, quando Pencroff disse:

— Sou supersticioso, Sr. Cyrus. Faça o favor de abrir ao acaso e de nos ler o primeiro versículo que lhe der nos olhos. Veremos se é ou não aplicável à nossa situação.

Cyrus Smith sorriu ao ouvir o marinheiro mas satisfez-lhe a vontade. Abriu e logo lhe chamou atenção uma cruz feita a lápis vermelho, à margem do versículo 8, capítulo VII, do Evangelho de São Mateus.

E leu o versículo nos seguintes termos:

Aquele que pedir receberá, e aquele que procurar achará.

Capítulo 3

PARTIDA — ENCHE A MARÉ — ULMEIROS E LÓDÃOS
PLANTAS DIVERSAS — OS EUCALIPTOS GIGANTES
POR QUE LHES CHAMAM ÁRVORES DA FEBRE
BANDOS DE MACACOS — A QUEDA-D'ÁGUA
ACAMPAMENTO NOTURNO

No dia seguinte, 30 de outubro, estava tudo pronto para a planejada exploração que agora se tornara tão urgente.

Navegariam no Mercy até o ponto em que o rio deixasse de ser navegável. Desse modo poderiam transportar armas e provisões.

As provisões – conservas de carne, alguns galões de cerveja e bebida fermentada –, postas a bordo por Nab, dariam para três dias. Levavam machados, o óculo, a bússola de bolso, as espingardas, as facas de mato e boa quantidade de pólvora. Levavam um fogão portátil para aproveitar a caça que surgisse pelo caminho.

Assim poderiam se arriscar na vasta floresta com probabilidade de boa saída.

Às seis horas da manhã puseram a piroga no mar e embarcaram, incluindo Top, seguindo para a foz do Mercy. A maré enchia havia meia hora e a canoa ia depressa sem necessitar remos.

Dentro de poucos minutos chegaram ao cotovelo do rio. As margens eram na verdade de aspecto magnífico. De vez em quando, onde era fácil desembarcar, paravam o barco. Os caçadores, de arma em punho, com Top à frente, entravam no mato. Harbert, naturalista que era, foi encontrando novas espécies de árvores. Ali, num dos desembarques, Spilett conseguiu apanhar vivos dois casais de galináceos de bico longo e fino, pescoço comprido e sem cauda a que Harbert deu o nome de tinamus. Levaram-nos para iniciar a criação.

Muitas aves foram caçadas pelos tiros certeiros dos colonos.

Seriam dez horas quando a piroga chegou a uma segunda volta do Mercy. Fez-se uma parada para almoçar e lá ficaram meia hora à sombra de grandes árvores. Foi ali que Harbert descobriu a mostarda, os preciosos ulmeiros bravos, os lódãos de cujo fruto se tira um óleo muito útil, espinafres, rabanetes, agrião, couve, todos eles plantas úteis e empregadas na alimentação, na medicina e em construções.

Mas em nenhuma parte puderam encontrar o menor sinal de presença humana.

E continuaram a navegar. Era certo que, se havia náufragos, ainda deviam estar no litoral.

O nosso engenheiro tinha pressa de chegar à costa ocidental da ilha Lincoln.

Mas não demorou e a maré vazante dificultou a viagem. Tiveram que recorrer aos remos.

Aqui o arvoredo era menos denso mas as árvores isoladas eram soberbas.

— São eucaliptos! — exclamou Harbert.

— Na Austrália e Nova Zelândia são chamados, os eucaliptos gigantes, de árvores da febre — informou Cyrus. — Isto porque, onde estão, as febres desaparecem. Eles neutralizam os miasmas. Para nós colonos é uma circunstância feliz a presença desta árvore na ilha Lincoln.

— Que ilha abençoada! — exclamou Pencroff. — Só não digo que não falta nada aqui porque falta...

— Até isto vamos encontrar, Pencroff — assegurou o engenheiro. — Mas continuemos, vamos até onde o rio puder levar o barco!

E a exploração prosseguiu. Cada vez o rio se mostrava mais raso e não estava longe o momento em que a canoa seria obrigada a parar por falta de água. O sol já declinava no horizonte, projetando no chão as sombras das árvores.

Cyrus, vendo que não era possível chegar naquele dia à costa ocidental da ilha, resolveu acampar no lugar onde, por insuficiência de água, a navegação tivesse que se interromper.

Continuaram, pois, os nossos colonos a navegar sem descanso através da floresta, que reaparecia mais densa e mais habitada. Os bandos de macacos eram uma tentação para Pencroff, que muito lhes apreciava a carne. Mas Cyrus opunha-se a semelhante morticínio.

Por volta das quatro horas a navegação começou a se tornar dificílima porque o curso do rio estava obstruído por plantas e rochedos.

As margens iam ficando cada vez mais altas.

— Daqui a menos de quinze minutos seremos obrigados a parar, Sr. Cyrus — avisou o marinheiro.

— Pois bem, pararemos, organizando acampamento para passar a noite. Enquanto for possível, continuaremos.

— Em frente! — bradou Pencroff.

Dali a pouco, porém, o barco roçava o fundo pedregoso do rio. Também já se ouvia o ruído de uma queda-d'água.

Era hora de parar. Trataram de amarrar a canoa a um tronco da margem direita.

Eram pouco mais de cinco horas. Acampariam ali. Desembarcaram, acenderam uma fogueira debaixo do arvoredo cujos ramos abrigariam os colonos para passar a noite.

Todos tinham fome e o jantar foi devorado num instante. Os colonos adormeceram logo. A fogueira foi mantida acesa durante toda a noite para que o clarão da chama servisse de proteção aos que dormiam.

Rugidos de origem suspeita se fizeram ouvir, mas a noite passou sem incidentes e no dia seguinte, 31 de outubro, muito cedo os viajantes já estavam de pé, prontos para caminhar.

Capítulo 4

A CAMINHO DA COSTA — BANDOS DE CARANGUEJOS
OUTRO RIO — POR QUE NÃO SE SENTE
NESTE A INFLUÊNCIA DAS MARÉS
UMA FLORESTA EM VEZ DE LITORAL
O PROMONTÓRIO DO RÉPTIL
SPILETT É INVEJADO POR HARBERT
OS BAMBUS ESTALAM COMO BOMBAS

Às seis horas da manhã, após uma refeição, os colonos se puseram de novo a caminho, tentando acertar um que os levasse mais depressa à costa ocidental da ilha.

Cyrus calculava que poderiam chegar lá em duas horas, tudo dependendo dos obstáculos. Talvez fosse preciso abrir caminho de machado em punho e de espingarda também, em vista dos gritos ferozes ouvidos à noite.

Pencroff e Nab carregavam provisões para dois dias. Não poderiam caçar para que os tiros não lhes revelassem a presença.

De repente apareceu como obstáculo uma corrente desconhecida. Harbert sugeriu que a atravessassem a nado, pois não passava de um regato. Cyrus, porém, argumentou:

— É claro que este regato corre para o mar. Seguindo sua margem esquerda chegaremos logo à costa.

Pencroff, avisando que a caça estava proibida mas a pesca não, pediu cinco minutos de parada em favor do almoço. Deitando-se à margem do rio, mergulhou ambos os braços na água corrente e agarrou dúzias de caranguejos grandes. Parecia uma pesca milagrosa, tal era a abundância de caranguejos.

Prosseguiram a marcha. Pelas dez horas, para surpresa de Cyrus, Harbert parou de súbito, exclamando: – Mar! Mar!

Era enorme o contraste entre aquela costa e a outra onde o acaso os lançara! Ali não havia muralha de granito, nem pedregulhos, nem uma praia de areia sequer. A floresta formava o litoral, uma floresta densa demais. O curioso é que as águas do regato, em vez de caírem em declive suave, formavam uma queda de cerca de quarenta pés de altura. Por isso os colonos deram ao novo regato o nome de rio da Queda.

No mar não se via embarcação nenhuma.

O nosso engenheiro não era homem de se dar por satisfeito sem ter explorado a costa até a ponta da península Serpentina.

Engolida a segunda refeição, às onze e meia, Cyrus deu sinal de partida. Os colonos, para seguirem pela borda do mar, tiveram que caminhar sob o copado das árvores. Fosse uma praia, em menos de quatro horas sem esforço algum chegariam onde desejavam.

Eram já cinco horas e assim tornou-se forçoso passar a noite no promontório mesmo.

Estavam mortos de cansaço quando chegaram ao promontório do Réptil! Já era noite e ficou para o dia seguinte todo o trabalho de procura.

Pencroff e Harbert começaram a procurar lugar para o acampamento. Harbert num instante reconheceu entre as árvores uns grandes canaviais de bambus. Harbert julgou essa descoberta preciosa. Dali se poderiam fabricar cestos, canos, tubos de cachimbos, bengalas e até papel. Os grossos dão excelente material de construção nunca atacado pelos insetos. E se comem os brotos de bambu como se fossem aspargos. E ainda nos dão um líquido adocicado que é ótima bebida.

Quando se preparavam para entrar numa escavação para dormir, foram detidos por um rugido formidável! Era hora de usar as armas. Era de fato um jaguar que avançou com o pelo arrepiado, os olhos faiscando, como se não fosse aquele o seu primeiro encontro com homens.

Não era o primeiro tigre que Spilett enfrentara. Por isso, avançando dez passos da fera, permaneceu imóvel, arma encostada ao rosto, sem que um só de seus músculos estremecesse.

O jaguar, vendo-o, retraiu-se e saltou sobre ele. Nesse momento Spilett acertou-lhe uma bala entre os olhos e o animal caiu morto.

Todos vieram contemplar o animal, cuja pele havia de ser mais um enfeite no salão do Palácio de Granito.

– E já que o jaguar deixou o covil – propôs Spilett – não havia motivo para não ocupá-lo esta noite.

– E se voltarem outros animais ferozes? – perguntou Pencroff.

– Basta acender uma fogueira à entrada!

Os colonos instalaram-se na gruta cujo piso arenoso estava cheio de ossos.

Prepararam as armas, acenderam a fogueira, jantaram. Mal se ateara o fogo, ouviu-se um estalido como se uma centena de bombas rebentasse no ar. Eram bambus que detonavam como peças de fogo de artifício. Bastava certamente aquele estampido para assustar e afastar dali a fera mais ousada.

Capítulo 5

PROPOSTA DE REGRESSAR PELO LITORAL DO SUL
CONFIGURAÇÃO DA COSTA
EM BUSCA DO PRESUMIDO NAUFRÁGIO
DESCOBERTA DE UM PEQUENO PORTO NATURAL
UM BARCO À TONA DA ÁGUA

Todos dormiram tranquilamente na caverna que o jaguar com tanta cortesia lhes cedera.

Quando acordaram, de manhã, olharam o horizonte e não viram nenhuma vela ou carcaça de navio, nem mesmo usando o óculo de alcance.

Na praia também nada. Restava explorar a parte meridional da ilha.

Julgava Cyrus então que a praia ocidental podia dar abrigo a algum navio perdido. Desde o momento, porém, em que o litoral não apresentava um lugar de possível desembarque, era forçoso procurar na costa sul da ilha. E deveria tentar-se logo esta exploração.

Isto não estava no plano primitivo dos colonos. Quando abandonaram a embarcação, junto das nascentes do Mercy, a ideia era, depois de explorada a costa oeste, voltar ribeira abaixo, para o Palácio de Granito. Agora Cyrus tinha certeza de que aquele litoral não apresentava nenhuma condição de desembarque para qualquer embarcação. Deveriam, portanto, procurar na costa sul os vestígios do presumido naufrágio.

Spilett quis saber a distância do cabo Garra ao extremo da península.

– Trinta milhas, mais ou menos – esclareceu o engenheiro.

Calculadas ao todo quarenta milhas até a casa pelo sul, resolveram empreender a exploração.

Seria um meio de explorar todo o litoral desconhecido.

Pencroff lembrou o barco que fora deixado nas nascentes do Mercy.

– O barco, assim como esteve um dia sozinho, poderá ficar dois! Não parece haver ladrões na ilha – disse Spilett.

– Talvez seja assim. Mas não posso esquecer a história da tartaruga.

– Ora, a tartaruga! Já não ficou explicado que o mar a virou? – falou o repórter.

– Quem sabe? – murmurou o engenheiro.

O negro Nab abria a boca, querendo dizer algo, mas não pronunciava palavra.

– Que queres dizer, Nab? – perguntou o engenheiro.

– Queria lembrar que, voltando pela praia, depois de dobrar o cabo Garra, encontraremos outro obstáculo...

– É verdade, o Mercy – concordou Harbert.

– E como atravessá-lo sem ponte?

Lembraram-se então do engenheiro e de como seria fácil construir a ponte. Passariam, naquela mesma noite, dali para a outra margem do Mercy, por conta de Pencroff, que os faria atravessar em cima de troncos flutuantes.

Às seis da manhã, o pequeno grupo pôs-se a caminho. Levaram o que restava de mantimentos e as armas para prevenir qualquer mau encontro com animais. Top abria a marcha.

E assim prosseguiu a expedição, investigando tudo, sem notar o menor vestígio de desembarque, restos de acampamentos, cinzas, nenhuma pegada!

Olharam o litoral sul em toda a sua extensão. Só bancos de areia que se prolongavam mar afora. E rochedos à flor da água!

– Nem restos do tal navio – falou o repórter.

– Pedaços de madeira, pelo menos nas pedras; na areia, nada – assegurou o marinheiro.

– Ora essa! Por quê?

– Porque aquelas areias engolem tudo que caia por lá.

– Então, Pencroff – observou o engenheiro –, não era de espantar que um navio se tivesse perdido nesses bancos sem mesmo deixar o menor vestígio?

– Não era não, Sr. Smith; contudo, mesmo que o tempo estivesse muito ruim, alguma coisa poderia ser atirada à praia.

– Nesse caso, continuemos nossa exploração – resolveu Cyrus Smith.

Pararam para almoçar.

Dali em diante a costa começava a se tornar irregular, muito recortada, coberta de bancos de areia, recifes e pela orla da floresta.

Assim, a marcha tornava-se mais difícil.

Meia hora de descanso, após o almoço, e nossos colonos puseram-se de novo a caminho.

Observavam, examinavam tudo. Nada, porém, apareceu, nenhum indício, nem fragmentos dos despojos de navio naufragado.

Às três horas chegaram Smith e os companheiros a um portozinho natural. Spilett propôs que parassem ali.

Uma refeição, um descanso e a procura de embarcações, usando o óculo de alcance. Nada foi avistado.

–Vamos – disse Spilett. – Resta-nos o consolo de que ninguém disputará conosco a posse da ilha Lincoln.

– Mas o grão de chumbo? Não era nenhum objeto imaginário, creio eu – acudiu Harbert.

– Eu que o diga! – exclamou Pencroff.

– E que conclusão se pode tirar daí? – perguntou o repórter.

– A seguinte – respondeu o engenheiro. – Quando muito há três meses, algum navio aqui esteve... e se foi.

Com essa conclusão todos ficaram pensativos ante a ideia de que haviam talvez perdido a última ocasião de sair dali.

– Pois voltemos para o Palácio de Granito, de onde já tenho saudades – disse o marinheiro Pencroff.

Mal porém se levantara, ouviram-se latidos de Top, que surgiu da mata com um pedaço de tela grossa na boca. Ladrando, correndo de um lado para outro, inquieto, Top parecia convidá-los a segui-lo para a mata.

Alguma coisa havia: um náufrago, um ferido, um morto. Talvez a explicação para o grão de chumbo.

Assim, correram todos, após o cão, levando as armas preparadas.

Mas nenhum vestígio de ser humano foi encontrado. Top continuava inquieto como quem sabe o que busca.

Depois de alguns minutos, o cão parou.

– Que é isto, Top? – disse Cyrus.

No alto de um enorme pinheiro todos viram um grande farrapo branco. E isto nada mais era senão o que restara do balão, o aeróstato, que os trouxera até a ilha. O achado deixou todos felizes. Ali estava o suficiente para a roupa branca, lenços, camisas, durante anos e anos.

E se o guardassem inteiro, com a forma própria do balão!, crescia-lhes no íntimo a alegria da ideia de uma nova evasão aérea. Natural, portanto, que a felicidade fosse por todos partilhada.

Numa operação de quase duas horas, Nab, Harbert e o marinheiro conseguiram recuperar não só o invólucro mas todo o equipamento de que se compunha o balão. Tudo isso foi arrastado até uma cavidade, entre os penedos, onde o precioso material ficasse resguardado dos estragos da chuva, do vento e do mar.

Batizaram a pequena enseada com o nome de porto Balão, completaram o serviço de proteção dos salvados e puseram-se de novo a caminho para o cabo Garra.

O assunto entre o engenheiro e Pencroff eram diversos projetos: o transporte do aeróstato, em carro, por ser a canoa insuficiente; construção de uma ponte sobre o Mercy, para comunicação com o sul da ilha; e construção de um barco grande coberto para as viagens em volta da ilha.

Escurecia quando chegaram à praia onde haviam descoberto o caixote. Nenhum sinal de naufrágio.

Já muito perto do Palácio de Granito restava-lhes vencer o último obstáculo: atravessar o rio, no ponto em que o mesmo apresentava mais largura. Na noite, já muito escura, Pencroff preparou-se para cumprir sua promessa, fazendo com troncos uma espécie de jangada.

Nab ajudava-o, ambos armados de machados.

– Quem será que vem aí pelo rio abaixo? – perguntou Harbert.

– Uma canoa! – exclamou o marinheiro.

Aproximaram-se todos e espantados viram uma embarcação que flutuava.

– Ó da canoa! – gritou imprudente o marinheiro.

Nenhuma resposta, a canoa já bastante próxima, Pencroff exclamou:

– Ora! É a nossa, veio com a correnteza, bem na hora!

A piroga chegou à margem puxada por Nab e Pencroff. O engenheiro foi o primeiro a embarcar. Verificou a amarra e viu que o cabo de fato se gastara no atrito com as rochas.

– Que lhe parece esta ocorrência?...

– Singularíssima! – respondeu Cyrus.

Os outros estavam felizes demais para fazerem suposições. Se tudo isso houvesse acontecido no tempo em que gênios e fadas andavam pelo mundo, dir-se-ia que algum ente sobrenatural se punha a serviço dos náufragos!

Com o auxílio dos remos, chegaram à foz do Mercy, puxaram a canoa pela praia até as chaminés e dirigiram-se à escada de acesso ao Palácio de Granito. Top pôs-se a ladrar enfurecido. Nab que, à frente do grupo, procurava o primeiro degrau, soltou um grito...

A escada desaparecera.

Capítulo 6

AS CHAMADAS DE PENCROFF
UMA NOITE NAS CHAMINÉS — A FLECHA DE HARBERT
PROJETO DE CYRUS SMITH — SOLUÇÃO IMPREVISTA
O QUE SE PASSARA NO PALÁCIO DE GRANITO
COMO OS NOSSOS COLONOS ARRANJARAM MAIS UM
CRIADO PARA SERVI-LOS

Cyrus Smith parara calado.
    Os companheiros procuraram por toda parte. Não ventava, logo abandonaram a ideia de o vento tê-la tirado do lugar.
    — Vão acontecendo coisas singulares nesta ilha! — disse Pencroff.
    — Singulares? — falou Spilett. — Não, Pencroff, muito naturais. Simplesmente alguém veio aqui, em nossa ausência, tomou posse da habitação e içou a escada.
    — Alguém? — perguntou o marinheiro. — Mas quem?
    — Ora, o caçador do grão de chumbo — respondeu o repórter.
    — Bem, se alguém está lá em cima, vou chamá-lo e veremos se responde ou não. — E, com voz de trovão, Pencroff soltou um olá! que os ecos repercutiram com força.
    Nenhuma resposta, apenas os colonos julgaram perceber uma espécie de risada cuja origem ninguém descobriu.
    Nos sete meses que estavam na ilha, incidente algum se passara que fosse tão surpreendente.
    Dominados pelo cansaço e pela fome, aconselhados por Cyrus Smith, decidiram voltar às chaminés, onde encontrariam repouso e abrigo.

Top ficara de sentinela debaixo das janelas do Palácio de Granito.

À luz do dia, então, tentariam encontrar a explicação para o acontecimento.

Não lhes passava pela cabeça perder o palácio; para eles, mais que uma habitação, era o depósito do tesouro: armas, ferramentas, mantimentos, munições etc. Se tudo isso lhes fosse roubado seriam forçados a novos trabalhos e arranjos.

Depois de uma noite maldormida – cama péssima e preocupações – os colonos levantaram-se cedo. Bem armados encaminharam-se à praia. De lá viam a fachada iluminada pelo sol nascente. Tudo em ordem: as portas e janelas fechadas se distinguiam por entre as cortinas de folhagens. Do outro lado, porém, a porta, que haviam deixado fechada, estava aberta, de par em par.

Soltaram todos um grito de ansiedade. Sim, alguém se introduzira no Palácio de Granito, sem que fosse possível reconhecer o número e a espécie dos intrusos.

O interior da casa parecia sossegado. Os nossos colonos começaram a duvidar se estariam lá ou não os invasores, apesar de a posição da escada mostrar que não tinham podido escapar.

Seria preciso descer a escada e para isso lembrou Harbert de atar uma corda a uma flecha e fazê-la passar entre os primeiros degraus da escada, que pendia no limiar da porta.

Assim foi feito; Harbert pegou logo a outra ponta da corda e puxou-a para que, caindo, trouxesse a escada. Nesse momento, um braço, entre a parede e a porta, agarrou a escada e tornou a metê-la dentro do Palácio de Granito. Três ou quatro cabeças de imensos macacos surgiram às janelas. O marinheiro fez fogo com boa pontaria e todos sumiram, menos um: ferido de morte, veio morrer na praia.

Pencroff bufava de raiva. Seu gosto era dar cabo de todos e retomar a casa. Mas como? O caso não era tão fácil.

Spilett e Harbert ficaram incumbidos de vigiar e fazer fogo sobre os que aparecessem. Os outros foram à caça do almoço.

Pombos bravos foram assados, comidos, e nem um só macaco reaparecera.

A situação, que parecia insolúvel, mostrou-se mais fácil quando o engenheiro expôs um plano seu: penetrar no Palácio de Granito pelo antigo escoadouro do lago, desfazendo o tapume de pedra cimentada com que haviam fechado o orifício.

Tudo pronto, saíam para executar tal plano, quando ouviram Top ladrar em desespero. Correram, escarpa abaixo, até a margem. Os macacos escapavam apavorados, saltavam como podiam, esquecidos da escada, expostos aos disparos certeiros das armas dos colonos.

– Hurra! – gritou Pencroff. – Três hurras!

– O caso não é para tanto hurra! – observou Spilett. – Pois ainda não temos o meio de entrar na casa.

O engenheiro ia começar a dizer o que deveriam fazer para entrar, quando a escada apareceu e desenrolou-se caindo até a praia.

– Esta é notável – exclamou o marinheiro.

– Notável até demais – disse o engenheiro, já saltando no primeiro degrau.

– Cautela, Sr. Cyrus – recomendou Pencroff. – Pode ainda estar por lá algum desses saguis.

– Lá veremos – respondeu Cyrus, sem parar. E os outros o seguiram.

Entraram. Ninguém na casa, que fora respeitada pelos macacos.

– E a escada? Quem foi que no-la atirou? – perguntou o marinheiro.

Ouviu-se, nesse momento, um grito e um macacão entra pela sala perseguido por Nab. Pencroff dispunha-se a matá-lo. Mas Smith, por gratidão por ter ele lhes jogado a escada, e Harbert, por acreditar na inteligência da raça dos quadrímanos, propuseram domesticá-lo, fazendo dele um criado.

Da família dos antropomorfos, são estes animais dotados de inteligência quase humana. Bem tratados mostram-se amistosos e afeiçoam-se àqueles que os tratam.

Assim mais um membro veio aumentar a colônia: o macaco Jup, abreviatura de Júpiter, outro macaco conhecido e amigo de Pencroff.

Instalado, sem mais cerimônias, entre o grupo do Palácio de Granito a eles viria, no futuro, prestar bastantes serviços.

Capítulo 7

PROJETOS PARA EXECUTAR — UMA PONTE NO MERCY
FAZER UMA ILHA DO PLANALTO DA VISTA GRANDE
A PONTE LEVADIÇA — A COLHEITA DE TRIGO
O REGATO — A CAPOEIRA — O POMBAL
OS DOIS ONAGROS — O CARRO ATRELADO
EXCURSÃO AO PORTO BALÃO

Os colonos da ilha Lincoln haviam reconquistado o próprio domicílio com a maior facilidade.

A retirada súbita dos macacos, dominados por inexplicável terror, havia lhes poupado muito trabalho.

Enterrados os macacos mortos, feita a ordem em toda a casa, refizeram-se os colonos com substanciosa refeição, preparada por Nab, de que até Jup participou.

Antes de deitarem, ficaram ainda à mesa, discutindo os planos que exigiam mais urgente execução: a ponte, o transporte do invólucro do balão e a construção de um curral para alojar os carneiros bravos ou animais que lhes fornecessem pele.

O problema do vestuário era, como se vê, no momento o mais sério: a ponte serviria para o transporte do invólucro do balão, que estava destinado à roupa branca, e o curral dar-lhes-ia a colheita de lã para o vestuário de inverno.

Mais próxima, entretanto, do Palácio de Granito devia ficar a capoeira, pois ensaiavam a domesticação e criação de aves e que estas ficassem bem à mão do chefe da cozinha.

Logo no dia seguinte foi iniciada a construção da ponte, o que exigiu o trabalho de todos. Já na praia, equipados com serras, machados, martelos e tenazes, Pencroff fez a seguinte reflexão:

– E se desse na cabeça de Mestre Jup, em nossa ausência, recolher a escada que, ontem, com tanta cortesia, nos lançou?

– É só prendê-la pela extremidade inferior – respondeu Cyrus. Assim se fez. Mais tranquilos, os colonos subiram até a curva do rio.

Aí, ponto mais próximo da costa sul, era possível facilitar as comunicações, abrindo-se um caminho para carro.

Cyrus Smith comunicou aos companheiros o projeto vantajoso e de execução facílima que trazia em mente. Por ele o planalto, que já era quase uma ilha, cercado de água por três lados, ficaria isolado, ao abrigo de qualquer ataque.

Interessava-lhes que o Palácio de Granito, chaminés, capoeira, sementeiras, tudo ficasse protegido, bastando apenas aproveitar, escavando-as mais, as correntes de água, naturais ou artificiais.

No único lado aberto e acessível se abriria uma vala larga e profunda, que as águas do lago haviam de encher.

– Desta forma – explicou o engenheiro –, o planalto da Vista Grande será uma ilha cuja comunicação com o resto será feita pela ponte e pontilhões que poderão levantar-se à vontade, para maior segurança.

A obra entusiasmou a todos e Pencroff exclamou logo:

– Vamos primeiro construir a ponte!

Por ser esta a obra de maior urgência, nela empenharam-se os colonos de corpo e alma. Fixa na margem direita do Mercy e móvel no apoio com a esquerda, feita para suportar grandes cargas, é fácil entender que demorasse mais.

Três semanas foram gastas na construção da ponte. Sem perda de tempo, almoçavam no local e só à noite voltavam a casa para o jantar.

Enquanto isso, Mestre Jup, entendendo-se perfeitamente com Top, ia se familiarizando e vigiado sempre por Pencroff acompanhava o ritmo de vida dos colonos. Concluída a obra, deveriam ir em busca do invólucro do aeróstato para que ficasse em lugar seguro.

Esse transporte exigia mais obras.

Nab e Pencroff foram até o porto para se certificarem de que o farrapo de tela estava em segurança na gruta em que fora guardado.

Tranquilos, então, prosseguiram nos trabalhos de defesa do planalto.

– Feitos estes trabalhos de defesa – notou Pencroff –, nossa capoeira não correrá o risco de ser danificada pelas raposas e outros animais malfazejos.

– E, de mais a mais – acrescentou Nab –, assim poderemos cultivar o planalto...

– E preparar nosso segundo campo de trigo – exclamou triunfante o marinheiro.

O caso é que o primeiro campo de trigo, apesar de ter se iniciado com uma única semente, prosperava admiravelmente, graças aos cuidados de Pencroff. A colheita fora de dez espigas, cada uma com uns oitenta grãos. Assim a colônia dispunha agora de oitocentas sementes, obtidas em seis meses. O que se esperava era que dobrasse cada ano.

O novo campo foi preparado e, por precaução, cinquenta sementes foram deixadas de reserva. As outras, plantadas com o maior cuidado.

O mais, a natureza que o fizesse.

Em 21 de novembro, Cyrus Smith começou a abertura da vala que deveria isolar o lado oeste do planalto. A rocha dura teve que ser aberta a dinamite fabricada pelo engenheiro.

Assim estava formado um afluente do Mercy que levou o nome de riacho Glicerina.

Apesar do calor intenso que fazia no mês de dezembro, os colonos prosseguiram os trabalhos. Agora o plano a executar dizia respeito à capoeira.

Com o planalto fechado, Mestre Jup teve completa liberdade. Demais, o macaco não mostrara, até ali, desejos de fugir. Era um animal manso, robusto e de espantosa agilidade. Por isso os colonos já o aproveitavam para os carregamentos pesados de lenha ou pedras extraídas do rio.

– Se ainda não chegou a pedreiro, ao menos já é um *maca-co*! – dizia Harbert, lembrando-se de que, em alguns países, os pedreiros chamam de macacos os aprendizes.

A capoeira foi construída: eram abrigos, espécies de choças de ramos. O terreno à volta era cercado por uma paliçada. As choças eram divididas em compartimentos onde ficariam as aves.

E vieram os habitantes. Primeiro, um casal de tinamus, que, em pouco tempo, deu enorme ninhada de pintos. E os patos, pelicanos, galinhas-d'água, guarda-rios. Harbert apanhou um casal de galináceos de cauda encurvada, de compridas penas. Eram magníficos *alectoris*, facilmente domesticáveis.

Cyrus Smith construiu um pombal em um canto da capoeira onde colocou uma dúzia de pombos dos que se reproduzem com facilidade.

De espírito prático, Cyrus nem pensou em guardar o invólucro do balão em sua forma primitiva, para uma futura tentativa de sair da ilha usando tal transporte.

Decidiu mesmo transportar o invólucro do balão para o Palácio de Granito e transformar o tecido na tão necessária roupa branca.

A dificuldade única era o veículo para o transporte. Ao carro que possuíam faltava o motor. E um animal de carga, cavalo, burro, boi ou vaca? Essa era a questão.

– Na verdade – dizia Pencroff –, uma besta nos seria útil, a menos que o Sr. Smith queira construir um carro a vapor ou locomotiva. O certo é que um dia teremos mesmo um caminho de ferro, do Palácio de Granito até o porto Balão.

Se pela força da imaginação de Pencroff ou pela fé que o animava, sabe-se apenas que a Providência, como que protegendo os colonos, não se fez esperar.

Um dia, 23 de dezembro, os colonos ouviram Nab a berrar e Top a ladrar como se estivessem em desafio.

Correram todos, receando algum incidente desagradável.

O que viram? Dois grandes animais haviam transposto os pontilhões abertos, penetrando planalto adentro.

– São onagros! – exclamou Harbert.

– E por que não hão de ser burros? – perguntou Nab.

– Porque não têm orelhas compridas e as formas são mais graciosas que as dos burros.

– Burros ou cavalos – replicou Pencroff –, o caso é que são *motores,* como diria o Sr. Cyrus. Portanto, são boas presas.

E o marinheiro com cuidado extremo aprisionou os dois onagros.

Logo o engenheiro fez construir, junto da capoeira, uma cavalariça onde ficassem abrigados à noite. Durante o dia passeavam à vontade, pelo planalto, em plena liberdade. Mesmo assim os animais galopavam em direção ao bosque, encurralados pela cintura líquida que ilhava o planalto.

Enquanto isso, os colonos fabricavam arreios e tirantes de fibras vegetais.

Poucos dias depois da captura dos dois animais, estava pronto o carro e fizeram-se as primeiras tentativas para atrelá-los.

Depois de alguma reação, os onagros estavam domados. Naquele dia, a colônia inteira deslocou-se de carro até porto Balão, com exceção de Pencroff, que seguia à frente, estimulando o gado.

Pelas oito da noite estavam de volta, trazendo o invólucro e todo o equipamento do aeróstato.

Pencroff exultava de alegria com o sucesso da expedição e, antes de adormecer, suas exclamações ecoavam nos arredores do Palácio de Granito.

Capítulo 8

A ROUPA BRANCA — CALÇADO DE PELE DE FOCA
FABRICO DE ALGODÃO-PÓLVORA
DIVERSAS SEMENTEIRAS — A PESCA
OS OVOS DE TARTARUGA
PROGRESSO DO MESTRE JUP — O CURRAL
CAÇA AOS CARNEIROS BRAVOS
NOVAS RIQUEZAS VEGETAIS E ANIMAIS
RECORDAÇÕES DA PÁTRIA

A primeira semana de janeiro foi dedicada à confecção de roupa branca de que tanto necessitavam.

Não faltaram agulhas e linha, tudo fora encontrado no caixote.

Depois de descosidas e limpas, as tiras de tela foram alvejadas, ganhando a flexibilidade necessária à confecção das roupas.

Camisas, meias, lençóis vieram trazer mais conforto à vida dos habitantes do Palácio de Granito.

Substituíram os sapatos e botas, já gastos, pelo calçado de pele de foca, novo, largo e bastante folgado.

A caça tornara-se mais abundante.

Cyrus prevenira-se, substituindo a munição encontrada no caixote por substâncias de fácil renovação. Quem sabe o que lhes reservaria o futuro, quando um dia tivessem que abandonar aqueles domínios? Cyrus queria garantir os meios de defesa.

O ferro, em grão miúdo, foi usado no lugar do chumbo. Embora mais leve do que este fazia bom efeito, pois a habilidade dos caçadores – Harbert e Spilett – supria esta deficiência.

Cyrus podia fabricar pólvora com salitre, enxofre e carvão, que possuía à vontade. Mas essa preparação exigia cuidados especiais, e sem utensílios próprios é difícil fazê-la de boa qualidade. Foi assim que Cyrus preferiu fabricar um substituto explosivo em que entrava celulose, encontrada nos vegetais em estado de pureza. Serviu-se da baga do sabugueiro, que existia em quantidade na ilha. Este arbusto já estava sendo usado pelos colonos em lugar do café.

Dessa maneira, com inteligência, arte e conhecimentos, estava resolvido o problema das armas de fogo. Os caçadores da ilha tinham, à sua disposição, em boa quantidade, o explosivo necessário para garantir-lhes o alimento e a defesa contra os animais perigosos.

Uma parte do planalto foi cultivada pelos colonos, ficando o resto para os prados onde o gado pudesse pastar.

Nas excursões feitas às florestas, foram selecionadas plantas selvagens como espinafres, agriões, rabanetes. Em pouco tempo o regime de alimentação que se resumia nos produtos da caça foi compensado por meio da cultura inteligente de alimentos vegetais.

Conseguiram também enorme quantidade de lenha e carvão. E todo esse transporte servia para melhorar a estrada, pois, à medida que o carro passava, suas rodas iam amassando e nivelando o caminho.

Além da caça, dos produtos vegetais, havia ostras em quantidade nos rochedos da praia. E a pesca, no lago ou na corrente do Mercy, tratada pela experiência de Pencroff, fornecia-lhes peixes nutritivos e saborosos.

A única coisa que lhes faltava à mesa, e de que os colonos sentiam grande falta, era o pão.

Por essa época, começaram as caçadas às tartarugas marítimas cujos ovos, depositados na praia, eram incontáveis. Cada tartaruga pode pôr anualmente até duzentos e cinquenta ovos.

– É um verdadeiro campo de ovos – notou Spilett –, é só colhê-los.

Aliando-se a tudo isso, enormes cardumes de salmões subiram o rio, na época da desova. Tanto bastou para que os colonos conseguissem centenas deles, que, salgados e preparados, foram guardados para os meses do rigoroso inverno, quando a pesca é impraticável.

Nesse tempo, Jup, já vestido de calças curtas e jaleco branco, fazia o trabalho de criado. Tornara-se grande amigo de Nab e o imitava em tudo. Aprendia com extraordinária facilidade e Nab não se poupava nas lições ao inteligente animal.

Os colonos só notaram isso quando Jup se apresentou servindo à mesa. Compenetrado, desempenhou o papel com perfeição e sua seriedade foi divertimento para todos.

– Decididamente, Jup, temos que dobrar-lhe o salário! – disse Pencroff.

O orangotango, de fato, tornara-se precioso aos colonos. Acompanhava-os a toda parte, resolvendo-lhes uma série de problemas.

Lá para o fim de janeiro começaram os grandes trabalhos na parte central da ilha. Estava decidida a construção do curral para os carneiros bravos que lhes dariam a lã para o inverno. Não seria certo alojar os animais muito próximo do Palácio de Granito.

Foi escolhida uma planeira, perto das nascentes do rio, coberta de erva fresca e quase sem arvoredo. Bastava cercar devidamente uma área suficiente para abrigar uns cem carneiros bravos ou cabras silvestres e as crias que viessem.

Em três semanas ficou pronto o curral, de razoável altura o cercado, de forma circular, fechado com fortes portões. Era agora trazer os carneiros bravos.

Depois de grande sacrifício, que durou o dia todo e precisou do esforço de todos, encurralaram trinta carneiros e dez cabras silvestres, na maioria fêmeas próximas a dar à luz. Dispunham, portanto, do bastante para o início da criação.

A partir daí seguiu-se uma rotina nos trabalhos. Criavam, plantavam, conservavam e melhoravam as estradas e as culturas vegetais. Estavam providos do essencial. As colheitas prometiam ser fartas, pois as terras do planalto eram férteis.

Até bebidas, com algumas variedades, já possuíam. O chá e a cerveja, obtida pela fermentação de raízes, eram agradáveis e higiênicos.

No fim do verão podiam sentir que a Providência muito fazia em benefício deles. Tudo dava certo. Os esforços, o trabalho, as tentativas inteligentes e corajosas eram coroados de êxito.

Terminados os trabalhos do dia, ao anoitecer, sentavam-se todos à beira do planalto da Vista Grande, debaixo de um caramanchão de trepadeiras, feito por Nab. Conversavam: planos e novos projetos. Brincadeiras de Pencroff e a lembrança da pátria.

Em que teria dado a Guerra de Secessão? Richmond caíra, por certo, em poder do General Grant! Sem dúvida o Norte triunfara... Como seria bem-vindo um jornal para os exilados, há onze meses fora da pátria!

Sem demora, a 24 de março, estaria fazendo um ano que o balão os levara até aquela costa desconhecida. Eram, então, simples náufragos. Agora, graças ao tino e à sabedoria do seu chefe e graças à inteligência de cada um, eram verdadeiros colonos, equipados com armas e ferramentas, sabendo tirar da natureza todo o proveito que ela nos pode dar.

Conversavam muito sobre todas as coisas. E Cyrus Smith, quase sempre em silêncio, ouvia. Sorria. Mas pensava nos fatos inexplicáveis, no estranho enigma em cujo segredo não conseguira ainda penetrar.

Capítulo 9

O MAU TEMPO — O ELEVADOR HIDRÁULICO
FABRICO DE VIDRAÇAS E OUTROS OBJETOS DE VIDRO
A ÁRVORE-DO-PÃO — VISITAS FREQUENTES AO CURRAL
AUMENTO DO GADO — UMA PERGUNTA DO REPÓRTER
COORDENADAS EXATAS DA ILHA LINCOLN
PROPOSTA DE PENCROFF

Na primeira semana de março o tempo mudou. Pressentia-se uma época de violentas tempestades. No dia 2 de março houve, de fato, a primeira.

Pencroff, vendo cair granizo do tamanho de ovo de pomba, só se lembrou de sua plantação de trigo e correu a protegê-la com um toldo grosso.

O mau tempo durou oito dias. Muitos raios caíram, derrubando árvores. Os raios que caíram na praia fundiam e vitrificavam a areia. Isto fez lembrar ao nosso engenheiro a possibilidade de guarnecer as janelas com vidros grossos e sólidos que fizessem frente às tempestades.

A vida e os trabalhos se limitavam ao interior da casa onde fabricavam utensílios de cozinha e vestuário.

O estado de saúde de todos era ótimo; as condições de higiene, a vida ao ar livre, o clima, o trabalho garantiam a todos uma vida livre de doenças.

O jovem Harbert tornava-se tão perfeito no físico como no moral. Crescia. Lia os livros encontrados no caixote e aproveitava as lições do engenheiro.

"Se eu morrer", pensava Cyrus, "ele é que me há de substituir.

As tempestades cessaram.

Por essa época, a fêmea do onagro deu à luz uma cria do mesmo sexo que a mãe, que nasceu e se criou. No curral o rebanho de carneiros aumentava.

A tentativa de domesticação dos porcos-do-mato foi bem-sucedida.

Num dia, Pencroff, conversando com o engenheiro, recordou-lhe uma promessa que ainda não cumprira.

Cyrus prometera-lhe um aparelho para substituir as escadas do Palácio de Granito.

– Um elevador, você quer dizer!

– O nome pouco importa. Importa que nos levante sem cansaço e às cargas, principalmente, até a porta de casa.

– Bem, Pencroff, vou tratar de lhe satisfazer.

– Mas sem maquinismo?

– Faz-se.

– Máquina a vapor?

– Não, máquina de água.

Cyrus referia-se à grande força natural que podia ser aproveitada da água do lago que abastecia a casa. Foi só aumentar o diâmetro da abertura do canal para se obter uma forte queda-d'água no fundo do corredor. Por baixo da queda um enorme cilindro com uma roda exterior em que enrolava um grosso cabo que sustentava um enorme cesto. O cesto podia subir carregado até a porta do Palácio de Granito. Uma corda comprida calçava ou descalçava o motor hidráulico.

A 17 de março o elevador trabalhou pela primeira vez para satisfação geral, especialmente de Top.

Também na mesma época Cyrus tentou fabricar vidro.

Uma oficina para isso foi montada, aproveitando-se o antigo forno da louça. Matéria-prima ali havia abundante: areia, giz, a soda, o ácido sulfúrico.

No dia 28 de março aqueceram o forno a uma alta temperatura e o primeiro vidro foi fabricado.

Não demorou, todas as janelas do Palácio de Granito estavam guarnecidas de vidraças e foram fabricados copos, garrafas, frascos etc.

Nas muitas excursões que faziam descobriam mais recursos alimentares de origem vegetal.

Um dia Cyrus e Harbert caçavam, quando o rapaz exclamou:

– O senhor está vendo aquela árvore?

– E que árvore é aquela que parece uma palmeira pequena? – perguntou Cyrus Smith.

– É uma *Cycas revoluta*, conforme está desenhado no meu dicionário.

– Mas não vejo fruto!

– Não tem, Sr.Cyrus – respondeu Harbert. – Mas o tronco contém uma espécie de farinha que a natureza dá já moída. É a árvore-do-pão.

– Sendo assim, meu filho, esta é uma descoberta preciosa, enquanto não vem a colheita do trigo. Deus queira que não seja engano seu.

E não era. Tomaram nota dos locais onde havia árvores e voltaram ao Palácio de Granito, onde contaram a descoberta.

No dia seguinte, seguiram todos para lá.

Os colonos voltaram com boa colheita de caule de *Cycas*. O engenheiro construiu logo o aparelhamento para a operação de extração da farinha. Nab incumbiu-se de transformá-la em bolos e pudins. Pão, ainda não.

A fêmea do onagro, as cabras e as ovelhas davam diariamente o leite necessário à colônia. Tudo corria próspero. Nada havia de que pudessem se queixar, não fosse a saudade da pátria.

No 1.º de abril, domingo de Páscoa, Cyrus e os companheiros descansaram e oraram em respeito ao dia.

Ao cair da noite estavam reunidos no caramanchão, tomando chá, e conversavam.

Spilett perguntou ao engenheiro se já havia tomado, de novo, a posição da ilha depois que acharam o sextante no caixote.

– Não – respondera-lhe Cyrus.

146

– Talvez fosse bom fazê-lo, pois esse instrumento é mais perfeito do que o empregado na primeira vez.

– Tem razão, Spilett – concordou o engenheiro. – Eu já devia ter feito essa verificação, embora creia que, se houve erro, é mínimo.

– Ora, quem sabe? – insistiu o repórter. – Quem sabe estamos mais perto de terra habitada do que imaginamos?

– Amanhã o saberemos – garantiu Cyrus Smith.

– Ora – observou Pencroff –, o Sr. Cyrus não se engana facilmente. Se a ilha não se mexeu, há de estar onde ele a pôs!

De fato, apesar da imperfeição dos aparelhos que usara, Cyrus, conforme se viu no dia seguinte, não cometera erro superior a cinco graus.

Diante do mapa do Pacífico, o engenheiro com o compasso preparou-se para ver a posição exata da ilha.

Mas deteve-se, dizendo:

– Já encontro aqui uma ilha nesta parte do Pacífico.

– É decerto a nossa! – disse Spilett.

– Não é – falou Cyrus. – A que vejo aqui é a dois graus e meio para oeste e dois graus a sul da ilha Lincoln.

– E que ilha é essa? – perguntou Harbert.

– A ilha Tabor. É uma ilhota sem importância, perdida no meio do Pacífico, que talvez ninguém tenha visitado ainda.

– Iremos nós – disse Pencroff.

– Nós?!

– Sim, nós, Sr. Cyrus. Constrói-se um barco de coberta e eu me encarrego de dirigir. A que distância estamos dela?

– Aproximadamente a cento e cinquenta milhas a nordeste – esclareceu Cyrus.

– Cento e cinquenta milhas! Ora, isso o que é? – observou Pencroff. – Em quarenta e oito horas, com bom vento, estão vencidas!

Sem mais discussão, decidiu-se construir a embarcação que estivesse pronta a navegar lá para outubro, quando viesse o bom tempo.

Capítulo 10

CONSTRUÇÃO DO BARCO
SEGUNDA COLHEITA DE TRIGO — CAÇA AOS KULAS
NOVA PLANTA MAIS AGRADÁVEL QUE ÚTIL
UMA BALEIA À VISTA
O ARPÃO DE UM BALEEIRO DE VINEYARD
RETALHA-SE O CETÁCEO — EMPREGO DAS BARBAS
O FIM DO MÊS DE MAIO
PENCROFF NADA MAIS TEM A DESEJAR

Quando Pencroff metia uma coisa na cabeça não descansava nem deixava descansar ninguém enquanto não visse realizado o que imaginava.

Queria visitar a ilha Tabor. Então foi planejada não só a viagem, mas o projeto do barco também foi iniciado pelo engenheiro com Pencroff.

Combinados os pormenores, Cyrus e Pencroff dedicaram-se ao barco.

Spilett e Harbert continuaram nas caçadas. Nab e Jup, nos trabalhos domésticos.

Armaram o estaleiro nas chaminés e começaram.

Pencroff dedica-se ao trabalho sem abandoná-lo um só instante.

Só uma operação teve o privilégio de afastá-lo, por um dia.

Foi a segunda colheita de trigo, que se realizou em 15 de abril. A colheita teve o bom resultado da primeira e na mesma proporção.

– Cinco alqueires, Sr. Cyrus! – exclamou Pencroff.

– Sim, Pencroff e, se a próxima colheita der na mesma proporção, teremos quatro mil alqueires.

– E comeremos pão?

– Comeremos pão. E para isso faremos um moinho.

O terceiro campo de trigo teve que ser muito mais extenso que os dois primeiros. A terra preparada recebeu a preciosa semente.

E Pencroff voltou ao estaleiro.

Spilett e Harbert continuavam suas excursões e caçadas.

Agora aventuraram-se nas partes ainda desconhecidas e mais densas da floresta. Naquele ponto em que a luz do sol mal penetrava. Em tais lugares a caça era mais rara. Mesmo assim os caçadores mataram três grandes herbívoros. Três kulas, cuja pele cuidadosamente curtida era bastante aproveitável.

Durante uma dessas excursões o repórter descobriu um vegetal a que foi atraído pelo cheiro. Era tabaco.

Lembraram-se de Pencroff. Combinaram preparar as folhas sem nada dizer e um dia apresentar-lhe, de surpresa, um cachimbo cheio. A operação de preparo durou dois meses.

Antes, mais uma vez, porém, teve o marinheiro de interromper sua ocupação por causa de uma pesca em que todos os colonos tomaram parte.

Havia dias fora avistado no mar, duas ou três milhas ao largo, um gigantesco animal. Era uma baleia que, pela aparência, devia pertencer à espécie chamada baleia do Cabo.

– Que sorte se a pudéssemos apanhar! – exclamou o marinheiro. – Ah, se nós tivéssemos uma embarcação razoável e um bom arpão!

– Então – disse o engenheiro –, como não temos meios de atacá-lo, melhor esquecer o animal.

– O que me espanta – observou o repórter – é ver uma baleia em latitude tão alta.

– Espanta-me – disse Harbert – é não termos visto mais. Esta é a parte do Pacífico a que os pescadores ingleses e americanos chamam campo de baleias e é aqui, entre a Nova Zelândia e a América, que elas se encontram em maior número.

– Enfim, como não podemos caçá-la, pouco importa!
– disse Pencroff, e voltou ao trabalho.

Era o pescador que há em todo marinheiro que via perder-se a oportunidade de uma pesca maravilhosa. E de grande utilidade para a colônia inteira.

Mas a baleia parecia não querer abandonar aquelas águas. Sulcava a superfície, movendo-se aos saltos, chegando a pequena distância da ilha.

Sua presença preocupava os colonos. A Pencroff, principalmente, que à noite sonhava com ela. Mais uma vez o acaso veio em auxílio dos colonos. O corpo imenso da baleia amanheceu, no dia 3 de maio, encalhado na praia.

Correram todos até a ponta dos Salvados, onde se dera o encalhe. Todos armados de picaretas e chuços.

O monstro imóvel devia pesar cerca de cento e cinquenta mil libras.

Quando a maré baixou, puderam os colonos explicar a causa da imobilidade. Estava morto. Do lado direito ainda se via cravado o arpão que o ferira.

A presença do arpão levara-os à ideia de que devia existir navio por perto. Mas Spilett esclareceu que as baleias nadam milhares de milhas com um arpão cravado e esta poderia mesmo ter sido ferida no Atlântico Norte e nadado até ali. De fato, no arpão estava gravada a inscrição: MARIA STELLA –VINEYARD.

Pencroff saltou de alegria, pois conhecia o navio e Vineyard era um porto no estado de Nova York, a pátria, portanto!

Agora era esquartejar e aproveitar toda aquela riqueza. Era o leite igual ao de vaca em tudo; o toucinho, com inúmeras aplicações; o azeite, a estearina, glicerina. Até as barbas foram aproveitadas.

Terminados os trabalhos, no final de três dias, voltaram todos às suas ocupações.

Cyrus fabricou com doze barbatanas, cortadas em partes iguais e aguçadas nas pontas, um engenho que despertou a curiosidade de todos. Disse ele que serviria para matar lobos, raposas e até jaguares.

– Para já? – perguntou Harbert.

– Não, para o inverno, quando houver gelo. Estas barbatanas são recurvadas e assim congeladas. Depois espalhadas na neve cobertas de gordura. É uma isca que, depois de engolida pelo animal faminto, volta à posição antiga, degelando com o calor do estômago e perfurando-o depois de esticada.

– Esperemos então pelo inverno.

E a construção do barco adiantava-se.

Pencroff trabalhava sem descanso.

No dia 31 de maio teve o marinheiro uma de suas maiores alegrias. Terminara o jantar e ia levantar-se quando sentiu a mão de alguém no seu ombro.

Era Spilett que lhe dizia:

– Espere, mestre, e a sobremesa?

– Não, obrigado! Volto ao trabalho.

– E uma xícara de café?

– Também não tomo.

– E a uma cachimbada, que me diz?

Pencroff levantou-se e, quando viu o cachimbo cheio, mudou de cor. E repetia no meio de uma nuvem de fumaça:

– Tabaco! Verdadeiro tabaco!

– Sim, Pencroff – confirmou Cyrus –, e do melhor!

– Oh, Providência Divina! Sagrado autor de todas as coisas! Já nada falta nesta ilha!

E grato abraçava a todos e prometia:

– Pois meus amigos, a todos hei de pagar a fineza um dia! Agora é para a vida e para a morte!

Capítulo 11

O INVERNO — PRENSAGEM DA LÃ — O MOINHO
IDEIA FIXA DE PENCROFF — AS BARBAS DE BALEIA
PARA QUE PODE SERVIR UM ALBATROZ
O COMBUSTÍVEL DO FUTURO — TOP E JUP
TEMPESTADE — ESTRAGOS NA CAPOEIRA
EXCURSÃO AOS PÂNTANOS — CYRUS SMITH SÓ
EXPLORAÇÃO DO POÇO

Com o mês de junho, vinha chegando o inverno. A preocupação agora eram as roupas quentes e duráveis.

Os carneiros bravos haviam sido tosquiados. Como não havia máquinas para fiar ou para tecer a lã, Cyrus recorreu à maneira mais fácil de conseguir o tecido. Era só aproveitar a propriedade que possuem os fios de se enredarem em todos os sentidos, formando eles próprios um tecido. E submetê-los a uma prensagem para obter o feltro, um ótimo conservador de calor.

Além de bom vestuário os colonos possuíam espessos cobertores com que esperariam o inverno de 1866-1867.

A 20 de junho começaram os grandes frios. Pencroff, com a ideia fixa de visitar a ilha Tabor, teve que suspender a construção do barco com grande pena.

Cyrus conversava muitas vezes com Pencroff sobre sua ideia fixa. Mas Pencroff era teimoso.

— Por que — disse-lhe um dia o engenheiro — o amigo que sempre falou tão bem da ilha Lincoln é agora o primeiro a querer deixá-la?

– Somente por alguns dias – respondeu Pencroff. – Só para ver o que é aquela ilhota. O que se passa por lá.

– E se houver tempestade?

– Isto não é de recear nesta estação. Peço-lhe somente que me deixe levar Harbert.

– Pencroff – falou Cyrus, pondo-lhe a mão no ombro –, e se acontecesse uma desgraça a essa criança, que é nosso filho, como nos consolaríamos?

– Sr. Cyrus, descanse. Não lhe daremos esse desgosto. Quando der comigo uma volta à ilha nessa obra-prima de barco, há de ver que tenho razão.

Assim acabou a conversação. Recomeçaria mais tarde, pois nem um nem outro estavam convencidos.

E as primeiras neves caíram no fim do mês de junho. O curral estava protegido.

Fizeram-se armadilhas novamente e experimentaram-se também os engenhos fabricados por Cyrus. O resultado foi ótimo.

Aqui foi feita a primeira tentativa de comunicação dos colonos com os seus semelhantes.

Muitas vezes Spilett pensara em notícia na garrafa ou mesmo entregue aos pombos. Mas a distância era muita e tudo parecia loucura.

A 30 de julho capturaram um albatroz levemente ferido por Harbert. Tentaram então a correspondência. Uma notícia curta, bem protegida, com um pedido a quem a encontrasse: fazê-la chegar ao *New York Herald*. Prenderam no pescoço e soltaram-no.

– Para onde irá ele? – perguntou Pencroff.

– Para a Nova Zelândia – respondeu Harbert.

– Boa viagem – gritou o marinheiro, descrente do sucesso da empresa.

Com o inverno os trabalhos recomeçaram no interior do Palácio de Granito. Cyrus instalara outro fogão na sala grande.

Ali, à noite, trabalhavam, conversavam, liam e o tempo corria com o proveito de todos.

Cyrus, com suas narrativas, despertava nos outros o maior interesse.

Um dia Spilett indagou de Cyrus se todo esse avanço industrial e comercial do mundo, um dia, não seria impedido.

– Impedido! E por quê?

– Pela falta de carvão, que pode ser tido como o mais precioso dos minerais.

– O mais precioso sim – concordou Cyrus –, tanto que o diamante não é mais do que carvão puro cristalizado.

– Todavia – insistiu Spilett –, não vai negar que o carvão, um dia, pode estar acabado...

– Oh, as jazidas de carvão de pedra são inúmeras. – Explicou-lhes Cyrus que terminado o carvão poder-se-ia recorrer à água. Água para os barcos a vapor e locomotivas. Água composta nos seus elementos constitutivos e decomposta pela eletricidade. – É verdade, amigos, estou convencido de que a água será o combustível do futuro. Água é o carvão do futuro.

Nesse momento, Top começou a ladrar e a rodear a abertura do poço que ficava no corredor interno. E Jup resmungando, sem parar. Que seria?

– Este poço comunica-se com o mar e algum animal marinho pode vir até aí respirar ao fundo – esclareceu Cyrus.

– É claro – respondeu o marinheiro –, não se pode dar outra explicação.

– Vamos, Top, cale-se. E tu, Jup, vá para o quarto.

Jup foi deitar mas Top passou a noite toda a gemer. Ninguém mais falou nisso. Mas o engenheiro mostrou-se pensativo.

O inverno não foi frio como o anterior. Em compensação foi muito mais agitado pelas tempestades e furacões. A capoeira e o pombal sofreram avarias.

Tudo isso teve que ser reconstruído solidamente. Porque a ilha Lincoln, não restava dúvida, estava situada em zona de ciclones.

A 3 de agosto fizeram os colonos uma excursão para o lado do pântano dos Tadornos.

Os caçadores pensavam na caça aquática que no inverno ali se abrigava.

Havia em abundância narcejas, patos-bravos, galinholas e germãos.

Todos fizeram parte dessa expedição, menos Cyrus Smith que ficou sozinho no Palácio de Granito.

O engenheiro acompanhou-os até a ponte e levantou-a logo após a passagem dos amigos. Precisava estar só para pôr em prática um projeto: exploração minuciosa no poço. Queria saber a razão da agitação de Top e Jup.

E desceu por uma corda. Lanterna acesa, revólver em punho, faca de mato à cinta, descia devagar examinando tudo.

Batia com a faca nas paredes e soava maciço, granito compacto.

Nada anormal.

Restava saber aonde ia dar o canal de comunicação entre o mar e o fundo. Isto era impossível.

Cyrus então subiu. Sempre pensativo, tirou a escada, tapou a boca do poço, dizendo consigo mesmo:

"Eu não vi nada, mas que há alguma coisa lá, isto é verdade!"

Capítulo 12

O APARELHAR DO BARCO — UM ATAQUE DAS RAPOSAS
JUP FERIDO — JUP TRATADO — JUP CURADO
TERMINA-SE O BARCO — TRIUNFO DE PENCROFF
O BONADVENTURE
PRIMEIRA EXPERIÊNCIA AO SUL DA ILHA
DOCUMENTO INESPERADO

Os caçadores voltaram, nessa tarde, satisfeitos com a ótima caçada feita. Vinham todos carregados, até mesmo Top e Jup.

– Aqui tem, meu senhor – disse Nab –, o suficiente para ocupar o nosso tempo. Vamos fazer uma reserva de conservas e massas, mas preciso que alguém me ajude.

Todos, porém, já estavam com suas tarefas determinadas, sobrando apenas Spilett, que se dispôs a ajudá-lo. Aí está como o repórter foi admitido no laboratório culinário de Nab.

Era um ajudante de cozinha muito preocupado com um mistério a descobrir, pois Cyrus lhe contara a respeito da exploração no poço.

Durante uma semana o frio ainda continuou e os trabalhos prosseguiram dentro de casa. Não eram só as conservas que lhes mereciam a atenção. Pencroff e Harbert cuidavam do fabrico de velas para o barco.

O equipamento encontrado com o invólucro do balão foi todo aproveitado: cordas, cabos, panos, tudo da melhor qualidade.

Aconteceu, então, que, antes de o barco ficar pronto, já todos os seus pertences estavam concluídos.

Pencroff conseguira extrair de plantas as tinturas nos tons azul, vermelho, branco.

Com isso aprontou a bandeira dos Estados Unidos, acrescentando as trinta e sete estrelas representativas dos Estados da União, mais uma: a do Estado de Lincoln, pois considerava a sua ilha como fazendo parte da república americana.

– E se não lhe pertence de fato, pertence-lhe de coração!

O tempo frio estava no fim. Parecia que este inverno passaria calmo.

E assim teria sido se o planalto não houvesse acordado, na madrugada de 11 de agosto, em terrível tumulto.

Tudo começara com Top ladrando desesperadamente e Jup gritando, em coro, junto à porta de entrada.

– Que foi, Top? – gritou Nab acordando.

Num instante estavam todos reunidos.

– Que há de novo? – perguntavam.

Na escuridão nada podiam ver lá fora, além da neve sobressaindo no escuro.

Os gritos mostravam que o planalto fora invadido por muitos animais, que não podiam ser vistos. Lobos, jaguares, macacos? Fosse o que fosse, nada teria importância se não houvesse o perigo de atingirem, lá em cima, a capoeira, as plantações, o gado...

Sem dúvida alguém deixara aberto um dos pontilhões e os animais passaram para o planalto.

Agora, como dizia Cyrus, era pensar o que devia ser feito.

– Mas que animais serão? – perguntavam todos no momento em que os latidos eram mais fortes.

Harbert, ao ouvir tais latidos, lembrou-se de que já os ouvira outra vez:

– São raposas! – informou o jovem.

– Então, vamos a elas – gritou Pencroff.

Essa espécie de raposas, quando em grande número e irritadas pela fome, são perigosas devastadoras.

Convinha dar-lhes combate, aqui embaixo, antes que destruíssem todo o trabalho dos colonos. Desceram todos armados de machados, carabinas e revólveres. E Jup levava um cacete.

Na praia atiraram-se ao meio do bando e os primeiros tiros já fizeram recuar as que vinham à frente.

Foi uma luta sem descanso. E no corpo a corpo os colonos já estavam todos feridos, embora sem gravidade.

Depois de duas horas tudo se acalmou. A claridade do dia espantou as últimas, que fugiram pelo pontilhão. Nab fechou-o em seguida. Na praia contavam-se uns cinquenta cadáveres.

– E Jup? Onde está Jup? – perguntou Pencroff.

Jup desaparecera. Todos se puseram a procurá-lo, enquanto limpavam o lugar de combate. Afinal foi encontrado Jup, debaixo de um montão de raposas, com enorme ferimento no peito.

– Ainda vive! – exclamou Nab. – Vamos tratá-lo como se fosse um de nós.

– E o salvaremos – falou Pencroff.

A farmácia vegetal do Palácio de Granito, o carinho dos enfermeiros e o conforto que lhe dispensaram fizeram com que, em dez dias, Mestre Jup estivesse recuperado.

Tão contentes ficaram todos que até acharam graça quando viram Mestre Jup acocorado, à porta de casa, fumando o cachimbo de Pencroff.

E o marinheiro dizia:

– Fuma, amigo, fuma!

A partir daquele dia, Jup teve o seu cachimbo, o ex-cachimbo de Pencroff, que ele enchia, acendia e fumava como gente.

Com o mês de setembro terminou o inverno e também o trabalho dentro de casa. Agora podiam continuar a construção do barco.

A floresta fornecia-lhes tudo e para todas as necessidades. Sem dificuldade o mastro grande foi encontrado: um abeto reto, novo, sem nós. Foi só esquadrar a base e arredondar a ponta. Finalmente, vergas, remos, paus da vela triangular.

Tudo pronto, combinaram lançá-lo ao mar para ver até onde podiam confiar nele.

Era o dia 10 de outubro. Sobre rolos de madeira o barco deslizou para a água onde ficou a flutuar, debaixo dos aplausos dos colonos. E foi batizado com o nome de batismo de Pencroff: *Bonadventure*.

A primeira viagem, ao largo da costa, ia ser naquele mesmo dia.

Às dez e meia estavam todos a bordo, inclusive Top e Jup.

Tudo estava a favor. O dia, o vento, a segurança do barco.

Pencroff fez-se ao largo.

Agora viam a ilha, o variado e belo panorama do seu litoral, desde o cabo Garra até o promontório do Réptil. Todos apreciavam e davam hurras à ilha.

Spilett desenhava o panorama.

Cyrus contemplava em silêncio. Pencroff aproveitou para saber se agora Cyrus se animaria a uma viagem mais longa, à ilha Tabor, por exemplo.

– Meu amigo – falou Cyrus –, creio que sim, em caso de necessidade. Iria até mais longe. Mas como nada o obriga a ir à ilha Tabor, confesso que com desgosto eu o veria partir.

Os navegantes estavam muito próximos da praia e fazia pouco vento. O barco ia vagaroso. De repente, Harbert gritou:

– Aproxima, Pencroff, aproxima!

Dizendo isto, Harbert deitou-se ao comprido no barco, meteu o braço na água e levantou-se exclamando: – Uma garrafa!

Cyrus pegou na garrafa lacrada: em silêncio, fez saltar a rolha e tirou de dentro um papel úmido, onde se lia:

NÁUFRAGO... ILHA TABOR: 153 = LONG. OESTE – 37 = 11' LAT. SUL.

Capítulo 13

DECIDE-SE A PARTIDA — HIPÓTESE
PREPARATIVOS — OS TRÊS PASSAGEIROS
PRIMEIRA NOITE — SEGUNDA NOITE
A ILHA TABOR — EXPLORAÇÃO NA COSTA
EXPLORAÇÃO NA MATA — NINGUÉM — ANIMAIS
PLANTAS — UMA HABITAÇÃO DESERTA

– Um náufrago! – exclamou Pencroff. – Abandonado aqui perto! O Sr. Cyrus não se oporá mais à minha viagem!

– Não, Pencroff, e pode partir amanhã mesmo. Pelo que se lê no documento, de aparência recente, o náufrago é pessoa que tem conhecimento de náutica, é inglês ou americano.

– Isso é lógico – declarou Spilett. – Agora se explica a caixa na costa da ilha.

– Mas nada prova que esta garrafa flutue há muito tempo no mar.

– Nada – respondeu Spilett –, até o documento parece recente.

Enquanto falavam, Pencroff já manobrara o barco para a volta.

Nessa tarde combinaram todos os detalhes para a nova expedição. Iriam Pencroff e Harbert, que conheciam bem a manobra de uma embarcação, e Spilett que, como repórter, não queria perder a reportagem.

Transportaram camas, utensílios, armas, munições, víveres para oito dias.

No dia seguinte, às cinco horas da manhã, após as despedidas, navegaram os três em direção ao sudoeste.

Afastaram-se da ilha Lincoln, primeiro um ponto ao longe e que, logo após, sumia de vista. O *Bonadventure* portava-se perfeitamente.

A noite era escura mas estrelada.

Revezaram-se ao leme, de duas em duas horas. Harbert e Pencroff. Spilett dormiu parte da noite.

Passaram bem a noite, e o dia seguinte correu do mesmo modo.

Já a segunda noite foi de expectativa. Ninguém dormiu. Esperavam avistar a ilha Tabor, logo ao amanhecer.

De fato, às seis horas da manhã, Pencroff gritou:

– Terra!

Sim, justificando a alegria do marinheiro, lá estava a costa baixa emergindo das ondas.

Em poucos minutos estavam em terra. Amarraram o barco e bem armados subiram a um pequeno monte para terem a visão da ilha.

Era uma ilhota parecida com a ilha Lincoln na vegetação e nas aves e animais pequenos. Mas nenhum sinal de que era habitada.

Do alto puderam ver a ilhota oval, de costa sem acidentes, cujo centro era um montão de verdura, dominada por duas ou três colinas, um regato e nada mais. À volta o mar deserto.

Percorreram a praia, contornaram os rochedos. Nada acusava a presença do homem.

– Procuremos – recomendou Pencroff.

Quatro horas de busca e já haviam percorrido toda a costa sem encontrar vestígios de habitação.

À tarde, após ligeira refeição a bordo, entraram na floresta. Muitas cabras e porcos, animais das costas europeias, mostravam que algum baleeiro os desembarcara ali, por certo.

O trabalho humano, embora não recente, estava ali mostrado nos troncos decepados, nas trilhas na floresta. Houve homens. Mas quantos? Quem eram? Quantos restam?

O documento fala de um náufrago – lembrou Harbert.
– Se ele estiver aqui é impossível que não o encontremos.

Continuaram a exploração. Encontraram hortaliças de que Harbert levou sementes para enriquecer a terra de sua ilha.

– Tudo nos faz supor que o náufrago partiu – disse Pencroff.

– Voltemos a bordo e amanhã prosseguiremos – sugeriu Spilett.

E iam seguir este conselho, quando Harbert exclamou:

– Uma casa!

Dirigiram-se todos para lá. Pencroff empurrou a porta, meio fechada, e entrou rapidamente...

A casa estava vazia.

Capítulo 14

INVENTÁRIO — DURANTE A NOITE
ALGUMAS LETRAS — CONTINUAM AS BUSCAS
PLANTAS E ANIMAIS
HARBERT CORRE UM GRANDE PERIGO — A BORDO
PARTIDA — MAU TEMPO — CLARÃO DE INSTINTO
PERDIDOS NO MAR
UMA FOGUEIRA QUE SE ACENDE DE PROPÓSITO

Pencroff, Harbert e Spilett tinham ficado silenciosos na escuridão.

Pencroff chamou e ninguém respondeu.

A casa estava abandonada. Uma chaminé com cinzas frias. Pencroff acendeu o fogo e a saleta se clareou.

Puderam ver: uma cama desfeita, roupas úmidas e amarelecidas. Duas chaleiras e uma panela cobertas de ferrugem. Um armário com roupa de marinheiro mofada. Em cima da mesa uma colher e uma Bíblia corroída pelo tempo. Uma pá, um alvião, duas espingardas, um barril de pólvora, outro de chumbo e muitas caixas de balas. Tudo coberto de pó.

– Aqui não há ninguém – disse o repórter.

– Esta casa há muito não é habitada – falaram Harbert e Pencroff. O marinheiro lembrou então que era melhor passar a noite ali.

Sentaram-se os três num banco e ao calor do fogo ali ficaram conversando. A noite pareceu comprida. Apenas Harbert dormira um pouco.

Amanheceu. Pencroff e os companheiros continuaram o exame da habitação.

Era feita de tábuas com madeira do costado de um navio. Andando à volta da casa, Spilett descobriu uma tábua com estas letras, meio apagadas:

BR TÂN A

— *Britânia!* — exclamou Pencroff.

Mas isto pouco adiantou para a descoberta do náufrago. Tudo ficou como estava.

Voltaram para uma refeição a bordo. Recomeçaram as buscas. Nada. Tudo levava a crer que o náufrago havia morrido.

Pencroff e Spilett estavam ocupados separando o que iam levar para a ilha. Harbert saíra para pegar as sementes.

De repente os dois ouvem gritos e junto uns rugidos que nada tinham de humanos.

— É Harbert — disse o repórter.

— Vamos! — exclamou Pencroff.

Correram ao lugar de onde vinham os gritos e viram Harbert derrubado por um ente selvagem, um macaco gigantesco talvez.

Os dois companheiros imobilizaram o monstro antes que pudesse ter ferido Harbert.

E Pencroff exclamava:

— Ah, se aquele macaco lhe fizesse algum mal!...

— Mas olhe que não é um macaco! — disse Harbert.

De fato não era. Era um homem. Um selvagem de enorme cabeleira e barba até o peito. Nu. Olhar feroz. Seria o náufrago? Não falava. Nem parecia ouvir.

— Nossa obrigação é levá-lo conosco, seja ele quem for — disse Spilett. — Quem sabe possamos talvez tirá-lo do embrutecimento? A alma não morre.

Soltaram-lhe os pés e ele levantou-se.

Foram todos para bordo. O barco preparado, no dia seguinte, com a maré favorável, partiram.

O selvagem só aceitava carne crua, que devorava. E permanecia mudo e surdo.

– Estou curioso para saber o que dirá o Sr. Cyrus – disse Pencroff.

O primeiro dia correu sem incidentes. O mar parece que fazia bem ao prisioneiro. Mas não favorecia a viagem.

Pencroff achava que a volta demoraria mais do que a vinda. E acertava. O mar se despedaçava violentamente contra a proa e o barco saltava sobre as ondas.

No dia 18 de outubro, o *Bonadventure* chegou a ser coberto por uma vaga. Os tripulantes estavam todos amarrados no convés. Foi nessa ocasião que Pencroff e os companheiros se viram inesperadamente auxiliados pelo selvagem, que se portou como se os instintos de marinheiro lhe tivessem voltado.

Mas a situação não era boa. Pencroff julgava-se perdido no imenso mar, sem saber nada de sua rota. Ninguém dormia. Pencroff, sentado no leme, fitava as trevas.

Repentinamente gritou:

– Uma fogueira!

Era ali a ilha Lincoln e a fogueira Cyrus Smith acendera de propósito, indicando-lhes o rumo.

Capítulo 15

VOLTA — DISCUSSÃO
CYRUS SMITH E O DESCONHECIDO — PORTO BALÃO
A DEDICAÇÃO DO ENGENHEIRO
UMA EXPERIÊNCIA COMOVENTE
DERRAMAM-SE ALGUMAS LÁGRIMAS!

No dia seguinte, 20 de outubro, às sete da manhã, o *Bonadventure* aproou brandamente na foz do Mercy.

Cyrus e Nab receberam os companheiros com alegria.

Cyrus estava ansioso pelo náufrago. Até agora só vira, no convés, três pessoas.

— Parece que não acharam o que procuravam, visto que são três, como partiram.

— Desculpe, Sr. Cyrus — apressou-se a dizer o marinheiro —, mas somos quatro!

— Encontraram o náufrago? Trouxeram-no? Onde está? Quem é ele? — perguntava Cyrus aflito.

— É, ou melhor, era um homem — disse Spilett, e contou tudo sobre a viagem e a descoberta do náufrago. E da sua incerteza sobre se fizera ou não bem trazendo-o para a ilha.

— Certamente que fizeram bem! — declarou Cyrus.

E o tiraram do barco. Assustado, em terra, o desconhecido mostrou vontade de fugir. Cyrus pôs-lhe a mão no ombro e olhou com infinita doçura.

O selvagem sossegou, baixou a cabeça e não resistiu mais.

Foi levado para o Palácio de Granito, onde todos o trataram com cuidados.

Depois do almoço, descarregaram o barco, enquanto narravam coisas da viagem.

Pencroff lembrou a necessidade de se arranjar um lugar seguro para o *Bonadventure*.

Depois de muito estudo, foi levado para o porto Balão, uma enseada, cercada de rochas, que oferecia um ótimo abrigo para o precioso barco.

Mais tarde, prometera Cyrus, se arranjaria mais perto um porto artificial.

Enquanto isso, o desconhecido melhorava. Já aceitava alimentos cozidos e esquecera a carne crua.

Cyrus cortara-lhe os cabelos e a barba.

Deu-lhe roupas.

Agora readquiria o aspecto humano e mostrava até certa beleza.

Cyrus impusera a si próprio a tarefa de passar algumas horas em sua companhia, ensinando-lhe coisas.

Muitas vezes os outros o ajudavam, conversando assuntos relacionados à náutica.

Aos poucos ele parecia prestar atenção, ouvir.

O engenheiro resolveu fazer uma experiência, levando-o ao mar que parecia fazer-lhe tanto bem.

Deixaram-no sozinho na praia.

O olhar cintilou com extrema animação, mas não tentou fugir.

Em seguida, conduziram-no à foz do Mercy e, subindo a margem esquerda do rio, chegaram ao planalto da Vista Grande.

O desconhecido, ao ver as primeiras árvores da floresta, aspirou o perfume da mata e suspirou profundamente.

E esteve quase a se atirar na água que o separava da floresta.

Esticou as pernas como uma mola... mas abaixou-se e uma lágrima deslizou-lhe dos olhos!

– Ah! – exclamou Cyrus Smith. – Eis-te outra vez um homem, visto que choras!

Capítulo 16

UM MISTÉRIO A DESVENDAR
PRIMEIRAS PALAVRAS DO DESCONHECIDO
TERCEIRA COLHEITA — UM MOINHO DE VENTO
A PRIMEIRA FARINHA E O PRIMEIRO PÃO
DOZE ANOS NO ILHÉU — CONFISSÕES INVOLUNTÁRIAS
DESAPARECIMENTO — CONFIANÇA DE CYRUS
UM ATO DE DEDICAÇÃO — AS MÃOS HONRADAS

Sim, o desconhecido chorava!

Alguma recordação e as lágrimas lhe vieram aos olhos, tornando-o outra vez um homem.

Dois dias depois, Pencroff, passando pela porta do quarto dele, ouviu estas palavras: "Não! Eu! Aqui! Nunca!"

O marinheiro contou aos outros e Cyrus disse:

— Aqui há na verdade um tristíssimo mistério!

Dias depois, Cyrus insistia para que o olhasse. O desconhecido não se conteve. Perguntou em voz baixa:

— Quem são vocês?

— Náufragos como você e o trouxemos para que vivesse entre seus semelhantes.

A resposta foram várias negativas e o desconhecido fugiu para o planalto e lá ficou imóvel durante duas horas. Ao descer, sua fisionomia era de profunda humildade. De olhos baixos dirigiu-se a Cyrus perguntando se eram ingleses.

— Não, somos americanos. E você?

— Inglês.

Em seguida, passando junto de Harbert, perguntou-lhe em que mês, em que ano estavam.

– Dezembro de 1866 – respondeu Harbert.

– Doze anos! Doze anos! – exclamou, afastando-se.

Os colonos estavam agora certos de que não se tratava de um náufrago, mas de um abandonado como castigo de algum crime.

E se estava há doze anos na ilha não poderia ter escrito o documento encontrado na garrafa com aparência recente... e mostrando conhecimentos que um simples marinheiro não podia ter.

Os dias que se seguiram ele os passou no planalto.

Lá comia legumes crus e dormia debaixo de árvores como no tempo em que se encontrava na ilha Tabor.

Os colonos esperavam com paciência.

A 10 de novembro, numa noite, apresentou-se na casa, diante de todos, transtornado.

E em frases incoerentes fez confissão inteira de tudo o que era e que havia feito.

Ninguém o interrompeu. Depois perguntou: – Sou ou não sou livre?

– É livre – respondeu Cyrus.

Como um louco o desconhecido fugiu.

Continuaram os colonos seus trabalhos, certos de que retornaria mais cedo ou mais tarde.

E veio a terceira colheita do trigo.

A colônia já podia se dizer rica em trigo!

Bastaria continuar semeando para terem, em cada ano, o suficiente para o sustento dos homens e do gado.

Feita a colheita, a última quinzena foi dedicada ao fabrico do pão.

Para isso, ajudado por todos, Cyrus construiu um moinho de vento.

Todos já estavam com bastante prática de carpintaria e era só seguir os planos do engenheiro.

A 1.º de dezembro estava pronto.

– Agora – dizia Pencroff – é só vir o bom vento. E não havia razão para adiar a inauguração.

Moeram-se dois ou três alqueires de farinha.

Em consequência, no dia seguinte, já figurava à mesa uma broa magnífica.

Entretanto o desconhecido não tornara a aparecer.

No dia 3 de dezembro, Harbert saíra para pescar, sozinho e sem armas, pois por ali não havia animais perigosos.

De repente ouviram gritos de socorro.

Correram todos.

Chegando lá encontraram Harbert diante de um imenso jaguar.

Capítulo 17

SEMPRE AFASTADO — PEDIDO DO SOLITÁRIO
CONSTRÓI-SE A GRANJA NO CURRAL
DOZE ANOS ATRÁS — O CONTRAMESTRE DO BRITÂNIA
ABANDONO NA ILHA TABOR — A MÃO DE CYRUS
O DOCUMENTO MISTERIOSO

Mas nada precisaram fazer. Ali já estava o desconhecido em luta com a fera, usando apenas uma faca. Caído o jaguar, o desconhecido afastou-o com o pé e ia de novo fugir quando Harbert se agarrou a ele.

— Não! Não vá embora.

Aproximaram-se os outros e foi notado no ombro do homem um filete de sangue que corria.

Cyrus tentou agradecer-lhe e ofereceu-se para tratar o ferimento.

A tudo o estranho se esquivou, perguntando sempre:

— Quem são vocês? Que querem de mim?

Cyrus contou-lhe toda a história do que se passara com eles até ali.

Ele ouvia com atenção.

Spilett explicou-lhe quem era cada um deles e ainda a alegria de Cyrus quando voltaram da ilhota trazendo mais um companheiro.

— E agora que nos conhece – acrescentou Cyrus – consente em dar-nos a mão?

— Não – respondeu o solitário. – Não! Vocês são homens honrados! E eu!!

Estas últimas palavras justificavam os pressentimentos dos nossos colonos.

Na vida daquele homem havia um misterioso passado de culpa que o afligia com remorsos.

Que mistério seria o daquela existência?

Ninguém perguntava nada. Deixavam-no viver.

O trabalho continuava e o estranho trabalhava também, sempre afastado.

Não participava das refeições e dormia lá fora. Parecia que a sociedade lhe era insuportável.

A 10 de dezembro voltou ele ao palácio para fazer um pedido a Cyrus: desejava que o deixassem viver no curral, junto dos animais.

Cyrus, não querendo contrariá-lo, consentiu. Mas ordenou a construção de uma casa de madeira para onde levaram móveis, armas, munições, ferramentas.

Enquanto isso, o solitário lavrava a terra.

Quando tudo estava pronto e ele avisado de que poderia mudar-se, procurou os colonos e disse:

– Antes que me separe é preciso que lhes conte minha vida.

E, de pé, num dos cantos da sala, fez a narração de sua história. Era a história de uma terrível traição cometida pelo contramestre do *Britânia,* Ayrton ou Ben Joyce.

Depois de divergências com o comandante do barco, Capitão Grant, tentou revoltar a tripulação e apoderar-se do navio.

Fracassado o plano, o Capitão Grant deixou-o na costa oriental da Austrália e partiu.

Na Austrália, Ayrton fez-se chefe de degredados foragidos.

Tempos depois apareceu o iate *Duncan,* que levava as famílias do Capitão Grant e do Lorde Glenarvan, seu amigo.

Procuraram o capitão desaparecido dado como náufrago do *Britânia* e estavam dispostos a tudo para encontrá-lo.

As últimas notícias diziam que estava vivo, abrigado num lugar de latitude 37°11' e cuja longitude estava ilegível.

Lorde Glenarvan se dispunha a atravessar a Austrália como já o fizera, em vão, na América.

Na costa australiana procurou informações em um estabelecimento agrícola de um irlandês que informou nada saber a respeito. Um de seus criados, ouvindo, interveio dizendo que, se o Capitão Grant estava vivo, por certo estaria na costa australiana.

E, com documentos e palavras, provou que tinha sido contramestre do *Britânia* e um de seus náufragos.

Lorde Glenarvan fiou-se na lealdade desse homem. A seu conselho atravessou a Austrália com seu grupo, enquanto o *Duncan* aguardava ordens em Melbourne.

Ayrton só tinha em mente afastar o lorde do *Duncan* e apoderar-se do navio.

Assim, levou a expedição de Glenarvan até a floresta, perto da costa, e ali conseguiu do lorde uma carta que ele, Ayrton, levaria ao imediato do *Duncan*.

Nesta carta Glenarvan dava ordens para navegarem, sem demora, para a baía Twofold, ali perto.

Em Twofold, Ayrton marcara encontro com os cúmplices. Assim, desejava chegar lá quanto antes.

Para isso fugiu, levando a carta, chegando em Melbourne dois dias depois.

Até aí tudo corria bem para Ayrton. Lá, quando o imediato mostrou-lhe a carta para que acreditasse na ordem dada pelo lorde, Ayrton viu que um erro fora cometido.

Iam para a costa ocidental, sim, não da Austrália, mas da Nova Zelândia!

Enquanto isso, depois de muita dificuldade, Lorde Glenarvan chegou à baía Twofold, onde não mais encontrou seu navio. Supôs que Ayrton o tivesse transformado em navio pirata.

Apesar de tudo o lorde não desistiu da empresa. Embarcou num navio mercante e foi à Nova Zelândia. Atravessou o território sem achar sinais do Capitão Grant.

Na outra costa, com grande surpresa deparou-se-lhe o *Duncan,* que o esperava há cinco semanas.

Afinal Glenarvan estava a bordo do seu navio, e Ayrton lá estava.

O lorde fez um inquérito rigoroso, ameaçando entregá-lo às autoridades inglesas, se não falasse tudo o que sabia a respeito do capitão.

Ayrton pediu que não o entregassem mas, em troca do que dissesse, Glenarvan o abandonasse numa das ilhas do Pacífico.

O lorde acedeu.

Ayrton contou toda a sua vida, concluindo-se que ele nada sabia do destino do capitão, a partir do dia em que este o desembarcara na costa da Austrália. Apesar disso, Lorde Glenarvan mantivera a palavra. O *Duncan* chegou à ilha Tabor. Ali pensava deixar Ayrton.

E foi nessa ilha que, por verdadeiro milagre, encontraram o Capitão Grant e dois companheiros.

Ayrton ficou substituindo-os. Glenarvan disse-lhe que, longe de todos, estaria sob a vigilância de Deus. Não ignorado como esteve o capitão.

"– Sei que está aqui, saberei achá-lo um dia."

E o *Duncan* partiu. A 18 de março de 1855.

O degredado teve tudo à disposição, até a casa.

O que tinha a fazer era viver e expiar no isolamento os seus crimes.

E sofreu. Arrependeu-se. Teve vergonha de si próprio. Trabalhou, orou para se tornar digno, regenerado pela oração e pelo trabalho.

Por dois, três anos. Até que o remorso, a solidão, o desânimo, o abandono o embruteceram. Tornara-se um selvagem.

– Acho que não preciso dizer que Ayrton e eu somos a mesma pessoa.

Ao fim da narração, os outros levantaram-se comovidos e Cyrus falou:

– Ayrton, você já pagou os seus crimes. A prova é que está novamente entre seus semelhantes. Está perdoado. E agora, quer ser nosso amigo?

Ayrton recuou.

– Aqui está minha mão – ofereceu Cyrus.

Ayrton apertou-a, chorando.

– Ainda uma palavra, amigo. Se desejava viver só, por que jogou ao mar a mensagem por onde soubemos de sua existência?

– Que mensagem? – perguntou Ayrton.

– A que encontramos na garrafa que boiava e que dava a situação exata da ilha Tabor.

– Eu nunca lancei documento algum ao mar.

– Nunca?! – exclamou Pencroff.

– Nunca.

E Ayrton, cumprimentando, dirigiu-se para a porta e partiu.

Capítulo 18

CONVERSA — CYRUS SMITH E GEDEON SPILETT
LEMBRANÇA DO ENGENHEIRO
O TELÉGRAFO ELÉTRICO — OS FIOS — A PILHA
O ALFABETO — A ESTAÇÃO AMENA
PROSPERIDADE DA COLÔNIA — FOTOGRAFIA
UM EFEITO DE NEVE
DOIS ANOS NA ILHA LINCOLN

— Pobre homem! — exclamou Harbert, voltando, depois de ter visto Ayrton desaparecer no escuro.
— Ele voltará — afirmou Cyrus.
Estavam todos intrigados com o fato de não ter sido ele quem lançara a garrafa ao mar. Quem teria sido então?
Os colonos aceitaram a história que o homem contara.
Respeitavam seu modo de agir e resolveram esperar que o tempo o trouxesse de volta.
Retornaram aos trabalhos. Deu-se a coincidência de Cyrus e o repórter se reunirem num trabalho comum.
Tiveram então uma conversa em que o repórter disse não crer ter sido Ayrton o autor da mensagem na garrafa, ao que Cyrus concordou.
— Acha que o acaso nos levará um dia à explicação de todos os mistérios que nos têm sucedido por aqui?
— Acaso, Spilett? Creio que tudo quanto aqui sucede tem uma causa e essa vou descobri-la.
Chegou afinal o mês de janeiro de 1867.
Trabalhavam todos com tranquilidade. Ayrton cuidava do numeroso rebanho.

Mas Cyrus teve ideia de estabelecer, entre o curral e o Palácio de Granito, comunicação instantânea para o caso de um incidente que exigisse imediata intervenção dos colonos. Ficou decidido que instalariam um telégrafo elétrico.

Material possuíam todo. Era só começar.

E começaram fabricando os fios de ferro, de ótima qualidade, em máquina simples, inventada pelo engenheiro.

Depois a pilha que, por falta de material, foi resolvida por uma pilha simplíssima, mas que, trabalhando com todo o conjunto disposto por Cyrus, dava para produzir todos os fenômenos da telegrafia elétrica.

A 6 de janeiro colocaram os postes com isoladores de vidro, receptor e manipulador, ponteiro e mostrador com alfabeto.

Isto movimentado pelo poder de atração de um eletroímã fazia a correspondência entre uma estação e outra.

No mesmo dia em que foi instalado, 12 de fevereiro, Cyrus lançou a corrente através do fio e perguntou se tudo ia bem no curral.

Instantes depois recebeu de Ayrton resposta satisfatória.

A comunicação a distância trouxe muitas vantagens: Ayrton não ficava tão isolado, todos sabiam o que se passava no curral sem sair de casa.

A estação amena corria tranquilamente. As plantas estavam lindas.

A quarta colheita de trigo foi admirável.

O tempo continuava magnífico.

A colônia crescia.

Spilett aproveitou visitas a pontos desconhecidos para tirar fotos com a máquina encontrada no caixote.

Tinham todo o material para revelação e reprodução das fotos. Fotografaram, sem exceção, todos os habitantes da ilha.

Os grandes calores do verão acabaram e tudo prenunciava um inverno precoce e rigoroso.

Houve até um incidente que levou por instantes à suposição de que as primeiras neves haviam chegado. É que a praia e o ilhéu amanheceram cobertos de um lençol branco, brilhante. E o termômetro marcava 14,4 graus acima de zero.

Ninguém sabia explicar o fenômeno. Assim estavam quando Jup resolveu ir até a praia.

Nem havia chegado lá ainda quando a enorme camada de neve se levantou em flocos numa quantidade de encobrir, por minutos, a luz do sol.

– São aves! – exclamou Harbert.

E eram, na verdade, aves aquáticas de plumagem branca e brilhante que haviam pousado no ilhéu e na costa.

Não lhes foi possível capturar ao menos uma para conhecer-lhes a espécie.

Dias depois, a 26 de março, fazia dois anos que os náufragos do ar haviam sido atirados às costas da ilha Lincoln.

Capítulo 19

RECORDAÇÕES DA PÁTRIA — PROBABILIDADES FUTURAS
PROJETO E RECONHECIMENTO DAS COSTAS DA ILHA
PARTIDA A 16 DE ABRIL
A PENÍNSULA SERPENTINA VISTA DO MAR
OS BASALTOS DA COSTA OCIDENTAL — MAU TEMPO
CHEGA A NOITE — NOVO INCIDENTE

Já havia dois anos que os colonos, perdidos naquela ilha, não tinham comunicação alguma com seus semelhantes.

Que se passaria então na pátria? A lembrança dessa pátria, agitada pela guerra civil quando eles a deixaram, estava sempre presente em todos.

Muitas vezes, conversavam sobre isso.

A ilha parecia fora das rotas seguidas. Nenhum navio, nem uma única vela fora avistada. Existia, entretanto, para eles, ainda, uma probabilidade de salvação.

Sem falar na construção de um navio que aguentasse a longa e incerta viagem por mar, conforme lembrara, havia Ayrton, o marinheiro abandonado na ilha Tabor.

Cyrus lembrara bem: em sua história Ayrton contara que Lorde Glenarvan prometeu vir buscá-lo quando achasse bastante o tempo de expiação. E todos tinham certeza de que o lorde viria mesmo.

Spilett achava até que não devia demorar, pois já haviam se passado doze anos após o abandono.

— Tudo isso está certo — admitia Pencroff. — Mas, quando voltar, onde lançará ferros? Aqui ou na ilha Tabor?

– Claro que lá, pois a ilha Lincoln não consta dos mapas.

– Nesse caso – lembrara Cyrus –, é preciso que na ilha Tabor fique uma notícia sobre a nossa presença e de Ayrton na ilha Lincoln.

Ficou combinado, assim, deixar a tal notícia na mesma cabana onde moraram o Capitão Grant e depois Ayrton. Deixariam também a situação geográfica da ilha, tudo em lugar que o Lorde Glenarvan ou a tripulação não pudessem deixar de encontrar.

Resolvidos todos os pontos, restava esperar e Cyrus confiava em que a Providência os socorreria novamente.

Assim, usando a chalupa de Pencroff, reiniciaram o reconhecimento da costa que ficara incompleto.

Preparam o *Bonadventure* para a partida a 16 de abril, pois aí já passara a fase do mau tempo. Ayrton preferiu ficar em terra e, com Mestre Jup, tomou conta do Palácio de Granito.

No dia marcado todos os colonos, seguidos de Top, embarcaram. As vinte primeiras milhas foram vencidas facilmente. Depois foram seis horas de maré contrária e só à noite chegaram ao promontório do Réptil.

Cyrus combinou com os companheiros de ancorarem à noite e viajarem durante o dia, visto tratar-se de expedição para estudar as minúcias da costa.

No dia seguinte, partiram cedo. Muitas fotografias foram tiradas por Spilett naquele ponto de litoral magnífico do lado ocidental da ilha. Aqui estava a chamada costa de ferro, dura, acidentada, selvagem, árida. Parecia que ali acontecera uma súbita cristalização no basalto, ainda das primeiras eras geológicas. O aspecto dos penedos era aterrador. Vistos da terra, conforme eles a conheciam, a impressão era mais branda.

Os colonos a viam com estupefação. Mas Top latia como fazia à boca do poço de casa.

– Atraca – ordenou o engenheiro.

Desceram, exploraram tudo e nada encontraram.

O cão calara-se. Seguiram para nordeste. Costa baixa e arenosa. Árvores e aves aquáticas: havia vida.

À noite o barco fundeou numa curva do litoral. Pela manhã, antes de saírem, Harbert, Spilett e Top caçaram inúmeras aves.

Às oito horas estavam seguindo para o norte.

Pencroff avisou que um vendaval prenunciava-se.

– Pois é navegar a todo pano e procurar abrigo no golfo do Tubarão, onde eu creio estaremos seguros – disse Cyrus.

– Demais, na costa norte só há dunas que não interessam à observação – disse Pencroff.

E decidiu-se manter ao largo até a maré subir, isto lá para as sete. Se ainda estivesse claro a essa hora, se tentaria entrar no golfo, senão teriam que bordejar até sair o sol do outro dia.

– Se houvesse ao menos um farol! – exclamou Pencroff.

– E desta vez não teremos um engenheiro amável que acenda uma fogueira para nos guiar.

– Na verdade, meu caro Cyrus – disse Spilett –, nunca lhe agradecemos isso, e sem aquela luz não teríamos podido atingir a ilha Lincoln.

– Que luz? – perguntou Cyrus, admirado das palavras do repórter.

– Queremos dizer, Sr. Cyrus – esclareceu Pencroff –, que estivemos embaraçadíssimos a bordo do *Bonadventure,* na volta da ilha Tabor, e não teríamos acertado com a ilha se não fosse o seu cuidado de acender uma fogueira na noite de 19 para 20 de outubro.

– Sim, sim! Foi uma feliz ideia que tive.

Logo depois, ficando só com o repórter, Cyrus disse-lhe baixinho:

– Se alguma coisa há de certo nesse mundo, Spilett, é que não fui eu quem acendeu a fogueira naquela noite, nem no planalto nem em qualquer ponto da ilha.

Capítulo 20

A NOITE PASSADA NO MAR — O GOLFO DO TUBARÃO
CONFIDÊNCIAS — PREPARATIVOS PARA O INVERNO
PRECOCIDADE DA ESTAÇÃO INVERNOSA
GRANDES FRIOS — TRABALHOS — SEIS MESES DEPOIS
UM CLICHÊ FOTOGRÁFICO — INCIDENTE INESPERADO

As coisas aconteceram como Pencroff previra: o vento refrescou e de brisa passou a furacão.

Às seis horas, quando o *Bonadventure* passou em frente do golfo, a maré era vazante e não foi possível entrar.

Pencroff conservou o barco ao largo, preparado para enfrentar o vendaval e a noite. Esperou.

Depois das palavras de Cyrus, Spilett ficara pensando muito na misteriosa influência que parecia exercer-se sobre a ilha Lincoln. Aquela claridade que os fizera reconhecer a posição da ilha não viera de uma fogueira acesa por Cyrus Smith. De quem, então?

O certo é que nesta noite não apareceu fogueira nenhuma e o barco conservou-se fora do golfo a noite toda.

Pela manhã, o vento tinha acalmado, permitindo a Pencroff entrar no golfo do Tubarão.

— Eis — observou Pencroff — um bom pedaço de mar que daria um admirável porto.

— O curioso — falou Cyrus — é que foi formado por duas correntes de lava vulcânica que se acumularam de várias erupções. Assim o golfo está bem cercado e mesmo com o pior vento o mar estará aqui calmo como um lago.

– Estamos mesmo nas fauces do tubarão – falou Nab, aludindo à forma do golfo.

O golfo era fechado por muralhas de lava petrificada e não mostrava uma única saliência onde pudessem desembarcar. Como nada havia a fazer por ali, saíram às duas da tarde. Às cinco horas o *Bonadventure* estava na foz do Mercy, de volta ao Palácio de Granito, de onde haviam saído há três dias.

Ayrton esperava-os na praia e Jup saltava de contente.

A expedição terminara sem que nada tivessem encontrado. Se algum ser misterioso existia, decerto estaria oculto pelos arvoredos da península Serpentina, onde os colonos não puderam investigar minuciosamente.

Foram tratados entre o engenheiro, Spilett e os outros assuntos que vinham sem explicação, como o da fogueira.

Cyrus chamou-lhes a atenção para os incidentes que, se não eram sobrenaturais, eram pelo menos misteriosos. Queria saber-lhes a opinião sobre coisas como o seu salvamento, após ter caído ao mar e ter sido encontrado a um quarto de milha da praia; o fato de Top tê-los descoberto numa noite de chuva e vento, sem estar molhado nem sujo. Como fora atirado fora do lago o cão, depois da luta com o dugongo? E o caso da ferida do dugongo feita com objeto cortante? O grão de chumbo encontrado no corpo do pecarizinho? O caixote achado na praia sem sinais de naufrágio. O da garrafa com o documento que não foi escrito por Ayrton, a canoa que nos apareceu quando mais precisávamos, o da invasão dos macacos e a escada que nos veio lá de cima... Como se explica tudo isso? E agora se junta o da fogueira que não acendi.

Todos estavam estupefatos. Ali havia um mistério. Sempre que necessário, uma influência estranha agia favorável aos colonos. Custasse o que custasse, desejavam todos averiguá-lo!

E veio o mau tempo. Inverno rigoroso para o qual estavam prevenidos com a roupa de feltro da lã dos carneiros bravos.

Ayrton veio juntar-se aos outros no Palácio de Granito.

Tempestades violentas, vendavais, marés altíssimas.

A vigilância era contínua, para proteger o curral, a capoeira, as plantações.

Fizeram belas caçadas mas o trabalho se desenvolvia mais no interior da casa.

Assim passaram os rigorosos meses do inverno.

Veio o bom tempo.

No dia 17 de outubro, encantado com a beleza do céu, Harbert pensou em fazer uma fotografia de toda a baía União.

Feita a foto, tratou de revelar o filme na câmara escura improvisada.

Trazendo-a para a claridade, descobriu um ponto quase imperceptível manchando o horizonte do mar.

Lavou-o repetidas vezes, pensando fosse sujo ou defeito do vidro.

Teve, então, curiosidade de examinar o tal defeito com uma lente.

Logo soltou um grito e correu a mostrá-lo a Cyrus.

Cyrus examinou o ponto indicado. Depois correu até a janela.

Percorreu lentamente o horizonte com o óculo de longo alcance, demorando-o sobre o ponto suspeito.

Pronunciou apenas esta palavra:

– Navio!

E, com efeito, era um navio que estava à vista da ilha Lincoln.

TERCEIRA PARTE

O segredo da ilha

Capítulo 1

PERDA OU SALVAÇÃO? — CHAMAM AYRTON
DISCUSSÃO IMPORTANTE — NÃO ERA O *DUNCAN*
EMBARCAÇÃO SUSPEITA — PRECAUÇÕES A TOMAR
O NAVIO APROXIMA-SE — UM TIRO DE PEÇA
O BRIGUE FUNDEIA — À VISTA DA ILHA — ANOITECER

Havia já dois anos e meio que os náufragos do balão tinham sido lançados na ilha Lincoln e desde então estavam incomunicáveis com o resto de seus semelhantes.

Uma vez o repórter tentara comunicar-se com o mundo habitado, confiando a uma ave aquela notícia com o segredo da sua situação. Nenhum resultado obtivera e aquele era um acaso com o qual não se podia contar. Apenas Ayrton se tinha juntado à pequena colônia.

Eis que naquele dia, 17 de outubro, outros homens aparecem de repente à vista da ilha. Sim, porque não se podia duvidar: ali estava um navio!

— Com mil diabos, é realmente um navio! — exclamou Pencroff, sem mostrar muita alegria.

— Dirige-se para cá? — perguntou Spilett.

— Ainda não sei. Por enquanto mal aparece no horizonte.

— Que devemos fazer? — interrogou Harbert.

— Esperar — aconselhou Cyrus.

Ficaram silenciosos, entregues aos pensamentos, às esperanças e receios. Até agora nada tão grave sucedera na ilha.

Os homens ali estavam não mais na condição de pobres náufragos abandonados. Eram senhores de uma terra cultivada e aquele domínio dava até a alguns deles a condição de ricos. Nab e Pencroff sobretudo eram felizes e se tivessem que deixar a ilha o fariam com pena. E em todos havia a incerteza de se, saindo dali, estariam ganhando a salvação ou perdendo o que duramente haviam conquistado.

Com o óculo de alcance observavam o navio. Longe demais para que os colonos pudessem mostrar sua presença. Uma bandeira não seria vista, um tiro não seria ouvido, uma fogueira não seria notada.

Faziam todos a mesma pergunta:

– Será ele o *Duncan*? – *Duncan* era o iate de Lorde Glenarvan que havia abandonado Ayrton na ilha Tabor e que viria buscá-lo um dia.

– É preciso prevenir Ayrton e chamá-lo imediatamente. Só ele nos pode dizer se é ou não o *Duncan*.

Todos de acordo, Spilett expediu telegrama: "Venha imediatamente."

Instantes depois a campainha soava e Ayrton respondia: "Vou já."

Enquanto isso todos faziam planos sobre o que fazer se fosse o navio de Lorde Glenarvan. Decerto, Ayrton embarcaria nele e os outros deixariam também a ilha. Antes de abandoná-la tomariam posse da mesma, em nome dos Estados da União. E voltariam mais tarde para colonizá-la definitivamente...

E se não fosse o *Duncan,* mas um navio de piratas... Aí teriam que defendê-la.

Uma hora depois que o chamaram, isto é, às quatro horas da tarde, Ayrton chegou ao Palácio de Granito.

– Aqui estou às ordens.

Cyrus estendeu-lhe a mão e levou-o até a janela, dizendo:

– Ayrton, o motivo por que lhe pedimos para vir é bastante grave. Um navio está à vista da ilha.

Com o óculo de alcance, Ayrton, bastante comovido, percorreu o horizonte. Depois focalizou-o na direção indicada, mudo e imóvel.

– De fato é um navio, mas não creio que seja o *Duncan*.

– E por que razão você supõe que não seja? – perguntou Spilett.

– Porque o *Duncan* é um iate a vapor e não vejo sinal de fumaça, nem por cima nem em volta do navio.

– Pode muito bem ser que navegue a vela – observou Pencroff. – O vento está favorável, e longe da terra, como está, deve ter maior empenho em economizar carvão.

– Talvez assim seja. Esperemos que se aproxime da costa e depois saberemos com o que podemos contar.

Depois disso, Ayrton sentou-se em silêncio. A discussão acerca do navio prosseguiu por muito tempo, mas ele não tomou parte.

Ninguém trabalhou mais. Todos estavam tão comovidos que não paravam quietos no mesmo lugar. Parece que todos eles mais temiam do que desejavam a chegada do navio.

Entretanto, este tinha se aproximado um pouco da ilha e, com auxílio do óculo, era fácil reconhecê-lo como um navio de longo curso e não um barco de piratas, dos que aparecem no Pacífico.

Eram cinco horas da tarde e dentro de pouco tempo seria noite, o que tornaria difícil qualquer observação. Decidiram, então, que se acenderia uma fogueira. Antes que o barco se afastasse. Não poderiam deixar passar a oportunidade de revelar suas presenças na ilha. Ninguém poderia prever o futuro que lhes estava reservado.

– Entendo – disse o repórter. – Embora não o conheçamos, devemos indicar àquele navio que a ilha está habitada. Isto evitaria remorsos futuros.

Tudo combinado, decidiram que Nab e Pencroff iriam ao porto Balão e logo que fosse noite acenderiam aí uma fogueira enorme cujo clarão atrairia a atenção dos tripulantes.

No momento, porém, em que os dois iam sair, o navio mudou de rumo e navegou direto para a ilha, dirigindo-se à baía União com extrema rapidez. Ayrton observou-o com o óculo e disse:

– Não é o *Duncan*. Eu bem via que não podia ser ele.

– E traz bandeira içada – acrescentou Pencroff. – Mas não dá para distinguir as cores.

A noite começava a fechar-se e o vento diminuía. A bandeira enrolava-se e era cada vez mais difícil observar.

– Não é bandeira americana – afirmou Pencroff –, nem inglesa, alemã ou francesa. Não é a bandeira branca da Rússia, nem a amarela da Espanha. Parece uma cor uniforme... Vejamos: a bandeira do Chile? É tricolor... Brasileira? Verde... Japonesa? Amarela e preta... enquanto esta...

Neste momento uma aragem desenrolou inteiramente a bandeira desconhecida. Ayrton agarrou o óculo e, olhando por ele, exclamou em voz baixa: – O pavilhão negro!

Então, os colonos, com toda a razão, podiam tomar agora o navio como suspeito!

Seria um navio pirata? Muitas ideias lhes passaram pela cabeça: fariam concorrência aos malaios? Buscariam ancoradouro? Esconderijo para cargas roubadas? Refúgio para os meses do inverno?

Cyrus interferiu para que não perdessem tempo em discussões.

– Meus amigos – disse ele –, quem sabe o navio virá apenas observar o litoral da ilha? Melhor será ocultar nossa presença aqui. Desarmar as velas do moinho e ocultar com galhos as janelas do Palácio de Granito. E apagar de todo o fogo.

– E o nosso barco? – lembrou Harbert.

– Está bem abrigado no porto Balão e desafio a que o encontrem – respondeu Pencroff.

Tudo foi feito conforme Cyrus ordenara. Prepararam as armas e munições e esperaram.

E o brigue se aproximava. Cyrus o sentia como se fosse uma ameaça à obra que ele e os companheiros construíram e tão bem dirigiam até então. Estavam todos decididos a resistir em defesa da ilha até a última extremidade. Estariam mais bem armados que os colonos? Seriam em grande número? Eis o que era bem importante saber! Para isso era preciso ir até eles.

– Quem sabe – disse Pencroff – levante ferros essa noite e ao amanhecer não esteja mais lá?

Como resposta, viu-se um clarão e ressoou um tiro de peça. Era certo que o navio possuía artilharia.

A distância do barco até a praia era bem pequena. Aí já se podia ouvir o barulho das correntes que se desenrolavam. O navio acabava de ancorar, portanto, em frente ao Palácio de Granito.

Capítulo 2

DISCUSSÕES — PRESSENTIMENTOS
UMA PROPOSTA DE AYRTON — ACEITA-SE
AYRTON E PENCROFF NO ILHÉU GRANT
DEGREDADOS DE NORFOLK — SEUS PROJETOS
TENTATIVA HEROICA DE AYRTON
SEU REGRESSO — SEIS CONTRA CINQUENTA

Já não restava dúvida alguma sobre as intenções dos piratas. Ancorados a pequena distância da ilha, estava claro que, no dia seguinte, chegariam à praia de canoas.

Apesar da prudência, Cyrus e os outros estavam prontos para tudo.

– Estamos bem guardados – disse Cyrus. – Tudo à volta do Palácio de Granito está camuflado com folhagens.

– Mas as nossas plantações, a capoeira, o curral, podem destruir tudo! – reclamou Pencroff.

– Tudo, Pencroff – falou Cyrus –, e não temos meios de o impedir.

– Serão muitos? – observou o repórter. – Se fossem uma dúzia era fácil prendê-los, mas cinquenta, talvez!...

Foi aí que Ayrton pediu permissão a Cyrus para ir sozinho até o navio. Poderia assim ver de perto e avaliar a força da tripulação. Disse que era bom nadador e que poderia passar nadando por lugares em que a canoa só iria atrapalhar. Alegando que esta seria a maneira de se levantar aos seus próprios olhos, convenceu logo os companheiros.

– Eu o acompanharei – disse Pencroff.

Combinadas as coisas, Ayrton esfregou o corpo com sebo para sentir menos a friagem da água, onde talvez tivesse que se demorar muitas horas. Ayrton e Pencroff embarcaram na piroga. Foram até o ilhéu, onde Pencroff se escondeu numa cavidade para esperar a volta do companheiro.

Ayrton lançou-se à água protegido pela escuridão. Eram dez e meia da noite.

Meia hora depois chegou junto do navio sem ser visto nem ouvido por ninguém. Respirou fundo e subiu pelas correntes. Chegou ao ponto onde estavam estendidas roupas de marujo. Vestiu-se e preparou-se para escutar.

Ninguém dormia a bordo, pelo contrário, discutiam, cantavam, riam.

Acompanhado de pragas, eis o que ouviu Ayrton:

– Foi excelente a conquista de nosso brigue.

– O *Speedy* merece bem o nome!

– Bem podia toda a Marinha de Norfolk dar-lhe caça! Perdia o seu tempo!

– Hurra! Comandante!

– Hurra! Bob Harvey!

Só se pode entender o que sentiu Ayrton ao ouvir este nome quando se disser que Bob Harvey foi um de seus antigos companheiros da Austrália. Bob Harvey apoderara-se, em Norfolk, daquele brigue carregado de armas, munições, utensílios e ferramentas de toda espécie. Os companheiros de Bob Harvey haviam ocupado o navio e com ele se mostravam piratas mais ferozes que os malaios!

Bebendo demais, falando em voz alta, contavam suas proezas. Daí Ayrton pôde entender que a tripulação era composta de prisioneiros ingleses, fugidos da ilha Norfolk. Haviam escapado da ilha-presídio, assassinado a tripulação do *Speedy* e feito da embarcação navio pirata sob o comando de Bob Harvey, velho conhecido de Ayrton.

O acaso os levara até a ilha Lincoln. Uma vez ali, o projeto era visitá-la para fazer dela esconderijo. A bandeira negra e o tiro de peça não passavam de pura fanfarronice.

O domínio dos colonos corria sério perigo. Não havia outro remédio senão lutar. Procurar destruir todos aqueles miseráveis.

Ayrton esperou uma hora, até que diminuísse o barulho e os ébrios dormissem. Arriscou-se então no escuro do tombadilho. Deslizando por entre os que dormiam, pôde verificar o que queria: eram quatro os canhões, modernos e de efeitos terríveis. Pelos seus cálculos o número de homens andava pelos cinquenta, o que era demais para os seis colonos da ilha Lincoln!

Restava a Ayrton voltar e dar conta da missão aos companheiros. Mas o seu desejo ia além. Queria dar uma prova heroica de sua dedicação aos amigos. Arriscaria a própria vida desde que salvasse a ilha e os colonos.

Quando lembrou que Bob Harvey fazia aquilo tudo seguindo seu próprio exemplo, Ayrton não hesitou. Chegou até o paiol da pólvora, que fica sempre a ré do navio. Bastava uma faísca e tudo voaria pelos ares. Junto do mastro havia uma lanterna acesa. Tirou um revólver carregado.

Preparou-se para arrombar o paiol. Não era fácil, sem fazer ruído, fazer saltar o cadeado. Mas assim foi feito e a porta abriu-se...

Nesse momento, Ayrton sentiu que alguém lhe punha uma mão no ombro.

– Que fazes aqui? – perguntou com voz áspera um homem, que, à luz da lanterna, ele reconheceu ser Bob Harvey.

– Acudam, rapazes! – gritou Bob Harvey.

Três piratas, acordados com estes gritos, lançaram-se sobre Ayrton e tentaram segurá-lo. Ele conseguiu desembaraçar-se e com dois tiros derrubou dois, mas alguém lhe acertara o ombro com uma faca.

Ayrton viu que não era possível pôr em prática seu projeto. Os outros acordavam. Lembrou-se de que era melhor preservar-se para combater ao lado de Cyrus. Tratou, então, de fugir.

Atirando, chegou até a escada, onde quebrou a lanterna com uma coronhada. Uma escuridão profunda protegeu-lhe a fuga.

Perseguido por dois ou três piratas, abateu um e os outros deixaram-no passar.

Atirou-se ao mar e as balas choveram à sua volta.

Os colonos armados já estavam na praia prontos para repelir qualquer agressão. Cessaram as detonações. Nem Ayrton nem Pencroff apareciam. Afinal, por volta da meia-noite e meia, chegou a canoa com dois homens: Pencroff, são e salvo, e Ayrton, levemente ferido no ombro. Este contou toda a situação para os companheiros, que viram quanto era grave.

− Vamos para casa e vigiemos − recomendou Cyrus.

− Haverá possibilidade de sairmos desta, Sr. Cyrus?

− Há sim, Pencroff.

− Seis contra cinquenta?!

− Sim, seis... Não contando...

− Não contando quem? − insistiu Pencroff.

A resposta de Cyrus foi apontar-lhe o céu.

Capítulo 3

LEVANTA O NEVOEIRO
DISPOSIÇÕES QUE O ENGENHEIRO TOMA
TRÊS POSTOS — MAIS DUAS EMBARCAÇÕES — NO ILHÉU
DESEMBARCAM SEIS DOS DEGREDADOS
O BRIGUE LEVANTA FERROS — OS PROJÉTEIS DO *SPEEDY*
SITUAÇÃO DESESPERADORA
INESPERADO DESENLACE

A noite correu sem incidente.

Os colonos tinham estado de sentinela e não haviam abandonado o posto das chaminés. Também os piratas não fizeram tentativas de desembarque. Parecia mesmo que levantaram ferros, tal era o silêncio.

Infelizmente não era assim. Quando começou a clarear os colonos avistaram entre as brumas uma forma confusa. Era o *Speedy*.

– Amigos – disse Cyrus –, é preciso que nos organizemos antes que levante de todo o nevoeiro. É preciso fazer com que acreditem que os habitantes da ilha são numerosos e capazes de resistir. Proponho que nos dividamos em três grupos: o primeiro, Harbert e eu, aqui mesmo nas chaminés, dominando uma grande parte da praia; o segundo, Spilett e Nab, na foz do Mercy, escondido entre os rochedos; o terceiro, Ayrton e Pencroff, seria bom ficar no ilhéu a fim de impedir qualquer tentativa de desembarque. Temos armas para todos. Pólvora e bala em quantidade. A cada um de nós cabe eliminar mais ou menos dez inimigos. É forçoso que assim se faça para impedir um combate corpo a corpo.

Vieram as armas e munições e foram distribuídas, ficando as duas carabinas de precisão com Spilett e Ayrton, ótimos atiradores.

Ayrton e Pencroff tomaram suas posições, separadamente, no ilhéu. O tiroteio rebentaria ao mesmo tempo em quatro pontos diferentes.

Ao se separarem os colonos apertaram-se as mãos comovidos.

Eram seis e meia da manhã.

O nevoeiro dissipava-se. O *Speedy* aparecia agora inteiro e voltado para a ilha.

No mastro flutuava o sinistro pavilhão negro. As quatro peças de que se compunha a artilharia de bordo estavam apontadas para a ilha. Prontas a funcionarem ao primeiro sinal. Mas o *Speedy* continuava mudo. Sem dúvida Bob Harvey ainda procurava explicação para os fatos da noite passada. Hesitava no ataque porque nada conhecia do inimigo. Na praia, nos rochedos, nenhum vestígio de que a ilha era habitada.

Às oito horas os colonos notaram movimento a bordo. Os piratas lançaram um escaler com sete homens armados.Vinham fazer um reconhecimento mas não desembarcar, porque, nesse caso, viriam em maior número. O escaler avançava em direção ao ilhéu. Ayrton e Pencroff esperavam que chegasse ao alcance de tiro.

Os homens do escaler procuravam lugar onde pudessem lançar a âncora, já que o brigue deveria se aproximar mais da praia.

Ouviram-se dois tiros e dois homens caíram no fundo do escaler. As balas de Ayrton e Pencroff tinham acertado ao mesmo tempo.

Quase no mesmo momento uma bala, partida do navio, despedaçou o rochedo acima das cabeças dos dois colonos. Nenhum dos dois foi atingido. O escaler continuou avançando, agora com outro homem no leme. E remavam apressados, tentando fugir das balas, enquanto os disparos do navio abriam-lhes a passagem até a embocadura do Mercy.

A intenção deles era penetrar no canal e apanhar os colonos pelas costas.

Pencroff e Ayrton mantinham-se em suas posições.

Vinte minutos depois o escaler chegou em frente do Mercy, onde pensaram fundear. Mas aí foram saudados por duas balas certeiras de Nab e Spilett que derrubaram dois homens.

Só restavam três homens válidos no escaler. O brigue continuava atirando mas só fazia despedaçar rochedos. Os colonos estavam firmes nas suas posições. Nesse ponto, o escaler voltava com dois remos em direção ao brigue, levando os feridos. Outro escaler foi lançado ao mar, agora com doze homens furiosos. E mais outro com oito piratas tentava alcançar a foz do Mercy, enquanto o primeiro se dirigiu ao ilhéu em busca dos colonos.

A situação de Ayrton e Pencroff era muito perigosa. Eles depressa compreenderam isso e trataram de ganhar a terra firme. Para saírem do ilhéu, dirigiram duas balas ao escaler, causando a maior confusão entre os tripulantes, que responderam com uma dúzia de tiros. Nessa altura os dois colonos corriam a esconder-se nas chaminés, onde se encontravam Cyrus e Harbert.

O segundo escaler se aproximava do Mercy, onde foram recebidos a bala por Nab e Spilett. Dois homens estavam mortalmente feridos, a pequena embarcação desgovernada desmantelou-se contra os rochedos. Seis homens desembarcaram correndo e ocultaram-se na baía dos Salvados.

A situação era pois a seguinte: no ilhéu doze homens, dos quais muitos feridos, tendo um escaler à disposição; na ilha seis, sem embarcação e impedidos de entrar no Palácio de Granito porque as pontes haviam sido levantadas.

– Isto vai bem – disse Pencroff. – Que pensa disso, Sr. Cyrus?

– Penso que o combate vai se modificar. Não creio que os piratas sejam tão pouco inteligentes que o continuem em condições tão desfavoráveis para eles!

– Não poderão atravessar o canal – garantiu Pencroff. – Lá estão as carabinas de Ayrton e do Sr. Spilett.

– Tudo pode piorar se o brigue entrar no canal. Talvez tenhamos então que nos refugiar no Palácio de Granito – observou Harbert.

– Esperemos! – disse Cyrus. – Agora prepare-se, Ayrton. É a sua carabina e a de Spilett que devem entrar em ação!

De fato. O *Speedy* começava a virar para se aproximar do ilhéu. Enquanto isso, os piratas que estavam no ilhéu percorriam a descoberto a margem do canal.

Ayrton e Spilett atiraram, derrubando dois. Os outros dez meteram-se no escaler e voltaram ao navio. Agora este se aproximava, pouco a pouco, da terra.

– A situação está cada vez mais grave – disse Ayrton.

Cyrus compreendia isso. Que fazer para impedir que desembarcassem?

Mas aquilo que mais temiam aconteceu: Bob Harvey, sem medo, meteu o navio no canal. Sua intenção era bombardear as chaminés, de onde viu partirem muitos tiros que lhe dizimaram parte da tripulação.

Spilett e Nab abandonaram o posto do Mercy e vieram se reunir ao grupo. Melhor estarem todos juntos agora.

– E o brigue vem entrando no canal – falou Spilett preocupado. – Tem algum plano, Cyrus?

– Melhor refugiar-nos no Palácio de Granito enquanto podemos fazê-lo sem que nos vejam – disse Cyrus. – E depois, lá, as circunstâncias nos dirão o que havemos de fazer.

Não havia um instante a perder.

Pelo cesto do elevador atingiram a porta do Palácio de Granito, onde estavam presos Top e Jup, desde a véspera.

O brigue atirava às cegas e as rochas se estilhaçavam. Entretanto, esperavam que a casa fosse poupada, pois haviam-na dissimulado com folhagens. Pensava assim Cyrus, quando uma bala penetrou pela porta e atingiu o corredor.

– Estamos descobertos! – exclamou Pencroff.

Os colonos não haviam sido vistos mas o certo é que Bob Harvey julgou conveniente alvejar a folhagem suspeita que encobria a muralha. E o fizeram seguidas vezes no mesmo ponto até que se rompeu a cortina de folhas e o granito apareceu. A situação dos colonos era desesperadora. Não lhes restava outro recurso senão refugiarem-se no corredor de cima, abandonando a casa a toda espécie de devastação. De repente se ouviu um estrondo, seguido de terrível gritaria!

Cyrus e os seus correram a uma das janelas...

Viram o brigue, levantado por uma espécie de tromba líquida, abrir-se ao meio e ser engolido, em menos de dez segundos, com toda a sua criminosa tripulação!

Capítulo 4

OS COLONOS NA PRAIA
AYRTON E PENCROFF TRATAM DE COLHER SALVADOS
CONVERSA AO ALMOÇO
COMO PENCROFF DISCORRE SOBRE O CASO
INSPEÇÃO MINUCIOSA DO CASCO DO BRIGUE
O PAIOL DE PÓLVORA INTATO — NOVAS RIQUEZAS
ÚLTIMOS DESPOJOS — UM PEDAÇO DE CILINDRO PARTIDO

— E foram pelos ares! — exclamou Harbert.
— É verdade. Assim mesmo como se Ayrton tivesse posto fogo no paiol! — acrescentou Pencroff entrando no cesto do elevador com o preto e o jovem.
— Mas que teria acontecido? — perguntou Spilett.
— Desta vez, sim! Desta vez havemos de saber!... — declarou alegre o engenheiro.
— Então que havemos nós de saber?...
— Depois! Depois falaremos! Agora venha comigo, Spilett. O que mais importa é que os piratas foram exterminados!
E Cyrus, levando o repórter e Ayrton, foi se reunir com Pencroff, Nab e Harbert na praia.
Do brigue nada se via, nem a mastreação. O navio, depois de levantado pela tromba, tinha-se deitado de lado e nessa posição fora ao fundo. Mas, como naquele local o canal era raso, quando a maré baixasse o costado do brigue havia de aparecer.
À tona da água boiavam mastros, vergas, gaiolas de galinhas com as aves ainda vivas, caixotes, barricas e tudo que, pouco a pouco, ia saindo das escotilhas e boiando à flor da água.

Os colonos trataram de recolher tudo antes que a maré levasse para longe toda aquela riqueza.

– E os seis degredados que desembarcaram na margem direita do Mercy? – lembrou Spilett.

Não era razoável esquecer que seis piratas estavam soltos no interior da ilha. Sim, porque por ali não havia fugitivo algum.

– Mais tarde pensaremos neles – disse Cyrus. – Representam perigo porque estão bem armados. Mas seis contra seis são forças iguais. Agora vamos ao mais urgente.

Ayrton e Pencroff amarraram mastros e vergas com cordas e carregaram tudo para o Palácio de Granito. Na canoa puseram os caixotes, as gaiolas de galinhas, barricas, e tudo foi transportado para as chaminés.

Alguns corpos boiavam. Entre outros, Ayrton reconheceu Bob Harvey. Disse com voz comovida:

– Olhe o que eu fui, Pencroff!

– Mas já não é, meu amigo – respondeu o marinheiro.

Estranharam que fosse tão pequeno o número de corpos na superfície da água. O mar os teria levado, o que poupava aos colonos a triste tarefa de os enterrar em qualquer canto da ilha.

Durante horas estiveram recolhendo os salvados, para eles uma verdadeira fortuna. De fato, um navio é uma espécie de pequeno mundo, mas completo.

– De mais a mais – falava Pencroff –, por que não vamos reparar as avarias do brigue? Num navio assim pode-se ir longe! Vale a pena examinar este negócio.

Quando tudo já estava recolhido e em segurança, pararam para almoçar. Os nossos colonos comeram por ali mesmo e durante o almoço só se falou no acontecimento inesperado que tão milagrosamente salvara a colônia dos temíveis piratas.

– O milagre veio mesmo na hora. Não era mais possível resistir no Palácio de Granito – falou Pencroff.

– Você tem alguma ideia do que aconteceu, Pencroff? – perguntou Spilett. – Qual seria a causa da explosão?

– Ora, Sr. Spilett, não há nada mais simples. Num navio de piratas não tem ordem nem vigilância como num navio de guerra! Os paióis estavam abertos e o menor descuido... e basta para explicar como foi tudo pelos ares!

– O que me causa admiração, Sr. Cyrus – interpôs Harbert –, é que a explosão foi pequena e os estragos não muito grandes. Parece-me que o brigue foi ao fundo mais por um rombo do que por uma explosão.

– E você se admira disso, filho?

– Sim, Sr. Cyrus.

– Pois eu também, Harbert, mas espero a explicação quando examinarmos o casco.

– Ora essa, Sr. Cyrus, só falta dizer que o navio foi ao fundo porque bateu num rochedo.

– E por que não – disse Nab –, pois se há rochedos no canal?!

– Bem se vê que não viu como se deu a coisa, Nab. O *Speedy* foi levantado por uma onda enorme e tornou a cair, virado.

– Enfim, nós veremos – concluiu Cyrus.

– Vamos, Sr. Cyrus, não vai me dizer agora que este acontecimento tenha também alguma coisa de maravilhoso!

Cyrus não respondeu.

– Em todo caso, temos que concordar que, choque ou explosão, a coisa pintou na hora! – disse Spilett.

– Lá isso é mesmo – concordou Pencroff. – Mas o caso é outro. Pergunto ao Sr. Cyrus se vê em tudo isto alguma coisa de sobrenatural.

– Não tenho opinião formada a respeito, Pencroff. Não posso responder outra coisa.

Claro que a resposta não satisfez a Pencroff.

Mais tarde, uma e meia, os colonos saíram na canoa e foram ao local do desastre.

Naquele momento começava a surgir o casco do *Speedy*. Conforme a maré baixava deixava ver os estragos. Dois enormes rombos, de um e outro lado da quilha, não admitiam consertos. Parte do madeiramento reduzira-se a pó.

– Com mil diabos! – exclamou Pencroff. – No estado em que está há de ser difícil reparar-lhe as avarias!

– É impossível até – concordou Ayrton.

– Em todo caso – considerou Spilett –, a explosão teve estranhos efeitos. Arrombou o casco em vez de mandá-lo pelos ares! Parece mais resultado de choque que de explosão.

– Tudo quanto quiserem poderei admitir, menos o tal choque. Não há nada no fundo do canal...

– Entremos no navio. Lá dentro talvez encontremos explicação – disse Cyrus.

Era o mais acertado. E a entrada estava fácil apesar de obstruída por caixotes cujo conteúdo estava ainda intato.

Avançaram abrindo caminho entre as caixas. Ayrton e Pencroff, com uma espécie de guindaste improvisado, faziam descer a carga que a canoa transportava logo para a terra. Puderam assim verificar que o brigue trazia uma carga variadíssima, um sortimento completo de objetos, utensílios, produtos manufaturados. Encontrava-se de tudo, o que exatamente convinha aos colonos da ilha Lincoln.

Chegaram ao paiol de pólvora. Estava intato. Pencroff convenceu-se então de que o *Speedy* não fora destruído por nenhuma explosão.

– Então o que foi que aconteceu? – perguntou Harbert.

– Nada sei – respondeu Pencroff. – O Sr. Cyrus nada sabe e ninguém o sabe nem saberá nunca!

Tiveram que interromper a busca porque a maré começava a encher. Além disso, o principal já haviam tirado e o navio estava tão encravado na areia como se tivesse amarrado com cabos. Podiam esperar a vazante para continuarem.

Eram cinco horas da tarde. O dia tinha sido pesado. Comeram com grande apetite e, apesar do cansaço, não resistiram à curiosidade de ver o que havia nos caixotes.

A maior parte roupas. De toda espécie e calçados para todos os pés.

– Agora é que nós estamos ricos! – falou Pencroff. – Mas que fazer de tudo isso?

Eram barricas de tabaco, armas de fogo, armas brancas, fardos de algodão, instrumentos para lavoura e ferramentas para todas as profissões. Deixaram tudo para armazenar no dia seguinte.

Agora precisavam pensar nos seis homens do *Speedy* contra os quais seria preciso tomar cuidado.

Durante a noite, revezaram-se na vigilância aos fardos e caixotes amontoados nas chaminés.

Passou-se a noite sem nenhuma tentativa da parte dos foragidos. Jup e Top guardavam a porta do Palácio de Granito e a qualquer coisa dariam logo sinal.

Os três dias seguintes, 19, 20 e 21 de outubro, foram empregados para salvar tudo o que havia de valor no navio. Até os quatro canhões do brigue recuperaram.

Pencroff falava até em montar uma bateria para a defesa da ilha.

A carcaça vazia e inútil do que fora o *Speedy* foi destruída por um vendaval.

Nenhum documento ou papel foi encontrado. Os piratas destruíram tudo o que dissesse respeito ao capitão, armador, porto e nação a que pertencia o navio.

Oito dias depois nada mais restava do brigue. E o mistério de sua destruição permaneceria para sempre se Nab não achasse um espesso cilindro de ferro com vestígios de explosão.

Nab trouxe o tubo de metal e mostrou-o a Cyrus.

Cyrus examinou-o com atenção e, dirigindo-se a Pencroff, disse:

— Então, meu amigo, continua a sustentar que o *Speedy* não foi vítima de choque?

— Continuo, Sr. Cyrus – respondeu o marinheiro. – Não há rochedos no canal.

— Mas se o navio deu de encontro a este pedaço de ferro? – declarou Cyrus, mostrando o cilindro partido.

— O quê, esse pedaço de canudo?

— Meus amigos – acrescentou Cyrus –, por acaso se lembram de que, antes de afundar, o brigue foi levantado por uma tromba-d'água?

— Lembro-me muito bem, Sr. Cyrus – respondeu Harbert.

— Pois bem, quer saber o que fez levantar essa tromba? Isto! – afirmou o engenheiro mostrando o tubo partido.

— Isto? – estranhou Pencroff.

— Sim! Este cilindro, que é o que resta de um torpedo!

— Um torpedo! – exclamaram os companheiros do engenheiro.

— E quem podia ter posto ali o tal torpedo? – perguntou Pencroff.

— Só sei dizer é que não fui eu! – respondeu Cyrus. – Mas o certo é que ele estava lá e que tivemos ocasião de ver-lhe os efeitos!

Capítulo 5

AFIRMATIVAS DO ENGENHEIRO
HIPÓTESES GRANDIOSAS DE PENCROFF
OS QUATRO PROJÉTEIS
A PROPÓSITO DOS DEGREDADOS QUE TINHAM
ESCAPADO — HESITAÇÃO DE AYRTON
SENTIMENTOS GENEROSOS DE CYRUS SMITH
PENCROFF RENDE-SE CONTRA A VONTADE

Como acabamos de ver, a catástrofe estava explicada pela explosão submarina do torpedo. Cyrus trazia da guerra experiência com aqueles terríveis maquinismos de destruição. Não podia se enganar.

Tudo estava explicado em relação à catástrofe. Tudo, menos a presença do tal torpedo nas águas do canal!

— Amigos — continuou Cyrus, depois de feitas essas reflexões —, agora já não é possível duvidar da existência de um ser misterioso, abandonado nesta ilha. Quem será esse benfeitor cuja intervenção sempre nos é favorável? Quero que Ayrton saiba que também deve a ele, pois nos fez conhecer a ilha Tabor, nos revelou a existência de um náufrago na ilha. Temos todos uma dívida e espero podermos pagar, mais cedo ou mais tarde.

— Tem toda razão em falar assim, caro Cyrus — disse Spilett. — É quase sobrenatural a ação desse desconhecido para conosco. Creio que todas as estranhas coisas que aqui sucederam se devem a ele. É como se, oculto, vivesse junto de nós, conhecendo nossos projetos.

– Assim é – apoiou Cyrus. – Agora precisamos saber se lhe respeitamos o incógnito ou devemos descobri-lo e mostrar nossa gratidão. Que acha, Pencroff?

– Acho que o desconhecido, seja quem for, é um valente e tem toda a minha estima.

– Assim será – replicou Cyrus –, mas isso não é responder.

– O que penso – disse Nab – é que podemos procurar, à vontade, o tal sujeito que só o encontraremos se ele o quiser.

– E não dizes asneira, Nab – disse Pencroff.

– Também sou da opinião de Nab – afirmou Spilett.

– E tu, filho, que achas? – perguntou Cyrus a Harbert.

– Eu bem que desejava agradecer a esse que salvou o senhor e agora a todos nós.

– Grande coisa, rapaz – falou Pencroff. – Isso também eu, isso todos nós. Creio que deve ser belo, alto, barba e cabelos luminosos e deve estar deitado sobre as nuvens com um grande globo na mão!

– Mas, Pencroff, isso é o retrato do Padre Eterno – observou Spilett.

– Não digo que não, mas é assim que o imagino.

– E você, Ayrton?

– Por mim, Sr. Cyrus, não posso dar opinião que valha. O que fizerem estará benfeito e estarei sempre pronto a ajudar.

– Obrigado, Ayrton – falou Cyrus –, mas desejaria que me desse resposta mais direta, pois que se trata de tomar agora uma decisão importante. Pode falar.

– Pois então, senhor, direi que minha opinião é que se faça todo o possível para descobrir o benfeitor desconhecido. Também eu tenho minha dívida de gratidão a pagar-lhe.

– Está decidido – concluiu Cyrus. – Começaremos nossas pesquisas quanto antes. Não haverá canto da ilha que não seja explorado. Havemos de achá-lo.

Durante alguns dias, dedicaram-se os colonos aos trabalhos agrícolas. Queriam deixar tudo em ordem antes de pôr em execução o projeto de explorar, ponto por ponto, o que ainda era desconhecido na ilha.

Também já era época de colher o produto do que trouxeram da ilha Tabor.

Havia, pois, muito que armazenar e no Palácio de Granito havia espaço de sobra.

Tudo estava organizado na casa. Até os canhões já estavam estrategicamente colocados, no andar superior, e suas bocas brilhantes dominavam toda a baía União, dando-lhe completa proteção e cobertura.

— Sr. Cyrus — sugeriu Pencroff no dia 8 de novembro —, agora que o armamento está completo, é necessário que o experimentemos.

— Julga isso tão útil?

— É mais que útil, é necessário! Sem isso conheceremos o alcance de uma dessas balas de que dispomos?

— Pois experimentemos, Pencroff. Não gastaremos pólvora. Usaremos piróxilo.

— E aquelas peças aguentarão a inflamação do piróxilo? — perguntou Spilett.

— Creio que sim. Mas agiremos com prudência. Embora eu esteja certo de que as peças são feitas do melhor aço.

— Havemos de estar mais certos depois da experiência — observou Pencroff.

E assim foi. Os canhões estavam em ótimo estado. Depois de retirados da água os colonos haviam lhes dado um trato tal que estavam como novos. Os quatro tiros disparados mostraram a eficiência das peças.

— Então, Sr. Cyrus? Que tal nossa bateria? Que venham agora os piratas!

— Pode crer, Pencroff, prefiro não ter que fazer tal experiência.

— A propósito — lembrou o marinheiro —, que faremos com os seis que passeiam pela ilha? São verdadeiros jaguares... e temos que tratá-los como tais. Que pensa disso, Ayrton?

– Eu fui um desses jaguares e por isso não tenho o direito de falar...

E afastou-se.

Pencroff compreendeu o que fizera.

– Que estúpido eu sou! Pobre Ayrton!

– Sim – disse Spilett –, ele tem direito a falar como outro qualquer. Devemos respeitar o sentimento que tem do seu triste passado.

– É certo, Sr. Spilett. Não cairei outra vez. Que eu antes engula a língua para não desgostar Ayrton. Mas parece-me que aqueles bandidos não têm direito à nossa piedade.

– Pensa assim, Pencroff? – perguntou Cyrus.

– Exatamente.

– E antes de persegui-los não acha melhor esperar que pratiquem de novo qualquer ato de hostilidade contra nós?

– Então não é o bastante o que têm feito?

– Podem mudar de sentimentos – observou Cyrus. – Podem até arrepender-se...

– Arrependerem-se, eles?

– Lembra-se de Ayrton? – interveio Harbert. – Tornou-se um homem honrado.

Pencroff estava espantado. Realmente não compreendia aquilo. Para ele eram animais ferozes e deviam ser destruídos.

– Bem, estão todos contra mim. Queira Deus não se arrependam.

– E que perigo pode haver se tomarmos cuidado? – falou Harbert.

– Eles são seis e bem armados – disse o marinheiro. – Basta que se escondam e atirem sobre nós para ficarem senhores da ilha.

– E por que não o fizeram ainda? – perguntou Harbert.

– Pois sim, sim! – replicou Pencroff. – Deixemos essa gente tratar de sua vida. Não pensar mais nisso é o melhor.

– Ora, Pencroff – interveio Nab –, está se fazendo de mau.

Aposto que se apanhasse algum ao alcance de tiro nem lhe atirava...

– Atirava-lhe como a um cão danado, Nab.

– Quer confiar ainda desta vez em mim, Pencroff? – perguntou Cyrus.

– Farei o que quiser, Sr. Cyrus – respondeu o marinheiro, vencido mas não convencido.

– O melhor é não atacar nem ser atacado.

E assim ficou resolvido como proceder em relação aos piratas. Esperar que na situação em que se encontravam, no ambiente novo, tendo de lutar para sobreviver, talvez se emendassem.

Apesar de serem o que eram, gente da pior espécie, no presente tinham razão os colonos e não Pencroff. Continuariam a tê-la no futuro?

Era o que se havia de ver.

Capítulo 6

PROJETOS DE EXPEDIÇÃO — AYRTON NO CURRAL
VISITA AO PORTO BALÃO
REFLEXÕES QUE FAZ PENCROFF A
BORDO DO *BONADVENTURE*
EXPEDE-SE UM TELEGRAMA PARA O CURRAL
AYRTON NÃO RESPONDE — PARTIDA NO DIA SEGUINTE
POR QUE NÃO TRABALHA JÁ O FIO — DETONAÇÃO

Entretanto o que mais preocupava os nossos colonos era o desejo de realizar a completa exploração da ilha.

Agora a exploração tinha dois objetivos: descobrir o ente misterioso que os ajudava e saber o destino dos piratas, o que fora feito deles.

Cyrus desejava partir quanto antes. Mas tiveram que adiar até 20 de novembro. Um dos animais que puxavam o carro estava ferido numa perna e os curativos ainda exigiriam alguns dias.

Também os dias de novembro eram os maiores do ano e a estação, a melhor possível.

A expedição, ainda que não atingisse o fim principal, devia ser fecunda em descobertas.

Os nove dias que faltavam seriam empregados nas obras do planalto da Vista Grande.

A presença de Ayrton no curral tornava-se necessária e decidiu-se que passaria lá dois dias para deixar os animais providos do que fosse preciso.

Pencroff ofereceu-se para acompanhá-lo mas ele achou desnecessário. Disse que se precisasse de algo passaria um telegrama para o Palácio de Granito.

E Ayrton partiu para lá no dia 9, de madrugada, no carro puxado por um dos animais. Duas horas depois anunciava que estava tudo em ordem.

Enquanto Cyrus tratava de melhorar as condições de abrigo e segurança do Palácio de Granito, Pencroff, Spilett e Harbert deram um passeio até porto Balão. Queriam ver como estava o barco, uma vez que os piratas haviam pisado a costa sul da ilha.

Foram todos bem armados e, às três horas da tarde do dia 10 de novembro, saíram.

Foi combinado com Nab que, na volta, quando dessem um tiro, ele desceria a ponte.

Durante a viagem de duas horas, nada de anormal.

Chegando lá tiveram a alegria de ver o barco tranquilamente fundeado no seu abrigo. O barco era importante porque pretendiam voltar à ilha Tabor e lá deixar a notícia da nova residência de Ayrton. Spilett achava possível que o benfeitor desconhecido soubesse quando voltaria o iate.

— Mas, com trezentos diabos, quem será esse sujeito? Conhece-nos e não o conhecemos. Estará ainda por aí ou teria ido embora?

E nessa conversa os colonos entraram a bordo do *Bonadventure*.

De repente, o marinheiro exclamou:

— Esta é nova! É extraordinária!

— Que há de novo, Pencroff?

— O que há? Não fui eu que dei este nó!

E mostrava a corda.

— Como assim? Não foi você? — perguntou Spilett.

— Isso não! Até ia jurar. Este nó é chato e o que eu faço tem duas laçadas.

— Talvez você se engane, Pencroff.

— Não me engano, não! Dar nó é um hábito das mãos e as mãos não se enganam.

– Acha que eles estiveram aqui? – perguntou Harbert.

– Não sei. O certo é que alguém se serviu de nosso barco e tornou a ancorar.

– Mas se eles tivessem se servido dele teriam fugido.

– Fugido, sim... – disse Pencroff –, mas para onde?... Para a ilha Tabor? Num barco tão pequeno?

– Também seria preciso supor que soubessem da existência da ilhota – falou Spilett.

– Seja lá como for. É tão verdade que o *Bonadventure* viajou sem nós como eu chamar-me Boaventura Pencroff.

– Como passaria o barco sem que o víssemos?

– Fácil, Sr. Spilett. À noite, com bom vento.

– Bem, interessa é que o devolveram. Mas já não é tão seguro aqui. Talvez fosse melhor levá-lo para a foz do Mercy.

– Talvez... sim. Puxando-o até perto das chaminés. E, como temos de sair em expedição demorada, ficará mais seguro lá até que limpemos a ilha desses tratantes.

– Também eu penso assim – afirmou o repórter. – Ao menos aqui não está exposto aos temporais como estaria na foz do Mercy.

– Então está dito. A caminho!

Voltaram para o Palácio de Granito, onde comunicaram a Cyrus o que se tinha passado. O engenheiro aprovou-lhes as decisões, prometendo, mais tarde, estudar as possibilidades de construir um porto onde o barco ficasse sob as vistas dos colonos e, se necessário, guardado debaixo de chaves.

Naquela mesma noite expediu-se um telegrama para Ayrton. Nenhuma resposta.

Como haviam combinado que Ayrton estaria de volta no dia 11 pela manhã, o mais tardar, aguardaram para ver se chegava.

Às dez horas da noite Ayrton não dera sinal de vida. Expediram novo telegrama, pedindo resposta imediata. A campainha continuou muda.

Que se teria passado?

Quem sabe alguma avaria no aparelho?

– É possível – admitiu o repórter.

– Esperemos para amanhã – resolveu Cyrus.

Pela manhã, repetiram a operação sem nenhum resultado.

– A caminho para o curral – ordenou então.

– E bem armados! – acrescentou Pencroff.

Decidiram deixar Nab no Palácio de Granito. O preto os acompanharia até o riacho Glicerina para levantar a ponte. Esperaria, emboscado ali, até que eles ou Ayrton voltassem.

Às seis da manhã saíram, avisando a Nab que se refugiasse na casa se os piratas aparecessem.

Top seguia na frente, vigilante. E alerta estavam todos eles, atentos ao menor sinal de perigo.

Seguiam todos à beira do fio telegráfico, que não apresentava anormalidade. Os postes estavam em bom estado, os isoladores intatos e o fio esticado.

Até que, chegados ao poste 74, Harbert parou exclamando:

– Está partido o fio!

Havia, de fato, um poste derrubado e atravessado na estrada.

– Este poste não foi posto ao chão pelo vento – declarou Pencroff.

– Não, bem se vê que foi arrancado por mãos humanas – confirmou Spilett.

– E de mais a mais o fio está partido – acrescentou Harbert.

– Teria sido partido recentemente? – perguntou Cyrus.

– Foi. Bem se vê que há pouco tempo se deu a ruptura.

– Ao curral! Ao curral! – chamou Pencroff.

Tinham de andar mais duas milhas.

Passaram então a correr.

Alguma coisa grave devia ter-se passado.

Ayrton não aparecera no dia marcado.

Talvez estivesse ferido.

Top rosnava baixo, o que não era bom sinal.

Os colonos caminhavam devagar, espingardas aparelhadas, prontos para atirar.

A porta da casa estava fechada. Reinava o mais profundo silêncio.

– Entremos! – disse Cyrus.

E o engenheiro avançou enquanto os outros o protegiam.

Cyrus levantou o fecho e ia abrir uma das portas quando, de repente, Top ladrou com força.

Ouviu-se uma detonação.

A resposta foi um grito de dor.

Harbert caíra ferido por uma bala.

Capítulo 7

O REPÓRTER E PENCROFF NO CURRAL
TRANSPORTE DE HARBERT FERIDO
DESESPERO DO MARINHEIRO
CONFERÊNCIAS MÉDICAS DO REPÓRTER E
DO ENGENHEIRO — TRATAMENTO QUE ADOTAM
COMEÇAM-SE A CONCEBER ALGUMAS ESPERANÇAS
COMO SE HÁ DE PREVENIR NAB?
MENSAGEIRO SEGURO E FIEL — RESPOSTA DE NAB

Ao ouvir o grito de Harbert, Pencroff deixou cair a arma e correu direto a ele, exclamando:

– Mataram o meu filho! Mataram-no!

Cyrus e Spilett cercaram Harbert, e o repórter, auscultando-lhe o coração, disse:

– Ainda vive. Mas é necessário transportá-lo já...

– Para casa? É impossível! – respondeu Cyrus e correu para o outro lado da paliçada. Ali deu de cara com um dos degredados, que lhe varou o chapéu com uma bala e, antes que tivesse tempo de atirar pela segunda vez, Cyrus atravessou-lhe o coração com o punhal.

Enquanto isso Spilett e Pencroff levaram Harbert para dentro da casa, onde o puseram na cama de Ayrton.

Instantes depois Cyrus estava junto deles. Pencroff soluçava, chorava querendo esmagar a própria cabeça nas paredes, tomado de desespero. Ninguém conseguia consolá-lo, mesmo porque os outros não podiam nem falar.

Mesmo assim, fizeram o quanto deles dependia para salvar Harbert, que parecia entrar em agonia.

De fato, entrara em coma. Spilett e Cyrus, empregando todos os conhecimentos de medicina e cirurgia que possuíam, tudo faziam para arrancar o rapaz do estado de aniquilação em que se achava.

Descobriram logo no peito a ferida oval de entrada da bala. Nas costas a ferida contusa de saída.

O coração não fora atingido. Caso contrário já estaria morto. Então restavam a hemorragia e a infecção das partes lesadas.

Lavaram as duas feridas com água fria.

– Não convém que se mova. Assim, sobre o lado esquerdo, está na posição mais favorável para que as feridas possam supurar livremente. E ele precisa estar em repouso absoluto.

– O quê? Não podemos levá-lo para casa?

– Não, Pencroff – respondeu Spilett.

– Malditos sejam!

– Então, Pencroff! – disse Cyrus.

Harbert ainda estava no mesmo estado. Spilett, aflito, exclamava a Cyrus:

– Cyrus, não sou médico... Que faremos? Recorro à sua experiência, a seus conselhos...

– Sossegue, amigo. Lembre-se de que temos que salvar Harbert!

Foi o bastante para que Spilett se restabelecesse e se acalmasse, tomando consciência de sua responsabilidade. Sentou-se à cabeceira do ferido. Cyrus ficou de pé e Pencroff rasgara a camisa e fazia fios.

Spilett explicou a Cyrus que estava tentando suspender a hemorragia sem fechar as feridas para não deixar acumular secreções no interior.

E depois? Tinham remédio contra inflamação?

Tinham, sim: água fria.

Assim fizeram Cyrus e o repórter: simples compressas de pano embebidas na água fria.

O ferido tinha febre alta.

A vida de Harbert estava por um fio.

No dia seguinte, 12 de novembro, surgiram algumas esperanças. Abriu os olhos. Reconheceu os companheiros. Tentou falar. Pencroff estava mais alegre.

– Diga-me, Sr. Spilett, que vai salvar Harbert!

– Sim, Pencroff, havemos de salvá-lo. O ferimento não parece mortal.

– Deus o ouça – suspirou Pencroff.

Com o ferimento de Harbert ninguém pensou mais no perigo, nos piratas, em Ayrton.

Agora eles perguntavam: e Ayrton, por onde andaria?

O curral nada sofrera. As portas fechadas, os animais recolhidos, não se via sinal de luta, nem estragos.

Só as munições desapareceram com Ayrton.

– Com certeza Ayrton foi apanhado de surpresa e o mataram – falou Cyrus.

– É necessário explorar a floresta e limpar a ilha destes miseráveis. – Os pressentimentos de Pencroff não o enganavam.

– É, mas agora temos todo o direito de tratá-los sem compaixão.

– Em todo caso – lembrou Cyrus –, somos obrigados a esperar e ficar por aqui até que possamos transportar Harbert sem perigo.

– E Nab? – perguntou Spilett.

– Nab está em segurança.

– E se ele, inquieto por nós, tentar vir aqui?

– É preciso que não venha. Seria assassinado no caminho!

– É bem provável que ele venha se juntar a nós.

– Se o telégrafo funcionasse! Mas irei eu ao Palácio de Granito.

– Não, não, Cyrus! Eles vigiam, emboscados na mata.

– Não haverá nenhum meio de preveni-lo?

– Top! – chamou Cyrus.

O animal veio logo ao chamado do dono.

– Sim, Top. Tu vais! Ele passará onde nós não podemos.

– Depressa! – recomendou Cyrus.

Spilett escreveu:

"HARBERT FERIDO. ESTAMOS NO CURRAL. CUIDADO. NÃO SAIAS. APARECERAM POR AÍ OS DEGREDADOS? RESPOSTA POR TOP."

Cyrus, fazendo festas ao animal, dizia:

– Nab, Top. Nab! Vai!

Top saltou ao ouvir as palavras.

O engenheiro abriu uma das portas e repetiu apontando na direção:

– Nab, Top, Nab!

Top desapareceu.

– Há de lá chegar.

– Decerto, e há de voltar!

– Que horas são?

– Dez horas – respondeu Cyrus.

Agora os colonos esperavam a volta de Top. Estavam assim há uns dez minutos quando se ouviu uma detonação.

Cyrus abriu o portão e Top saltou para dentro do curral.

Top trazia um bilhete pendurado no pescoço. Cyrus leu estas palavras:

"NADA DE PIRATAS NOS ARREDORES DO PALÁCIO DE GRANITO. NÃO SAIREI DAQUI. POBRE SENHOR HARBERT!"

Capítulo 8

OS DEGREDADOS NAS VIZINHANÇAS DO CURRAL
INSTALAÇÃO PROVISÓRIA
CONTINUAÇÃO DO TRATAMENTO DE HARBERT
PRIMEIRAS ALEGRIAS DE PENCROFF
RECORDAÇÕES DO PASSADO
O QUE O FUTURO RESERVA
IDEIAS DE CYRUS A ESTE RESPEITO

Como se vê, os degredados continuavam perto, vigiando o curral.

Estavam decididos a matar os colonos, um após outro!

Não havia outro jeito senão tratá-los como feras.

Cyrus arranjara maneira de viver no curral, onde havia provisões para bastante tempo.

A casa de Ayrton estava provida de tudo o que era necessário à vida, e os piratas, atemorizados com a chegada dos colonos, não haviam tido tempo de devastá-la.

Sem dúvida, os degredados haviam chegado lá à procura de abrigo e, encontrando o curral, naquele tempo desabitado, ali se instalaram. A chegada de Ayrton surpreendera-os, mas conseguiram dominar o infeliz e... o resto é fácil adivinhar.

Agora os piratas estavam reduzidos a cinco. Mas bem armados e escondidos nos bosques, prontos a atacar os que aparecessem.

— Esperar! Não há outra coisa a fazer! — repetia Cyrus. — Quando Harbert estiver curado, será a primeira coisa a fazer: liquidá-los. E ao mesmo tempo...

– Procuraremos nosso misterioso protetor – concluiu Spilett. – E parece que ele agora se esqueceu de nós...

– Ora, quem sabe?

– Quem sabe! Como!

– Quem sabe! Sim! Talvez não tenhamos chegado ao fim de nossos trabalhos, meu caro Spilett. Quem sabe se a poderosa intervenção ainda terá ocasião de se exercer? Mas a questão agora é outra. Antes de tudo, a vida de Harbert.

E isto era o que mais preocupava a todos.

Passaram-se os dias.

O estado do pobre moço felizmente não se agravou. A febre diminuía. Harbert readquiria forças.

Devido à rigorosa dieta, ainda estava fraquíssimo. Apesar dos chás, do repouso absoluto e todo o cuidado dos companheiros. Cyrus, Spilett e Pencroff mostravam-se jeitosíssimos nos curativos das feridas.

A roupa branca da habitação fora toda consumida. As feridas estavam sempre cobertas com fios e compressas colocadas de maneira a auxiliar a cicatrização sem provocar inflamações.

Depois de dez dias, a 22 de novembro, Harbert estava bem melhor e já tomava algum alimento. Já conversava um pouco.

Perguntava muito por Ayrton. Para não afligi-lo diziam que Ayrton tinha ido de reforço ajudar Nab na defesa do Palácio de Granito.

– Hein? – dizia Pencroff. – Então que me dizem dos tais piratas? Ainda vamos ter contemplação com esses cavalheiros? E o Sr. Cyrus a querer levar gente daquela pelo sentimento!... Sentimentos, sim, eu hei de lhes dar com balas de bom calibre!

– Eles não tornaram a aparecer? – perguntou Harbert.

– Não, filho, mas descanse que nós os encontraremos e, estando você bom, veremos se os covardes que ferem pelas costas se atrevem a atacar-nos frente a frente!

– Ainda estou muito fraco, Pencroff!

– Espere que as forças virão! Ora, o que vale uma bala no peito? É uma brincadeira! Por outras maiores passei e estou aqui!

Assim, as coisas pareciam ir melhorando.

A cura de Harbert era segura, se não surgissem complicações.

Imagine-se, porém, qual seria a situação dos colonos se, em vez de suceder assim, o estado do ferido tivesse se agravado. Se tivesse havido necessidade de lhe amputar um braço ou uma perna! Ou se a bala lhe tivesse ficado dentro do corpo!

– Verdade, verdade – declarava Spilett. – Quando me lembro de coisas assim até estremeço!

– Em todo caso, se fosse necessário fazer uma amputação, você o faria sem hesitar, não?

– Isso não, Cyrus! – protestou Spilett. – E bendito seja Deus que nos poupou mais essa complicação!

Nessa e em outras ocasiões os colonos haviam recorrido à lógica que deriva do simples senso comum aliado aos conhecimentos gerais que possuíam e, mais uma vez, haviam conseguido bom êxito.

E se aparecesse um caso em que seus conhecimentos de ciência fossem insuficientes? Estavam eles sozinhos na ilha?

Ora, os homens completam-se pelo estado de sociedade, são necessários uns aos outros. Cyrus bem sabia disso e, às vezes, temia que aparecesse alguma ocorrência de que os colonos por si só não pudessem sair-se bem!

Parecia agora a Cyrus que atravessavam um período adverso. Nos dois anos que se tinham evadido de Richmond podia-se dizer que tudo lhes correra admiravelmente.

Até a ilha aonde haviam ido parar era rica em minerais, vegetais e animais e os conhecimentos que traziam tinham-nos ajudado a tirar partido de tudo quanto a natureza pródiga lhes ofereceu.

O bem-estar da colônia foi, por assim dizer, completo. E nas circunstâncias difíceis sempre receberam o auxílio de uma inexplicável influência!

Mas tudo aquilo não podia durar muito!

Em resumo, Cyrus achava que a sorte começava a se pronunciar contra os colonos!

Era o navio dos piratas que surgira nas águas da ilha e, apesar da destruição milagrosa destes, seis haviam escapado e desembarcado na ilha, e cinco estavam vivos sem que ninguém conseguisse capturá-los.

Ayrton fora, sem dúvida, assassinado por eles. Harbert, mortalmente ferido.

Teria o ser misterioso, o estranho protetor, saído da ilha? Porventura teria sido ele também destruído?

Para estas perguntas Cyrus não encontrava resposta possível.

Nem por isso se imagine que ele e os companheiros eram homens de se desesperarem! Nem por sombra. O que eles queriam era enfrentar a situação, analisar todas as probabilidades favoráveis e contrárias, a fim de se prepararem para o que desse e viesse, para estarem firmes frente a frente com o futuro. Para que, se tivessem que ser atingidos por golpes mais rudes da adversidade, esta encontrasse neles homens preparados a combater.

Capítulo 9

NADA DE NOTÍCIAS DE NAB!
PROPOSTA DE PENCROFF E DO REPÓRTER REJEITADA
SURTIDAS DE SPILETT — UM FARRAPO DE PANO
MISSIVA — PARTIDA SÚBITA
CHEGADA AO PLANALTO DA VISTA GRANDE

A convalescença do jovem enfermo ia caminhando regularmente.

Só uma coisa era agora de desejar: que o estado do doente permitisse o seu transporte para o Palácio de Granito.

A habitação do curral, por muito bem arranjada e aparelhada, não oferecia o conforto e a salubridade da outra casa, sem falar na segurança, que ali era nenhuma. Por maior que fosse a vigilância, os colonos estavam sempre em risco de apanhar algum tiro dos degredados.

No Palácio de Granito, pelo contrário, ninguém precisava temer coisa alguma. Era uma fortaleza de pedra.

Não havia a menor notícia de Nab, mas isso não preocupava os colonos.

O valente negro estava bem guardado nas profundezas do Palácio de Granito e não era homem que se deixasse apanhar de surpresa.

Cyrus estava ansioso para reunir todos num mesmo lugar porque a divisão de suas forças só era vantajosa para os piratas.

Desde que Ayrton desaparecera eram quatro contra cinco, porque não podiam contar com Harbert, que bem sabia dos embaraços que estava causando.

– Amigos – disse um dia o repórter, enquanto Harbert dormia –, não acham que está na hora de darmos caça a esses miseráveis bandidos?

– Nisso mesmo pensava eu – respondeu Pencroff. – Nós não somos gente que tenha medo de bala e cá por mim, Sr. Cyrus, estou pronto a meter-me pela floresta! Com mil diabos! Um homem é para outro!

– Mas será para cinco? – interrogou o engenheiro.

–Vou eu com Pencroff – propôs Spilett. – E indo dois bem armados e Top...

– Ora, meus caros Spilett e Pencroff, se os degredados estivessem acoitados num lugar certo da ilha e esse lugar nos fosse conhecido, se se tratasse só de fazê-los sair do covil, eu compreendia um ataque direto. Mas em nosso caso não será para recear que eles atirem primeiro?

– Ora, Sr. Cyrus – disse Pencroff –, nem toda bala dá no alvo!

– Mas a que feriu Harbert não errou, Pencroff. Também quem nos garante que os degredados não os verão sair daqui? E que na ausência de vocês resolvam atacar o curral sabendo que aqui se encontram apenas uma criança ferida e um homem?

–Tem razão, Sr. Cyrus. Eles hão de fazer tudo para tomar de novo posse do curral, sabendo as provisões que há aqui. E o senhor sozinho não poderá resistir-lhes.

– Se estivéssemos no Palácio de Granito, a situação seria muito diferente! Eu não teria temor algum. Mas estamos no curral e não há outro remédio senão ficar até o momento em que possamos sair todos juntos!

– Se ao menos ainda tivéssemos Ayrton! – falou Spilett. – Pobre homem! Pouco durou para ele esta fase de regeneração social!

– Se é que morreu!... – disse Pencroff.

–Você tem esperança de que o tivessem poupado? – perguntou Spilett.

– Decerto! O caso era eles terem algum interesse em fazê-lo!

– Você pensa, por acaso, que Ayrton, encontrando-se com seus antigos cúmplices, esqueceria o que nos deve?

– Ora! Quem sabe lá?

– Meu caro Pencroff – interveio Cyrus –, esse pensamento não é digno de sua bondade. Da fidelidade de Ayrton eu sou fiador!

– E eu também! – acrescentou o repórter.

– Sim! Sim! Sr. Cyrus... Não tenho razão, confesso-o. Tive esse pensamento sem haver nada que o justifique. Mas que querem? Tenho a cabeça perdida!

– Um bocado de paciência, Pencroff – aconselhou Cyrus. – Daqui a quanto tempo pensa que Harbert pode ser transportado, Spilett?

– Não é fácil dizer, Cyrus. Talvez dentro de oito dias, se lhe voltarem as forças, então veremos!

Oito dias! Era adiar o regresso lá para os primeiros dias de dezembro!

Já era primavera.

O tempo estava lindo. As florestas cheias de folhas novas. As colheitas se preparando.

Umas duas vezes Spilett aventurou-se, com Top, e armado, a dar umas voltas ao redor da estacada.

Nada aconteceu de anormal.

Outra vez, entretanto, metera-se pelo bosque adentro um bom quarto de milha para o sul da montanha.

Notou que Top farejava alguma coisa.

Spilett seguiu Top, protegendo-se com a arma à cara, tentando ocultar-se atrás dos troncos.

Durante cinco minutos, continuou Top a farejar e o repórter a segui-lo.

Súbito arremessou-se direto a uma moita espessa e trouxe de lá um farrapo.

Era um pedaço de roupa sujo, rasgado, que Spilett levou para o curral.

Lá examinaram e viram que era um farrapo daquele feltro que fabricavam e devia pertencer à roupa de Ayrton.

– Por aí você pode ver, Pencroff, que Ayrton foi levado à força! Ainda duvida do caráter daquele infeliz?

– Não, Sr. Cyrus, já há muito me convenci de que minhas suspeitas não têm fundamento. Mas o que me parece é que devemos tirar mais alguma consequência desse fato.

– Que consequência?

– Que Ayrton não foi morto no curral! Que o levaram vivo daqui, pois há vestígios de resistência. E depois, quem sabe, ele estará ainda vivo!

– É possível – admitiu Cyrus pensativo.

E daí nasceu em todos nova esperança quanto ao destino do companheiro.

– Em todo caso, se está vivo vai fazer tudo para escapar e juntar-se a nós no Palácio de Granito, uma vez que não sabe que estamos presos aqui no curral.

– Ah! quem me dera que ele estivesse lá!

O mais preocupado e ansioso para voltar era Harbert, pois sabia que só por sua causa estavam ali os outros.

Muitas vezes insistiu: que o levassem!

Mas um incidente ocorreu que obrigou Cyrus e os amigos a atenderem aos desejos de Harbert.

Era o dia 29 de novembro. Sete horas da manhã. Estavam conversando quando ouviram Top ladrar com força.

Pegaram as armas e saíram.

Top ladrava, mas de contente. Não de furioso.

– Alguém vem aí!

– Isso vem!

– E não é inimigo!

– Será Nab?

– Ou Ayrton?

Mal acabavam de trocar essas palavras, pulava por cima da paliçada e caía no pavimento do curral um corpo vivo.

Era Jup, Mestre Jup em pessoa.

– Jup! – exclamou Pencroff.

– Foi Nab quem o mandou – disse Spilett.

– Se assim é, deve trazer bilhete.

Examinaram o macaco.

Cyrus acertara: Jup trazia no pescoço um saquinho e dentro um bilhete de Nab.

Desesperados, leram:

"SEXTA-FEIRA, SEIS HORAS DA MANHÃ. PLANALTO INVADIDO PELOS DEGREDADOS! NAB."

Entreolharam-se em silêncio.

Assim voltaram para casa.

Que fazer?

Harbert, vendo Jup e as fisionomias preocupadas, entendeu tudo.

– Sr. Cyrus, eu quero partir. Posso aguentar o caminho! Quero partir!

Spilett chegou perto de Harbert e, depois de o contemplar por momentos, exclamou:

– Pois partamos!

Prepararam o carro que Ayrton trouxera consigo com um onagro. Levantaram os colchões e o colocaram no fundo do carro.

O tempo estava lindo. Os raios do sol coavam-se brilhantes entre as folhagens.

– As armas vão carregadas e engatilhadas? – perguntou Cyrus.

E iam.

Estava tudo pronto para a partida.

– Vai bem, Harbert?

– Ah, Sr. Cyrus, esteja descansado que não morro no caminho.

Saíram todos. Caminhavam devagar.

Tudo indicava que o caminho estava livre. Em todo caso, estavam alertas.

Nada houve de anormal na viagem.

Iam-se aproximando do planalto.

Dali a uma milha já se via a ponte do riacho Glicerina.

A ponte devia estar abaixada, porque os degredados deviam ter passado por ela.

Afinal uma abertura entre as árvores deixava ver o mar.

Nesse ponto Pencroff parou, exclamando:

– Ai! os miseráveis!

E apontava uma densa fumarada em volta do moinho, estrebaria, capoeira.

No meio da fumaça viam mover-se um homem.

Era Nab.

Os companheiros chamaram como se fosse uma só voz.

O negro veio até eles.

Os degredados haviam fugido havia meia hora, depois de devastarem o planalto.

– E o Sr. Harbert? – perguntou Nab.

Spilett voltou naquele momento para junto do carro e encontrou Harbert sem sentido!

Capítulo 10

TRANSPORTE DE HARBERT PARA O PALÁCIO
DE GRANITO
NAB CONTA O QUE SE PASSOU
VISITA DE CYRUS AO PLANALTO — RUÍNA E DEVASTAÇÃO
ACHAM-SE OS COLONOS DESARMADOS PERANTE
A DOENÇA — A CASCA DE SALGUEIRO
FEBRE MORTAL — TOP TORNA A LADRAR

Dos degredados, dos perigos que pareciam ameaçar o Palácio de Granito, das ruínas de que estava coberto o planalto ninguém mais tratou.

O estado de Harbert dominava toda e qualquer outra preocupação.

Teria, por acaso, o esforço da viagem sido prejudicial ao ferido, dando causa a alguma lesão interna?

Estavam todos desesperados porque nenhum deles fazia a menor ideia do que estava se passando com Harbert.

O carro foi até a curva do rio.

Improvisaram uma padiola com galhos e os colchões e puseram ali o rapaz, ainda desacordado.

Dali a dez minutos Cyrus, Spilett e Pencroff estavam junto à muralha.

Encarregaram Nab de levar de novo o carro para o planalto da Vista Grande.

Pelo elevador subiram a padiola, com muito cuidado, e, em poucos minutos, Harbert estava estendido em sua própria cama.

O trato que os amigos lhe deram fez o rapaz voltar a si.

Vendo-se em seu quarto, sorriu mas nada pôde dizer, tão grande era a sua fraqueza.

Spilett examinou-lhe as feridas. Estava tudo bem, cicatrizando normalmente.

Por que se teria agravado o estado de Harbert? Donde viria aquela prostração?

Depois desse exame o doente mergulhou numa espécie de torpor febril.

Todos permaneceram à sua cabeceira, preocupados.

Enquanto isso, Cyrus contava a Nab tudo o que ocorrera no curral.

Por sua vez, Nab narrava os acontecimentos de que o planalto fora teatro.

Só na noite anterior haviam os degredados aparecido no extremo da floresta, perto do riacho Glicerina.

Nab, que estava de sentinela, guardando a capoeira, atirou. Na escuridão da noite não sabe se o pirata ficou ou não ferido. Sabe que os seus tiros não foram suficientes para deter a quadrilha.

Nab mal teve tempo de voltar ao Palácio de Granito, onde ficou em segurança.

Mas como impedir as devastações no planalto? Dali, de dentro de casa, que poderia fazer? Qual o meio de prevenir os outros? E lá no curral, qual seria a situação deles?

Passavam-se já quase vinte dias que haviam partido. As notícias que Top lhe trouxera não eram boas. Que fazer?

Tudo isso Nab perguntava a si mesmo, aflito. Não por ele, que estava em segurança. Mas pelos outros. Pelas construções, plantações, o gado, tudo o que haviam conseguido fazer.

Foi então que Nab se lembrou de Jup. Conhecendo-lhe a grande inteligência, a agilidade e a força, não hesitou em confiar-lhe o bilhete.

A palavra curral era familiar a Jup e para lá muitas vezes havia guiado o carro em companhia de Pencroff.

Sua presença na mata seria perfeitamente explicável: mais um dos habitantes naturais do lugar.

Foi só dizer, depois de atado o bilhete ao pescoço:

– Jup! Jup! Curral! Curral!

O animal desapareceu no escuro sem despertar nenhuma suspeita quanto à missão de que estava encarregado.

– Fizeste bem, Nab; fizeste muito bem – declarou Cyrus. – Mas se não nos tivesses prevenido talvez ainda tivesses feito melhor.

Referia-se ao estado de Harbert, cuja convalescença o transporte prejudicara, gravemente, sem dúvida.

Nab terminou assim a narração.

Os degredados não haviam aparecido na praia. Temiam aproximar-se do Palácio de Granito, que supunham defendido por forças poderosas. Lembravam-se bem da luta em que ficaram entre os fogos saídos dos rochedos de cima e de baixo.

O planalto da Vista Grande, entretanto, ali estava desprotegido e ali soltaram seus instintos de devastação, saqueando, incendiando, fazendo o mal por amor ao mal. De lá saíram meia hora antes de chegarem os colonos, que eles supunham presos no curral.

Nab, em vista destes acontecimentos, decidira-se a sair do seu abrigo.

Arriscando-se a levar algum tiro, subira ao planalto para tentar extinguir o incêndio.

Lutava para salvar as edificações da capoeira e assim estava quando o carro apareceu no extremo da floresta.

Tais eram os acontecimentos.

A presença dos degredados era uma ameaça permanente para os colonos da ilha Lincoln, até então felizes e despreocupados.

Spilett ficou em casa, junto de Harbert e de Pencroff, enquanto Cyrus e Nab saíram para examinar a importância dos desastres.

Estavam intatas, felizmente, as oficinas das chaminés.

No fim de contas os estragos nas oficinas seriam um mal mais fácil de reparar do que as ruínas acumuladas no planalto da Vista Grande.

Cyrus e Nab foram até o Mercy, margem esquerda acima.

Nenhum vestígio da passagem dos piratas.

Na outra margem do rio, nos bosques, nada viram de suspeito.

O que parecia ter acontecido é que os degredados voltaram para o curral, que acharam desprotegido. Instalaram-se ali, que era bem provido de recursos preciosos para eles.

Também havia a hipótese de terem voltado ao acampamento anterior, a fim de esperarem, lá, ocasião propícia para recomeçar a luta.

Em qualquer das hipóteses, era possível acautelarem-se deles; mas qualquer iniciativa para dar-lhes combate estava agora subordinada à situação de Harbert.

A verdade é que, nessas circunstâncias, as forças de que Cyrus dispunha ainda eram poucas e ninguém podia sair do Palácio de Granito.

O engenheiro e Nab chegaram afinal ao planalto. O que viram dava pena.

Os campos, as sementeiras, tinham sido calcados com os pés. As espigas da próxima colheita, no chão. A horta, destruída totalmente.

Por sorte, guardavam uma reserva de sementes em casa, o que tornava possível a reparação de tamanhos estragos.

O moinho, as edificações da capoeira, a cavalariça, tudo fora destruído pelo incêndio.

Muitos animais perdidos vagavam assustados pelo planalto. As aves haviam se refugiado nas águas do lago e só agora começavam a voltar.

Ali tinha que se refazer tudo.

O rosto de Cyrus demonstrava uma cólera interior que ele mal podia conter. Não dizia palavra.

Olhou mais uma vez para aqueles campos que ainda queimavam e para as ruínas todas e voltou logo depois para o Palácio de Granito.

Os dias que se seguiram foram os mais tristes que os colonos tinham passado na ilha!

O estado de Harbert se agravava, dia a dia. A febre, a fraqueza, o torpor não o deixavam. As bebidas frescas eram o único remédio de que podiam dispor. O pulso fraco e irregular. A pele seca, a sede contínua. Perdia a cor.

Depois esse quadro se modificava. A febre diminuía. A pele coloria-se, o pulso acelerava. Não restava dúvida: era a sezão ou febre intermitente.

Era preciso combatê-la. Com quê?

– Seria preciso um febrífugo – falou Spilett.

– Febrífugo! – repetiu Cyrus. – Mas não temos quina nem sulfato de quinino!

– Não temos, não, mas à beira do lago há salgueiros e a casca destes serve para substituir o quinino!

– Pois vamos experimentar já!

De fato, a casca de salgueiro tem sido considerada como um substituto da quina.

Cyrus foi logo cortar uma porção de casca e trouxe-a para o Palácio de Granito, onde a reduziu a pó que, naquela mesma noite, foi dado a Harbert.

A noite passou sem incidente.

A febre não voltou nem de noite, nem no dia seguinte.

Pencroff começou a ter alguma esperança. Spilett nada dizia. Esperava. Só o outro dia poderia ser de mais certeza.

Harbert, sem febre, continuava delirando, com a cabeça muito pesada e tomado de vertigens. Também o fígado congestionara-se. Mais tarde um delírio fortíssimo veio mostrar que o cérebro também estava tomado.

Aterrado, Spilett comunicou a Cyrus:

– É uma perniciosa!

– Uma perniciosa! – exclamou Cyrus. – Isso deve ser engano. Uma perniciosa não se declara assim, sem antecedentes.

– Não me engano. Harbert apanhou-a nos pântanos da ilha. A primeira sezão ele já teve; se lhe vem outra e não conseguirmos atalhar a terceira... está perdido.

– E a casca do salgueiro?

– Não é remédio que baste. A terceira sezão perniciosa, se não é atalhada com quinino, é mortal.

Pencroff nada ouvira dessa conversa, senão ficava como doido.

As inquietações de Cyrus e Spilett aumentaram quando Harbert teve a segunda sezão. A crise foi terrível.

Foi preciso afastar Pencroff.

Harbert estendia os braços como que implorando que não o deixassem morrer. Ele conhecia que estava perdido!

A febre durou cinco horas.

Estava claro que não aguentaria a terceira.

A noite foi horrível. Em delírio Harbert lutava com os degredados, chamava por Ayrton, invocava o ente misterioso e protetor cuja existência os preocupava tanto.

Depois vinha a prostração. Sem forças, aniquilado, tanto que, mais de uma vez, Spilett o teve por morto.

O dia seguinte, 8 de dezembro, passou-se todo em delírio.

– Se até amanhã de manhã não lhe dermos um febrífugo mais forte, ele vai-se! – dizia o repórter.

Chegou a noite, a última provavelmente para aquela criança corajosa, boa, inteligente, tão superior à sua idade, a quem todos ali queriam como filho!

E o único remédio que havia contra aquela terrível febre perniciosa, o único específico que poderia dominá-la, não existia na ilha Lincoln!

Naquela noite, de 8 para 9 de dezembro, Harbert teve novo ataque, e mais forte ainda. O fígado congestionado, o cérebro tomado, o jovem já não conhecia mais ninguém.

Resistiria ele ainda até o dia seguinte? Era pouco provável. Nos intervalos das crises ficava sempre como morto.

Por volta das três da madrugada Harbert soltou um grito horrível e pareceu contorcer-se numa convulsão suprema.

Nab, que estava junto dele, correu a chamar os outros, no quarto próximo.

Naquele mesmo momento Top pôs-se a ladrar de maneira estranha...

Vieram todos para junto do enfermo e o seguraram, porque queria atirar-se da cama.

Ao mesmo tempo Spilett tomava-lhe o pulso, que pouco a pouco ia voltando.

Eram cinco da manhã, agora.

O sol lançava seus raios iluminando a casa toda.

Tudo prenunciava um dia lindo. Dia que talvez fosse o último para Harbert.

Um raio de luz iluminou a mesa que estava à cabeceira do leito.

De repente Pencroff soltou um grito e mostrou aos companheiros um objeto que estava em cima da tal mesa.

Era uma caixinha oval, em cuja tampa se lia a seguinte inscrição:

SULFATO DE QUININO

Capítulo 11

MISTÉRIO INEXPLICÁVEL
CONVALESCENÇA DE HARBERT
AS PARTES DA ILHA NÃO EXPLORADAS
PREPARATIVOS DE PARTIDA — PRIMEIRO DIA
PRIMEIRA NOITE — SEGUNDO DIA — OS KAURIS
O CASAL DE CASUARES — PEGADAS NA FLORESTA
CHEGADA AO PROMONTÓRIO DO RÉPTIL

Gedeon Spilett pegou logo na caixa, abriu-a, e encontrou lá dentro uns duzentos grãos de um pó branco, que logo provou.

O que estava na caixa era, de fato, o precioso alcaloide da quina.

Tornava-se necessário agora dar, sem mais demora, nem dúvida, o tal pó a Harbert.

Como o medicamento ali aparecera era coisa que se trataria depois.

– Há café já preparado? – perguntou Spilett.

Dali a instantes Nab trazia-lhe uma xícara de café morno.

Spilett colocou no café uns dezoito grãos de quinino e fez Harbert beber a mistura.

Era tempo ainda porque a terceira sezão não se manifestara.

Todos estavam cheios de esperança. Não só pela saúde de Harbert mas porque a misteriosa influência que protegia os colonos tornara a manifestar-se, exatamente no momento em que mais necessitavam.

Depois de algumas horas Harbert já descansava mais tranquilo.

Os colonos tiveram então ocasião de discutir o incidente, em que a intervenção do desconhecido era mais do que nunca evidente.

Mas como pudera ele penetrar à noite no Palácio de Granito?

O caso era absolutamente inexplicável.

Durante aquele dia, de três em três horas, Harbert continuou a tomar sulfato de quinino.

E, a partir do dia seguinte, começou a experimentar sensíveis melhoras.

Enfim, todos começaram a ter imensa esperança.

E esperança foi esta que não sofreu desengano.

Passados dez dias, no dia 20 de dezembro, já Harbert entrava em convalescença.

Estava ainda fraco, sujeito a dieta, mas sem crises. Depois de temperamento dócil e com enorme desejo de se restabelecer, muito auxiliou a que se apressasse a cura.

Pencroff estava como um homem a quem tivessem arrancado do fundo de um abismo. Parecia em delírio, tamanha era a alegria. Daí por diante passou a chamar ao repórter Doutor Spilett.

Restava, porém, descobrir o verdadeiro doutor.

– Havemos de descobri-lo! – repetia entusiasmado o marinheiro.

Acabou o mês de dezembro e com ele o ano de 1867. Este fora o tempo em que os colonos da ilha Lincoln tinham sido duramente provados.

O ano de 1868 começou com um tempo magnífico, um calor admirável e a temperatura tropical sempre amenizada pela brisa do mar.

Harbert renascera. O ar salubre, carregado de emanações salinas, restituía-lhe, aos poucos, a vida e a saúde.

A alimentação toda especial, arranjada por Nab, ajudava-lhe a recuperação. Pencroff dizia:

– Esses pratos dão vontade de se estar à morte!

Durante todo aquele período, os degredados nem uma só vez tinham aparecido nas vizinhanças da casa.

De Ayrton não havia notícia. Apenas Cyrus e o repórter tinham esperança de que estivesse vivo. Para os outros o ex-contramestre havia muito não existia.

Agora era esperar mais um mês e, logo que o jovem estivesse perfeitamente bem, sairiam para realizar a expedição projetada que era o desejo de todos.

De resto, Harbert estava cada vez melhor. Os ferimentos já definitivamente cicatrizados.

No decurso do mês de janeiro fizeram-se muitas obras no planalto da Vista Grande. Tratavam de salvar as searas devastadas. Eram o trigo, os legumes.

Quanto às reconstruções da capoeira, do moinho e das cavalariças, Cyrus resolveu deixar para mais tarde. Iam sair todos em perseguição dos degredados e, na ausência dos colonos, podiam os salteadores voltar ao planalto.

O mais razoável era limpar primeiro a ilha e depois reconstruir o devastado pelos malfeitores.

Harbert levantou-se da cama e, dia a dia, ia se habituando novamente a estar levantado. As forças lhe voltavam. Sua constituição física era bastante forte e a idade o ajudava muito. O jovem estava então com dezoito anos. Era alto e prometia vir a ser um homem de bela e nobre presença.

Todos levavam a sério a convalescença do doente e o Dr. Spilett não era para graças.

Lá para o fim do mês, Harbert já percorria o planalto da Vista Grande e as praias e tomava banhos de mar, acompanhado de Pencroff. Tudo isso lhe fez imenso bem.

Cyrus viu que podia fixar o dia da partida para 15 de fevereiro. As noites, naquela época do ano, eram claríssimas, deviam facilitar as pesquisas que desejavam fazer em toda a ilha.

Começaram logo os preparativos. Os colonos haviam jurado não retornar a casa sem terem alcançado o duplo objetivo da viagem, isto é, destruir os degredados e encontrar Ayrton, se é que ainda vivia, e descobrir aquele que tão eficazmente presidia os destinos da colônia.

De toda a ilha Lincoln conheciam a fundo toda a costa oriental, desde o cabo Garra até o cabo Mandíbula, os pântanos, o lago Grant, os bosques entre a estrada do curral e o rio Mercy, as margens do Mercy e do riacho Vermelho, enfim os contrafortes do monte Franklin.

Haviam explorado imperfeitamente a costa ocidental e as dunas.

Não haviam explorado as extensões arborizadas que cobriam a península Serpentina, parte direita do Mercy, à esquerda do rio da Queda, e os contrafortes do monte Franklin para o lado do oeste, norte e leste, onde deviam existir inúmeras cavernas. Milhares e milhares de metros quadrados da ilha tinham escapado às investigações dos colonos.

Decidiu-se então que a expedição compreendesse a área desconhecida começando pela direita do Mercy.

Houve quem sugerisse passar primeiro pelo curral, onde talvez os degredados tivessem se refugiado.

Mas, ou a devastação do curral já era fato consumado, e, agora, tarde demais para impedir, ou, se estavam entrincheirados ali, qualquer tempo seria bom para procurá-los naquele esconderijo. O fato é que resolveram mesmo começar pelos bosques até o promontório do Réptil.

Dessa maneira, de machado em punho, lançariam o primeiro traçado de uma estrada que estabeleceria comunicação entre o Palácio de Granito e a ponta da península.

Como nas outras expedições, levavam de tudo, carregado no carro puxado pelos onagros. De armas e munições possuíam completo arsenal.

O grupo caminharia com cuidado, bem unido e compacto, de maneira a dificultar qualquer ataque.

Ninguém ficaria no Palácio de Granito. Até mesmo Top e Jup tomariam parte na expedição.

O dia 14 de fevereiro, véspera da partida, era domingo e foi todo consagrado ao repouso e à ação de graças que os colonos ergueram ao Criador.

No outro dia, logo ao amanhecer, Cyrus tomou todas as medidas de proteção para a casa, pondo-a ao abrigo de qualquer invasão.

O tempo estava magnífico.

– Que dia tão quente nos espera! – disse alegre o repórter.

– Ora, adeus, Dr. Spilett – falou Pencroff. – Como vamos debaixo do arvoredo, nem se há de ver o sol!

– A caminho! – ordenou o engenheiro.

O carro os esperava na praia. De carro só ia Harbert, durante as primeiras léguas, a conselho médico.

Nab pôs-se à frente dos onagros. Cyrus, Spilett e o marinheiro iam mais adiante.

O pequeno grupo partira.

Seguiram margem esquerda do Mercy acima, atravessaram a ponte, ao fim da qual começava a estrada que ia até porto Balão.

Nesse ponto, entraram no bosque.

Enquanto as árvores estavam bem espaçadas, o carro transitava fácil. Mas, de vez em quando, era necessário cortar trepadeiras ou ceifar matas inteiras de tojos. Nenhum obstáculo sério, porém, demorou a marcha dos colonos.

A densa ramaria conservava junto do terreno uma sombra fresca. A vegetação era aquela já conhecida dos colonos: casuarinas, douglas, gomeiros, dragoeiros e outras essências. As aves, também familiares: tetrazes, jacamares, faisões, cacatuas, periquitos, papagaios. Cutias, cangurus, cabiés também não faltavam.

– Parece-me que há uma diferença – notou Cyrus. – Estes animais estão mais assustados do que antes. Estes bosques foram percorridos pelos piratas, recentemente. Havemos de ver.

E estava certo. Galhos quebrados, pegadas, cinzas de fogueira indicavam que o grupo passara por ali.

Na expedição era proibido caçar, para não colocarem de sobreaviso os degredados.

Agora o trânsito começava a ficar mais difícil. Era forçoso derrubar árvores para abrir caminho.

Os colonos acamparam à beira de um afluente do Mercy para passar a noite. Tomaram-se todas as medidas para passar a noite sem risco.

Cearam copiosamente porque todos tinham muita fome.

Não se acenderam fogueiras para não chamar a atenção dos foragidos. Mas dois colonos permaneceram de sentinela, rendidos, de duas em duas horas, pelos companheiros.

A noite foi curta e correu sem incidentes.

No dia seguinte prosseguiram, em marcha mais vagarosa porque era necessário abrir caminho a machado.

Harbert encontrou inúmeras essências novas. Tornaram a encontrar os magníficos kauris, que são na verdade as árvores reais da Nova Zelândia, tão famosos como os cedros do Líbano. Os animais eram os mesmos. Avistaram um casal de casuares, aves enormes, pernaltas, corredoras, espécie de ema.

Encontraram mais acampamentos dos cinco degredados. Cinco exatamente!

– Ayrton não ia com eles – notou Harbert.

– Se não ia é porque os miseráveis o assassinaram. Sabem qual é a bala com que eu hoje carreguei a espingarda, Sr. Cyrus?

– Não, Pencroff.

– É a mesma que varou o peito de Harbert e eu lhes prometo que esta não erra o alvo!

Naquela noite acamparam os colonos já bem próximo do promontório do Réptil, que era o fim da viagem.

De fato, no dia seguinte chegaram os viajantes à extremidade da península, tendo atravessado em todo o seu comprimento a floresta, mas sem encontrar nenhum indício do refúgio dos degredados, nem o outro, não menos secreto, que escondia o misterioso desconhecido.

Capítulo 12

EXPLORAÇÃO DA PENÍNSULA SERPENTINA
ACAMPAMENTO JUNTO DA FOZ DO RIO DA QUEDA
A SEISCENTOS PASSOS DO CURRAL
RECONHECIMENTO REALIZADO POR SPILETT E
PENCROFF — REGRESSO DOS DOIS
TUDO PARA A FRENTE! — UMA PORTA ABERTA
UMA JANELA ILUMINADA — À LUZ DA LUA!

O dia seguinte, 18 de fevereiro, foi reservado à exploração de toda a região arborizada que formava o litoral, entre as duas praias da península Serpentina.

As árvores ali eram mais altas e de ramagens mais densas que em qualquer ponto da ilha. Parecia mais uma floresta virgem da África central transportada para aquela zona média. Isto levava a crer que os vegetais encontravam solo úmido na camada superior, mas aquecido abaixo por fogo vulcânico. Dominavam os kauris e os eucaliptos, que chegavam a tamanho gigantesco.

Mas o fim da expedição não era admirar as belezas vegetais. A missão era outra.

E ali nada haviam encontrado. Nem vestígios de acampamento.

— Os degredados devem ter visto que o litoral não lhes oferecia abrigo, por isso subiram e encontraram o curral.

— Para onde talvez voltassem... — sugeriu Pencroff.

— Não me parece — falou Cyrus. — Porque devem supor que será o primeiro lugar onde os havemos de procurar.

– Também sou da opinião de Cyrus – disse Spilett.
– Quanto a mim, estão no meio dos contrafortes do monte Franklin.

– Nesse caso, Sr. Cyrus, já direitinhos para o curral! – exclamou Pencroff. – É preciso acabar com isso, que até aqui só perdemos tempo.

– Não é assim, meu amigo. Esquece que precisávamos saber se havia por aqui alguma habitação?

Naquela noite acamparam junto da foz do rio da Queda, com as precauções de sempre.

Notava-se que a vida ao ar livre já estava tendo seus efeitos sobre Harbert. Estava sadio e robusto como era antes de adoecer. Tanto que seu lugar não era mais no carro, mas à frente da caravana.

No dia imediato, 19 de fevereiro, os colonos abandonaram o litoral. Caminhavam à beira do rio, onde se acumulavam rochas basálticas, margem acima.

Aí o caminho achava-se livre por causa das inúmeras excursões que tinham feito do curral para a costa ocidental.

Estavam os colonos a umas seis milhas de distância do monte Franklin.

O projeto de Cyrus consistia em observar todo o vale e chegar às proximidades do curral e, se este estivesse ocupado, tomá-lo à força. Queria fazer dali centro para as explorações do monte Franklin.

Conforme caminhavam o arvoredo tornava-se mais raro.

Top e Jup iam à frente como guias e batedores.

Pelas cinco horas da tarde parou o carro a uns seiscentos passos da paliçada.

Restava reconhecer o curral para saber se estava ou não ocupado. Era esperar pela noite, então.

Às oito horas, a noite estava bem escura para Spilett e Pencroff partirem para o reconhecimento.

– Não se arrisquem demais – recomendou Cyrus. – Basta ver se está ocupado ou não.

— Está entendido.

E partiram os dois. Caminhavam separados um do outro porque ainda havia um resto de claridade.

O portão do curral estava fechado. Parecia que estava tudo abandonado. Mas as trancas só foram colocadas do lado de dentro. Voltaram, então, ao acampamento para relatar o fato a Cyrus que, depois de ouvi-los, disse:

— Pelo que dizem vocês, eles estão lá. Ao curral, amigos!

— Deixa-se o carro na mata? — perguntou Nab.

— Isso não — falou Cyrus. — Além de carregar nossas munições e mantimentos pode servir para nos entrincheirarmos atrás dele.

— Toca para a frente! — disse Spilett.

Em silêncio, saíram. Dali a pouco chegaram à vista da clareira.

Junto da paliçada pararam. Nab segurou os onagros. Os outros foram até o portão, agora com um dos lados aberto.

— Mas não foi isto que disseram há pouco! — estranhou o engenheiro.

— Pela minha salvação, ia jurar que o portão estava bem fechado! — afirmou Pencroff.

Estavam todos em dúvida. Se o portão estava aberto, significava que algum deles havia saído.

— Vi uma luz — falou Harbert, que se adiantara um pouco.

— Na casa?

— Sim.

E os cinco avançaram. Cyrus disse baixo:

— Amigos, esta é uma ocasião única. O fato de encontrarmos os degredados aqui reunidos e desprevenidos. Vamos!

Entraram. Por um lado Cyrus, Pencroff e Spilett, e por outro, Harbert e Nab.

Por prudência Top e Jup guardavam o carro.

Em poucos minutos estavam junto da casa cuja porta encontraram fechada.

Cyrus pediu que não se movessem e chegou à vidraça iluminada fracamente pela luz de dentro. Explorou com o olhar o cômodo único. Em cima da mesa, uma lanterna acesa. Junto da mesa, o leito com um corpo estendido.

Cyrus deu dois passos atrás e exclamou com voz abafada:

— É Ayrton!

E logo pela porta arrombada entraram todos. Chamaram pelo nome:

— Ayrton! Ayrton!

O companheiro espantado, de olhos arregalados, exclamava:

— São vocês, são vocês?! Mas onde estou?

— Na casa do curral!

— E acharam-me só?

— Sim, só!

— Mas eles não demoram! Defendam-se, defendam-se! — E tornou a deitar, extenuado.

— Spilett — disse o engenheiro, de um momento para o outro —, mandem trazer o carro para dentro do curral. Reforcem o portão por dentro e voltem todos aqui.

Não havia tempo a perder. Fizeram o que Cyrus mandara.

Naquele momento, porém, Top, rompendo com violento esforço a corda que o prendia, correu a ladrar para o fundo do curral.

— Cuidado, amigos, armas prontas! — gritou Cyrus.

Os colonos, preparados para atirar, seguiram Top e Jup até a margem do regato.

Chegados ali viram, iluminados em cheio, pela lua... o quê?

Cinco corpos estendidos na margem!

Eram os cadáveres dos cinco degredados que, quatro meses antes, tinham desembarcado na ilha Lincoln.

Capítulo 13

NARRAÇÃO DE AYRTON
PROJETOS DOS SEUS ANTIGOS CÚMPLICES
INSTALAÇÃO DELES NO CURRAL
O JUSTICEIRO DA ILHA — O *BONADVENTURE*
PESQUISA EM REDOR DO MONTE FRANKLIN
OS VALES SUPERIORES — RUÍDOS SUBTERRÂNEOS
UMA BOA RÉPLICA DE PENCROFF
NO FUNDO DA CRATERA
REGRESSO DOS EXPLORADORES

Mas, que teria sucedido? Quem teria eliminado os degredados? Teria sido Ayrton? Esse não, que ainda pouco antes receava que voltassem!

Ayrton estava mergulhado num torpor que não era possível acordá-lo.

Esperaram a noite toda. Ayrton imóvel.

No dia seguinte saiu Ayrton do torpor e os companheiros lhe mostravam a alegria de vê-lo são e salvo depois de cento e quatro dias de separação.

Ayrton contou logo, em poucas palavras, tudo quanto se passara ou, pelo menos, tudo quanto sabia.

No dia seguinte ao da chegada no curral fora surpreendido pelos degredados que tinham escalado a paliçada. Fora amarrado, amordaçado e levado para uma caverna escura ao pé do monte Franklin.

Iam matá-lo, quando um deles o reconheceu e chamou-o pelo nome: Ben Joyce. Eles, que queriam assassinar Ayrton, respeitaram a vida de Ben Joyce. Daí em diante foi vítima da insistência dos antigos cúmplices, que queriam sua ajuda para se apoderarem do Palácio de Granito, assassinarem os colonos e ficarem senhores absolutos da ilha.

Ayrton resistira e fora torturado e abandonado na caverna amarrado. Durante três meses e meio vivera ali guardado sempre por um deles, na esperança de que se rendesse.

Os degredados viviam das reservas do curral mas não habitavam lá.

Nas mãos e nos pés trazia Ayrton os vestígios sangrentos da tortura.

– Mas, Sr. Cyrus – acrescentou ele –, como é que, estando preso na caverna, me acho agora no curral?

– E como é que os bandidos estão ali todos cinco estendidos, mortos? – perguntou o engenheiro.

– Morreram!? – exclamou Ayrton.

E fez esforço para levantar-se. Ajudado pelos amigos, levantou-se. Foram todos até o regato.

Era dia claro.

Ali, à beira da água, na mesma posição, jaziam os cinco cadáveres.

Ayrton estava aterrado. Os outros olhavam calados.

Nab e Pencroff examinaram os corpos. Nenhum sinal de ferimento. Apenas, em cada um, pequeno ponto vermelho, espécie de contusão quase imperceptível, cuja origem era impossível adivinhar.

– Aí eles foram feridos! – falou Cyrus.

– Mas com que arma?

– Com alguma arma fulminante que não conhecemos!

– Mas quem os fulminaria?...

– O justiceiro da ilha – respondeu Cyrus. – Aquele que trouxe Ayrton para aqui. Aquele que faz tudo o que não podemos fazer e, depois de tantos benefícios, ainda se esconde de nós.

– Mas procuremo-lo! – exclamou Pencroff.

– Procuremo-lo, sim – repetiu Cyrus. – Se bem que o ente superior que realiza tais prodígios só será encontrado quando bem quiser. Quanto eu daria para pagar-lhe o que tem feito por nós. Daria a minha própria vida!

A partir daquele dia, a única preocupação dos colonos foi buscar o ente misterioso.

Os mortos foram enterrados em cova bem funda, no interior da floresta.

Ayrton, cuidado pelos amigos, recuperou-se logo.

– Agora – falou Cyrus – resta-nos cumprir um dever sagrado. Se já não precisamos temer os degredados, não é a nós que o devemos.

– Pois bem – disse Spilett –, exploremos todo o labirinto dos contrafortes do monte Franklin! Nem uma só caverna, um só buraco, deixemos por esquadrinhar.

– E não voltaremos ao Palácio de Granito – declarou Harbert – sem termos descoberto o nosso benfeitor.

– Sim, meu filho! – falou Cyrus. – Faremos o que for humanamente possível.

– Ficamos no curral? – perguntou Pencroff.

– Fiquemos aqui, sim. Temos aqui tudo em abundância e estamos no centro de nossas investigações. Em qualquer caso de urgência, pode o carro ir ao Palácio de Granito.

– Bem – respondeu Pencroff –, mais uma observação.

– Que observação?

– É que a estação boa está indo embora e nós temos que fazer uma viagem.

– Uma viagem? – disse Spilett.

– Sim, temos que ir à ilha Tabor, onde é preciso deixar uma nota da situação da nossa ilha e avisar que Ayrton está conosco, para o caso de o iate escocês ir lá buscá-lo.

– Mas, Pencroff, por que meios pensa você realizar essa viagem? – perguntou Ayrton.

– Ora, no *Bonadventure*!

– O *Bonadventure* já não existe, amigo.

– O quê? O meu barco já não existe? – gritou Pencroff, dando um grande pulo.

– Não! – respondeu Ayrton. – Os piratas o descobriram e saíram nele e...

– E? – interrompeu Pencroff aflito.

– E, como lhes faltava Bob Harvey para manobrá-lo, deram com ele aí nos rochedos e a embarcação se desfez!

– Bandidos! Miseráveis! Infames! – gritava Pencroff.

– Calma – disse-lhes Harbert –, faz-se outro e maior. Pois não temos todo o material tirado do *Speedy*?

– Mas para construir outro são precisos cinco ou seis meses...

– Começa-se com tempo – falou Spilett. – O que é forçoso é desistir da viagem à ilhota.

– Que se há de fazer, não há outro remédio! – falou o engenheiro. – Só espero que este adiamento não nos prejudique.

A destruição do barco de Pencroff era, de fato, para se lamentar. Combinaram começar logo o outro.

E as buscas tiveram início no mesmo dia. Todos os pontos da base do monte, as gargantas, todo o vale que se abria ao pé do vulcão.

Os contrafortes, porém, formavam um labirinto tão confuso e embrulhado que Cyrus resolveu organizar a exploração.

Ayrton mostrou-lhes a caverna onde estivera preso. Estava na mesma, com algumas armas, munições e mantimentos abandonados. Os colonos exploraram os três vales sem que nada encontrassem.

Seria no fundo de um daqueles barrancos? Numa daquelas covas selvagens formadas pela lava petrificada?

Na região norte do monte Franklin havia dois vales com formações basálticas, acidentados, cheios de penedos com formações em colunas de lava ressecada. Túneis escuros se metiam montanha adentro. Galerias, covas, cavernas de todo tipo. E o silêncio e a escuridão. Percorreram tudo com archotes de resina inflamada. Nem a mais leve aparência de vida humana. Os penedos estavam no mesmo estado em que o vulcão os projetara.

Cyrus começou a notar que não era completo o silêncio que ali reinava. Um ruído surdo vinha do fundo e aumentava de intensidade devido à sonoridade das rochas. Alguma reação química estava se elaborando nas entranhas da terra anunciando uma próxima ressurreição dos fogos subterrâneos.

– Parece que o vulcão não está totalmente extinto! – notou Spilett.

– Um vulcão, ainda que pareça extinto, pode sempre voltar à atividade.

– E se estivéssemos nas vésperas de uma erupção, não haveria perigo para a ilha?

– Não me parece. Porque a cratera ainda existe. É a válvula de segurança. O excedente de vapores e lavas sairá por ali. E para haver um derramamento maior da matéria vulcânica era preciso haver tremor de terra.

– Tremor de terra é sempre de se recear em tais condições – advertiu Spilett.

– Sim, isso é verdade. Melhor seria para nós que o vulcão não despertasse.

– Mas o que havemos de fazer? Nada!

Depois de saírem contaram para os companheiros. Pencroff exclamou:

– Ah, agora é o vulcão que quer fazer das suas? Pois que veja bem com quem se mete!

– Com quem? – perguntou Nab.

– Com o nosso gênio. Ele é capaz de amordaçar a cratera, logo que ameace querer abrir-se!

De 20 a 25 de fevereiro passaram explorando à procura do *gênio* da ilha.

O engenheiro levantou a planta da montanha. Assim foi explorada até onde se abria a cratera. Nada!

Examinaram as dunas, as muralhas de lava. Nada, ninguém! Alguns já pensavam num mundo sobrenatural.

No dia 25 de fevereiro voltaram para o Palácio de Granito onde restabeleceram as comunicações.

Dali a um mês saudavam os colonos, no vigésimo quinto dia de março, o terceiro aniversário de sua chegada à ilha Lincoln!

Capítulo 14

JÁ SÃO PASSADOS TRÊS ANOS — O CASO DO NOVO NAVIO
O QUE A TAL RESPEITO SE RESOLVE
PROSPERIDADE DA COLÔNIA — O ESTALEIRO
OS FRIOS DO HEMISFÉRIO AUSTRAL
PENCROFF RESIGNA-SE — LAVAGEM DA ROUPA
O MONTE FRANKLIN

Três anos eram já passados depois que os prisioneiros de Richmond haviam fugido, e quantas vezes, durante aquele tempo, falaram da pátria, que sempre traziam no pensamento!

Todos estavam certos de que a guerra civil terminara. E a todos, parecia impossível que a causa justa do Norte deixasse de triunfar.

Mas que coisas aconteceram por lá?

Que amigos teriam morrido na luta?

De vez em quando, isso era assunto do grupo reunido.

O sonho da volta à pátria, ainda que fosse por alguns dias, poderia ser realidade, só por duas maneiras: aparecendo algum navio nas águas da ilha Lincoln, ou construindo os próprios colonos uma embarcação que os levasse às terras mais próximas.

– A não ser – dizia Pencroff – que o nosso gênio nos favoreça os meios de voltar à pátria!

Dissessem a Pencroff e a Nab que os esperava no golfo Tubarão ou no porto Balão um navio de trezentas toneladas, nenhum dos dois faria um gesto de surpresa.

Naquela ilha e naquela ordem de ideias tudo lhes era natural.

Cyrus, porém, chamou-os à realidade, mostrando-lhes a necessidade de construírem uma embarcação, mesmo porque era urgente fazer a viagem para deixar, na ilha Tabor, a notícia sobre a nova residência de Ayrton.

O inverno vinha chegando e a viagem não seria empreendida antes da primavera.

A construção do barco levaria uns seis meses.

– Já se vê que temos tempo de sobra para nos prepararmos – declarou o engenheiro. – E o melhor é fazermos o navio em maiores dimensões, uma vez que a vinda do iate escocês é problemática.

– O que digo, Sr. Cyrus, é que tanto podemos fazê-lo grande como pequeno. Material, ferramentas e madeira não nos faltam. A questão é apenas tempo.

– E quantos meses levaria para se construir um navio de duzentas e cinquenta a trezentas toneladas?

– Sete ou oito meses, pelo menos. Não esqueça que vem aí o inverno e no tempo frio é mais difícil o trabalho em madeira. Devemos nos dar por felizes se estiver pronto lá para novembro próximo.

– Não há dúvida – disse Cyrus –, porque é exatamente essa a época propícia para empreender uma viagem de importância, seja à ilha Tabor, seja a alguma terra mais distante.

– É verdade, Sr. Cyrus – concordou o marinheiro. – Então faça os planos que eu arranjo quem trabalhe. Imagino que Ayrton pode nos prestar um bom auxílio.

Consultados os outros, foram de acordo que isso era o melhor a ser feito.

A construção de um navio de trezentas toneladas era trabalho grande mas os colonos tinham perfeita confiança em si próprios.

Cyrus tratou logo de elaborar o plano, formas e dimensões do casco.

Os companheiros empregaram-se no corte e condução da madeira. As florestas forneciam-lhes as melhores árvores: carvalhos e ulmeiros.

Transformaram as chaminés em estaleiro. Até Mestre Jup ajudava.

A madeira, transformada em toros e tábuas, foi empilhada debaixo de uma grande coberta, lá mesmo ao lado das chaminés.

Durante o mês de abril o tempo esteve bom. Os trabalhos da lavoura e as edificações foram dirigidos com grande atividade até que desapareceram os vestígios da devastação. Tudo estava replantado, reconstruído.

Nas cavalariças havia agora cinco onagros, uns treinados para carro e outros para a lavoura. Todos trabalhavam, todos gozavam ótima saúde e sempre com bom humor faziam planos para o futuro.

Ayrton participava de tudo. Ninguém pensava em deixá-lo viver no curral. Mas o curral não fora abandonado. De dois em dois dias, um dos colonos ia, de carro ou montado num dos burros, cuidar das ovelhas e das cabras e trazer o leite necessário para a cozinha.

Harbert e Spilett, seguidos de Top, eram os que mais iam ao curral.

É que era sempre uma ocasião para caçar. Também a pesca, as ostras, as tartarugas, os legumes e os frutos naturais da ilha eram fartura e riquezas que os colonos aproveitavam.

Os fios telegráficos foram reparados.

A ilha estava em completa segurança.

Os colonos, entretanto, não deixavam de vigiar os pontos de desembarque.

Mesmo assim, sem nenhum perigo aparente, Cyrus resolveu fortificar o curral.

Aumentar a altura da cerca. E fazer tudo de modo a que ficasse sendo um lugar com que os colonos pudessem contar para resistir ao inimigo com vantagem.

Mas esse era um projeto a ser executado na primavera próxima.

Em meados de maio já a quilha do novo barco estava pronta. E as outras partes iam surgindo.

E logo tiveram que interromper os trabalhos. Nos últimos dias do mês o tempo ficou péssimo.

Só Ayrton e Pencroff resistiram trabalhando até 10 de junho. Aí não deu mais. Era vento, era frio, umidade.

Cyrus esteve explicando que os territórios em latitudes iguais sofrem mais o inverno do que as ilhas e regiões do litoral. Isto porque o mar devolve à terra os calores que absorve no verão. Assim as ilhas são as terras que mais têm a ganhar com tal restituição.

— Mas sendo assim, Sr. Cyrus, por que estará a ilha Lincoln fora dessa lei comum?

— Creio que isso se dá porque a ilha está no hemisfério austral que, como você sabe, filho, é mais frio que o boreal.

— Assim é — confirmou Harbert. — No austral até se encontram os gelos flutuantes em latitudes muito mais baixas do que no norte do Pacífico.

— É verdade — reforçou Pencroff. — Quando eu andava em baleeiros vi icebergues até em frente do cabo Horn.

— Sendo assim — sugeriu Spilett —, talvez os frios de nossa ilha se expliquem pela proximidade de bancos de gelo...

— É perfeitamente aceitável tal explicação. E este hemisfério é mais frio porque o sol, que é mais próximo daqui no verão, é mais afastado no inverno.

— Que enorme livro se poderia fazer com as coisas que os homens sabem! — exclamou Pencroff.

— E um livro ainda maior com o que eles não sabem! — disse Cyrus.

Enfim, por uma razão ou por outra, o certo é que o mês de junho trouxe muito frio e os colonos tiveram que se manter dentro de casa.

– Pode crer, Nab – disse Spilett um dia. – Eu daria tudo o que possuo se você me arranjasse um jornal. O que mais me faz falta à felicidade aqui é não saber o que se passou ontem em outros lugares.

– Pois o que mais me preocupa são os trabalhos da casa – respondeu Nab.

E trabalho não faltava.

Enquanto não havia jornal, Spilett e Pencroff encarregaram-se da lavagem da roupa, empregando substância nova fabricada por Cyrus.

Assim foram passados os meses de inverno, junho, julho e agosto.

Ninguém falou mais no gênio da ilha.

Nenhum incidente desagradável ocorreu.

Jup e Top deixaram de rondar a abertura do poço.

Acabou o inverno afinal.

Logo nos primeiros dias em que a primavera se anunciou um fato aconteceu cujas consequências podiam ser graves.

No dia 7 de setembro, estando Cyrus a observar o cume do monte Franklin, viu enrolar-se ali, sobre a cratera, uma espiral de fumaça, cujos primeiros vapores se projetavam no ar.

Capítulo 15

DESPERTA O VULCÃO — A ESTAÇÃO AMENA
RECOMEÇAM OS TRABALHOS
A NOITE DE 15 DE OUTUBRO — UM TELEGRAMA
UM PEDIDO — UMA RESPOSTA
PARTIDA PARA O CURRAL — A NOTÍCIA
O FIO SUPLEMENTAR — A COSTA DE BASALTO
NA MARÉ ALTA — NA MARÉ BAIXA — A CAVERNA
LUZ DESLUMBRANTE

Os colonos, avisados pelo engenheiro, largaram o trabalho e vieram todos contemplar em silêncio o cume do monte Franklin.

O vulcão despertara.

Os fogos subterrâneos produziriam uma erupção violenta? Isto era coisa que ninguém poderia prever.

No entanto, mesmo admitindo-se que houvesse uma erupção, não era provável que o conjunto da ilha Lincoln sofresse os resultados dela.

A ilha mais de uma vez passara por aquela prova. Ali estavam as muralhas e os rochedos de lava esfriada, na costa norte.

É verdade que o passado não era seguro fiador do futuro. No cume dos vulcões, muitas vezes, abrem-se crateras novas e fecham-se outras antigas. Em vésperas de uma erupção tudo é para recear.

Bastava um tremor de terra, fenômeno que, às vezes, acompanha as erupções, para que a disposição interna da montanha pudesse se modificar, abrindo-se novas vias às lavas incandescentes.

Mas nada havia a fazer. O Palácio de Granito nada tinha a recear, a não ser que algum tremor de terra abalasse o chão.

O curral é que estava seriamente ameaçado se alguma cratera nova se abrisse na vertente sul.

Todos os dias os colonos olhavam o monte e lá estava o penacho de vapores no topo do Franklin.

Esses vapores iam aumentando em altura e espessura sem que aparecesse chama alguma. O fenômeno ainda estava concentrado na parte inferior da chaminé central.

Com o bom tempo, os trabalhos recomeçaram. A construção do navio caminhava depressa.

Cyrus aproveitara a queda-d'água da praia para conseguir uma serra hidráulica que transformava os troncos em tábuas com facilidade.

O casco estava pronto. O cavername todo montado já deixava ver as formas do barco. Era uma escuna ligeira própria para servir às longas travessias.

Agora estava na hora de aproveitar as partes que tinham salvado do brigue. Todos tinham muito o que fazer.

Os trabalhos foram interrompidos por causa da colheita de trigo e do enceleiramento dos produtos agrícolas em abundância no planalto da Vista Grande.

Concluída a tarefa, o tempo dos colonos foi novamente consagrado à escuna.

À noite estavam extenuados. Haviam alterado o horário das refeições. Jantavam ao meio-dia e ceavam quando faltava luz do sol para o trabalho. Aí iam para casa e tratavam de dormir.

Às vezes conversavam sobre as viagens que fariam e todos tinham vontade de regressar à ilha Lincoln. Ninguém tencionava abandoná-la nunca.

Nab e Pencroff pensavam terminar ali os seus dias.

— Harbert — dizia Pencroff —, você nunca abandonará a ilha Lincoln.

— Nunca, Pencroff, e principalmente se você se decidir a ficar aqui!

— Estou decidido, meu rapaz. Aqui espero vocês. Tragam suas mulheres e seus filhos e eu ajudo a fazer deles uns valentes!

— Está combinado.

— E o Sr. Cyrus — continuava Pencroff — será o governador da ilha.

Até o repórter acabava por fundar um jornal: o *New Lincoln Herald*!

É assim o coração humano. Tem necessidade de fazer alguma coisa que lhe sobreviva.

Ayrton pensava rever Lorde Clenarvan e mostrar-se reabilitado.

Uma noite demoraram-se mais na conversa. Eram nove horas.

Estavam todos se preparando para dormir quando a campainha elétrica soou de repente.

Estavam todos ali: Cyrus, Spilett, Harbert, Ayrton, Pencroff, Nab, Jup, Top! Era evidente, não havia ninguém no curral.

— Que quer dizer isto?! — exclamou Nab. — Será o diabo que está a tocar?

Ninguém respondeu.

Harbert disse:

— O tempo está mau. Não será influência da eletricidade...

Nem terminou a frase. Todos olharam para Cyrus, que abanou a cabeça negativamente.

— Esperemos. Se é um sinal, seja quem for há de repeti-lo.

— E quem quer o senhor que seja?... — falou Nab.

— Mas, aquele que...

A frase foi interrompida pela campainha.

Cyrus dirigiu-se ao aparelho e, lançando a corrente elétrica através do fio, dirigiu esta pergunta para o curral:

— Que quer?

Momentos depois a agulha, movendo-se sobre o mostrador alfabético, mostrava: "Venha ao curral o mais depressa possível."

– Finalmente! – exclamou Cyrus.

Sim, afinal o mistério ia desvendar-se.

Saíram todos. Ficaram só Jup e Top.

A noite estava escura.

A lua nova sumira-se com o sol.

O tempo ameaçava tempestade.

Alguns relâmpagos clareavam o horizonte.

Os colonos iam apressados. A escuridão não os atrapalhava. Conheciam bem o caminho. Mesmo assim Pencroff achava que deviam ter levado uma lanterna.

Os relâmpagos aumentavam. A chuva não tardaria a cair.

Assim que atravessaram o portão, rebentou a tempestade. Na casa não havia nenhuma luz.

O engenheiro bateu à porta. Não obteve resposta. Entraram. Nab acendeu o fogo e a casa ficou clara...

Não havia ninguém ali.

– Ah, um bilhete! – exclamou Harbert, mostrando um papel em cima da mesa. No papel estava escrito, em inglês: "Siga o novo fio."

– A caminho! – falou Cyrus, que entendeu que o telegrama não partira do curral mas do esconderijo misterioso, que um fio suplementar, unido ao antigo, ligava diretamente com o Palácio de Granito.

Nab pegou uma lanterna e saíram todos.

– Eis o fio! – indicou o engenheiro. – Vamos segui-lo!

Atravessaram dois vales, do curral e do rio da Queda. Subiram o contraforte de sudoeste. De vez em quando algum dos colonos procurava o fio para se certificar do caminho. Mas não havia mais dúvida de que o fio ia direto ao mar.

Os colonos chegaram ao extremo do planalto. A quinhentos pés de profundidade rugiam as ondas.

Naquele ponto o fio se escondia entre os penedos, seguindo pela vertente de um barranco estreito.

E os colonos o seguiam.

A descida era perigosa. Os homens não viam mais o perigo porque tinham perdido o domínio de si próprios e porque uma força irresistível os arrastava para aquele ponto misterioso como o ímã atrai o ferro.

Assim, os nossos homens desceram quase inconscientemente por aquele barranco, o que, mesmo à luz do dia, seria impraticável.

Cyrus ia na frente, Ayrton na retaguarda.

Enfim, o fio fazia uma repentina curva e ia dar nos rochedos da praia.

Estavam no limite inferior da muralha basáltica.

O engenheiro agarrou o fio e viu que ele se metia pelo mar adentro. Para isso servia o capeamento isolante!

Os companheiros pararam estupefatos. Que fazer? Entrar na água e procurar alguma caverna submarina? No estado em que estavam, superexcitação moral e física, ninguém hesitaria em fazê-lo.

Deteve-os, porém, uma reflexão de Cyrus. Levou-os para um abrigo entre os rochedos e disse-lhes:

— Esperemos. A maré está alta. Na baixa estará o caminho aberto.

— Mas por que razão pensa isso?...

— Ele não nos chamaria se não fosse possível chegar até ele.

Era esperar algumas horas.

Estavam todos muito comovidos.

Ficaram ali, guardados da chuva e do vento, enquanto a tempestade rugia lá fora.

À meia-noite Cyrus levou a lanterna e olhou os rochedos.

Havia duas horas que a água começara a descer.

Não se enganara Cyrus. Acima do nível das águas começava a aparecer o arco da abóbada de uma grande cavidade onde o fio penetrava.

Cyrus declarou:

— Daqui a uma hora a abertura estará acessível.

– Então ela existe? – perguntou Pencroff.

– Pois duvidava, Pencroff, da existência dela?

– Mas essa caverna deve conservar sempre água até certa altura – advertia Harbert.

– Se a caverna secar completamente – respondeu Cyrus – poderemos percorrê-la a pé. Senão algum meio de transporte será posto à nossa disposição.

Dali a uma hora desceram. O engenheiro viu alguma coisa escura boiando à tona da água. Era um barco. Embarcaram.

Cyrus alumiava a proa com a lanterna.

Nab e Ayrton pegaram os remos.

A abóbada achatada elevava-se repentinamente.

Pencroff ia ao leme.

Nada era possível ver na escuridão. A lanterna era insuficiente. O silêncio era profundo.

Em muitos pontos do globo a natureza cavou e guardou criptas como essa. Datam das épocas geológicas e são verdadeiros monumentos.

Encostaram à direita para acompanhar o fio. Adiante o engenheiro ordenou:

– Para!

O barco parou. Os colonos viram uma luz intensa iluminando toda a caverna. Então puderam vê-la e examiná-la. Sobre colunas apoiava-se a abóbada, e as paredes como se fossem transparentes cintilavam salpicadas de chispas de fogo. Em virtude da refração na superfície das águas, parecia que o barco navegava entre duas zonas de luz. Aquela luz provinha de um fenômeno elétrico qualquer. Era o sol daquela caverna e enchia-a toda.

A um sinal de Cyrus o barco pôs-se em movimento. Os remos ao caírem na água fizeram jorrar como uma chuva de rubis.

O barco navegou em direção ao foco luminoso. No centro do lago, um objeto fusiforme flutuava silencioso, imóvel. A luz que este objeto emitia saía-lhe dos flancos como de duas bocas de forno à temperatura rubro-branca. Sua forma era semelhante à de um enorme cetáceo. A lancha aproximou-se.

De repente Cyrus exclamou:

– Mas é ele! Não pode ser senão ele!!!

Sentou-se no banco, murmurando um nome. O repórter conhecia o nome, porque repetiu baixo: – Ele! Um homem fora do comum!

Subiram todos à plataforma. Ao fundo da escada uma ponte e uma porta que Cyrus empurrou. Os colonos atravessaram uma sala ricamente ornada, que ligava com uma biblioteca, cujo teto era luminoso.

Ao fundo uma porta. Mais uma vez Cyrus abriu e passaram todos.

Era um vasto salão, espécie de museu. Tesouros da espécie mineral, obras de arte, maravilhas da indústria e da arte apareceram aos olhos dos colonos. Parecia o palácio encantado de um mundo de fadas.

Estendido em riquíssimo divã, um homem.

Então Cyrus Smith levantou a voz e, com extraordinária surpresa de todos os companheiros, pronunciou as seguintes palavras:

– Capitão Nemo, mandastes chamar-nos? Aqui estamos.

Capítulo 16

O CAPITÃO NEMO — AS SUAS PRIMEIRAS PALAVRAS
HISTÓRIA DE UM HERÓI DA INDEPENDÊNCIA
ÓDIO DOS USURPADORES — SEUS COMPANHEIROS
VIDA SUBMARINA — SÓ
ÚLTIMO REFÚGIO DO *NAUTILUS* NA ILHA LINCOLN
GÊNIO MISTERIOSO DA ILHA

A estas palavras, o homem que estava deitado levantou-se. Todos puderam ver o seu rosto à luz: bela cabeça, olhar altivo, barba branca. Parecia doente mas a voz saiu forte quando disse em inglês:

— Não tenho nome, senhor.

— Conheço-vos! – afirmou Cyrus.

— Que importa – murmurou –, se vou morrer!

Cyrus aproximou-se e Spilett pegou-lhe a mão, que estava febril. Os outros ficaram a um canto.

O Capitão Nemo convidou-os a sentarem-se.

— Como sabeis o nome que eu usava, senhor?

— Sei, assim como sei o nome deste admirável aparelho submarino.

— O *Nautilus*? – disse o capitão sorrindo. – Mas sabeis quem sou?

— Eu o soube por um homem que nenhum compromisso tinha convosco; por isso não pode ser chamado traidor.

— Esse homem e seus companheiros não morreram?

— Não, capitão, e até apareceu uma obra com o título de *Vinte mil léguas submarinas,* que é a vossa história.

– A história de um criminoso, um revoltado, exilado da humanidade...

– Não me cabe julgar-vos. De vós só sei que nos estendestes a mão benfeitora e todos nós vos devemos a vida.

Nesse momento iam todos dizer a gratidão que lhes enchia o coração...

Levantaram-se, mas o capitão os deteve:

– Depois de ouvirdes minha história.

E em poucas frases contou toda a sua vida.

Apesar de breve, a narração deixara-o cansado. Via-se que era grande o seu estado de fraqueza.

Spilett ofereceu-se para cuidar dele. Declarou, então:

– Inútil, tenho as horas contadas.

Embora estivesse nos seus últimos momentos, via-se no porte, na energia e altivez das respostas que se tratava de um nobre e um sábio. De fato, conforme dissera, era o príncipe indiano Dakkar, que recebera esmerada e completa educação. Sua inteligência superior fora preparada, instruindo-se nas letras, nas ciências e nas artes, para que fosse um grande chefe.

Mas o príncipe odiava aqueles a quem chamava de opressores de sua pátria. Odiava a Inglaterra. Por isso lá nunca quis ir. Era o ódio do vencido contra o vencedor. Homem de Estado, de ciências, continuou desconhecido, correndo mundo, sem pertencer a lugar nenhum. Mas, no fundo, havia o seu amor pela Índia oprimida. E alimentava o desejo de dar à pátria a independência, de expulsar de lá o invasor estrangeiro. Casou-se. Dois filhos nasceram. Mas a felicidade doméstica não o fez esquecer a revolta. E quando a Índia revoltada se levantou contra os ingleses ele foi a alma do levante. Pôs tudo o que tinha a serviço da causa. Entrou em todos os combates. Foi ferido muitas vezes e viu os últimos defensores da pátria sucumbirem vítimas das balas inglesas.

Sua cabeça esteve a prêmio e, como não aparecesse quem o entregasse, a vingança do inimigo caiu sobre pai, mãe, mulher e filhos... A Índia estava de novo debaixo do domínio inglês.

O Príncipe Dakkar afastou-se com vinte companheiros. Com os restos de sua fortuna procurou um lugar que fosse totalmente independente, onde ninguém poderia segui-lo: debaixo das águas, na profundeza do mar. Passou a viver só como homem de ciência. Fez seu barco submarino. E tirou todos os proveitos dessa maravilhosa fonte: a eletricidade. Deu a seu barco o nome de *Nautilus* e a si próprio de Capitão Nemo e desapareceu nas profundezas dos mares. Tornou-se dono de todos os tesouros que o mar guarda.

Um dia recolheu três homens, três náufragos, e os manteve no *Nautilus*. Esses três, durante sete meses, puderam contemplar as maravilhas de uma viagem de vinte mil léguas debaixo do mar. Um dia, roubaram um escaler e fugiram. Julgava-os mortos.

Não sabia que haviam contado em livro a aventura de sete meses submarinos.

Assim ainda viveu muito tempo o Capitão Nemo. Foram-lhe morrendo os companheiros. O *Nautilus*, vazio com o único sobrevivente, o Capitão Nemo, agora com sessenta anos. Abrigou-se no escavado da ilha Lincoln.

Há seis meses estava ali, sem navegar, à espera da morte, quando assistiu à queda do balão. Estava ele debaixo da água, com sua roupa de mergulhador, quando viu o engenheiro ser atirado ao mar. E, levado por um sentimento de bondade, salvara Cyrus Smith. E ali ficou a observar os homens. Viu que eram corajosos, honestos e estavam ligados uns aos outros por fraternal amizade. Com o aparelho de mergulhar chegava até o fundo do poço do Palácio de Granito. Ouvia as conversas dos colonos sobre o passado, os estudos para o presente e o futuro. Por eles soube do esforço da América para acabar com a escravidão. Sim! Aqueles eram homens dignos de reconciliarem o Capitão Nemo com a humanidade. Interessou-se por eles e tudo fez para ajudá-los, conforme foi visto. E agora queria completar seu trabalho. Muitos conselhos úteis ainda poderia dar a seus protegidos.

O capitão terminara sua história.

Cyrus falou em seu nome e no nome dos amigos. Agradeceu tudo. O capitão não esperava gratidão. Antes queria a opinião deles. Por isso perguntou:

– Que pensais de mim, senhores?

Cyrus estendeu-lhe a mão e disse:

– O vosso erro é daqueles que nem excluem a admiração. O vosso nome nada tem a recear dos juízos da História.

O capitão suspirou aliviado.

– Capitão Nemo, estes homens honrados hão de chorar-vos a vida inteira!

Harbert ajoelhou, pegou-lhe na mão e beijou-a. Os olhos do capitão encheram-se de lágrimas:

– Eu te abençoo, meu filho!...

Capítulo 17

HORAS DERRADEIRAS DO CAPITÃO NEMO
ÚLTIMAS VONTADES DO MORIBUNDO
LEMBRANÇA QUE LEGA AOS SEUS AMIGOS DE UM DIA
SEPULCRO DO CAPITÃO NEMO
CONSELHOS QUE DÁ AOS COLONOS
MOMENTO SUPREMO — NO FUNDO DO MAR

Era dia claro. Na profunda caverna, porém, não penetrava um só raio luminoso. A maré alta obstruía a entrada.

O Capitão Nemo estava prostrado. A vida lhe fugia pouco a pouco. Toda a força vital se concentrava em seu coração e em sua alma. O repórter e Cyrus observaram-no quase sem sentidos. Ele manifestara o desejo de morrer ali mesmo, no meio das maravilhas do *Nautilus*.

— Não há mais nada a fazer — afirmou Spilett.
— Mas de que doença morre ele? — perguntou Pencroff.
— De falta de forças — respondeu o repórter.
— E se o levássemos para o ar livre, para a luz do sol?
— Não, Pencroff, aqui não há nada a tentar. E, demais, ele não consentiria em abandonar o seu navio.

O Capitão Nemo decerto ouviu a resposta de Cyrus, porque se levantou um pouco e disse:

— Tendes razão, senhor, devo e quero morrer aqui. Também tenho um pedido a fazer-vos.

Aproximaram-se todos.

Viram que ele fitava as maravilhas do salão iluminado pelos raios elétricos que vinham do teto.

Analisou um a um os quadros, as estatuetas, as obras-primas dos mestres de todo o mundo. O magnífico órgão, as vitrinas em volta do tanque central onde havia exemplares de todos os produtos do mar, cordões de pérolas de valor incalculável, e finalmente pousou o olhar na divisa do *Nautilus*:

MOBILIS IN MOBILI

Parecia querer acariciar pela última vez com o olhar aqueles objetos da arte e da natureza.

Cyrus respeitara o silêncio que o capitão parecia querer guardar.

Passados alguns minutos, dirigiu-se aos colonos:

– Senhores, julgais dever-me algum reconhecimento?...

– Capitão, daríamos a vida para prolongar a vossa!

– Bem – replicou o capitão. – Fazei-me a promessa de executar as minhas últimas vontades e assim ficarei pago de tudo o que fiz por vós.

– Prometemos.

– Senhores, amanhã estarei morto.

E com um gesto interrompeu Harbert que ia protestar.

– Sim, amanhã estarei morto e não desejo ter outro túmulo senão o *Nautilus*. Todos os meus amigos descansam no fundo do mar, quero descansar ali também.

As palavras do capitão foram ouvidas em silêncio.

– Escutai bem, senhores. O *Nautilus* está preso nesta gruta cuja entrada se levantou. Mas, se ele não pode sair, pode ao menos descer ao abismo e aí, no fundo, guardar os meus restos.

Os colonos ouviam religiosamente as palavras do moribundo.

– Amanhã, depois de minha morte, Sr. Smith – continuou o capitão –, vós e os vossos companheiros abandonareis o *Nautilus*, porque todas as riquezas que ele contém devem desaparecer comigo. Só vos restará uma lembrança do Príncipe Dakkar, cuja história agora conheceis. Aquele cofre... contém muitos milhões de brilhantes, uma coleção de pérolas. Com este tesouro podeis fazer grandes coisas.

Passados instantes, prosseguiu:

– Amanhã, abandonareis esta sala, levando o cofre, fechareis a porta e as escotilhas.

– Assim faremos, capitão.

– Bem, embarcareis na lancha que vos trouxe. Mas antes de abandonar o navio ireis a ré e abrireis duas grandes torneiras que estão na parte fora da água. A água penetrará nos reservatórios e o *Nautilus* irá afundar pouco a pouco, indo repousar no fundo do abismo.

E, a um gesto de Cyrus, o capitão disse:

– Nada receeis. Apenas enterrareis um morto.

Ninguém fez observações.

Eram as últimas vontades e nada podiam fazer senão conformarem-se.

– Posso contar com vossa promessa?

– Podeis contar com ela, capitão.

O capitão fez um sinal de agradecimento. Pediu para ficar só. Spilett insistiu para permanecer. O capitão recusou:

– Hei de viver até amanhã, senhor!

Saíram todos do salão. Atravessaram a biblioteca, sala de jantar, proa, casa das máquinas.

O *Nautilus* era uma obra-prima que continha muitas obras-primas.

O engenheiro estava maravilhado.

Os colonos subiram à plataforma.

Examinavam tudo e em tudo se evidenciavam os milagres da ciência e da técnica.

– Eis aqui um homem! – disse Pencroff.

– O *Nautilus* nos serviria para sairmos da ilha Lincoln – lembrou Ayrton.

– Eu não me meteria a dirigir um barco desse. Em cima da água, muito bem... mas no fundo...

– A manobra de um submarino deve ser até fácil, Pencroff – falou Spilett.

– Não digo que não. Mas eu prefiro um bom pé de vento a bordo de um navio bem aparelhado...

– Meus amigos – disse Cyrus –, nenhuma discussão sobre o *Nautilus* cabe agora. O navio não nos pertence. Além de não poder sair daqui, pois a entrada da caverna está fechada pelo levantamento das rochas basálticas, o capitão quer ser sepultado em seu navio e nós vamos cumprir o que prometemos.

Comeram, em seguida, alguma coisa e voltaram à sala.

O capitão dirigiu-se a eles:

– Quero vos falar da ilha Lincoln. É vosso desejo sair dali?

– Sim, mas para voltar, capitão – falou Pencroff.

– Voltar? Claro, Pencroff – disse sorrindo o capitão. – Sei o quanto vos é cara esta ilha que, hoje, graças ao vosso trabalho está modificada e, por direito, vos pertence!

– Tínhamos pensado, capitão, presentear, com ela, os Estados Unidos, fundando aqui um porto de escala, de ótima posição no Pacífico.

– Pensais na pátria, senhores. Trabalhais pelo progresso dela, pela sua glória. À pátria se deve voltar! E eu morro longe de tudo quanto amei!

– Tendes alguma vontade a transmitir?

– Não, Sr. Smith. Há muito que já morri para todos. E morro porque acreditei que se podia viver só!... Vós outros deveis tentar tudo para deixar a ilha Lincoln e tornar a ver a terra onde nascestes. Sei que os miseráveis piratas destruíram a embarcação que tínheis construído...

– Mas estamos construindo um navio que nos possa levar às terras mais próximas. Mas havemos de voltar. Muitas recordações nos prendem a esta ilha!

– Aqui conhecemos o Capitão Nemo – lembrou Cyrus.

– E só aqui a vossa lembrança nos é completa – disse Harbert.

– E aqui repousarei o sono eterno se...

Ao dizer este "se" o capitão hesitou e disse a Cyrus:

– Desejo falar-vos a sós!

Os outros saíram. Cyrus ficou um pouco com o capitão e depois chamou os amigos.

Nada lhes disse.

O dia terminou.

Nenhuma alteração no estado do agonizante Capitão Nemo.

Era noite e ninguém, na gruta, dava conta disso.

A fisionomia do capitão estava pálida, mas tranquila. Não sofria.

Afinal, pouco depois da meia-noite, com muito esforço, conseguiu cruzar os braços no peito.

À uma hora da madrugada, só nos olhos havia vida.

Logo depois, pronunciando as palavras: *Deus e pátria,* expirou tranquilamente.

Cyrus debruçou-se sobre ele e fechou os olhos daquele que fora o Príncipe de Dakkar e agora não era mais nem o Capitão Nemo.

Os colonos estavam comovidos.

Cyrus disse:

– Deus tenha a sua alma.

E acrescentou com voz solene:

– Oremos por aquele que acabamos de perder!

Horas depois cumpriam os colonos a promessa que haviam feito ao capitão.

Cyrus e os companheiros saíram do *Nautilus,* levando de lá unicamente a lembrança que lhes legara o seu benfeitor, o tal cofre onde estavam mil fortunas.

O salão fora fechado ainda inundado de luz.

A porta de chapa de ferro da escotilha foi aparafusada.

Nenhuma gota de água entraria nas diferentes câmaras do *Nautilus.*

Os colonos entraram no escaler. Foram até a ré do navio.

Abertas as torneiras, os reservatórios de imersão encheram e o navio imergiu, pouco a pouco, até que desapareceu debaixo da água.

Os colonos puderam segui-lo ainda por muito tempo com a vista, através das profundas camadas líquidas, porque a potente luz que ele derramava iluminava as águas transparentes ao passo que a gruta mergulhava nas trevas.

Por fim, aquele enorme jato de luminosos eflúvios elétricos foi se apagando, e, dali a pouco, o *Nautilus,* transformado em sepulcro do Capitão Nemo, repousava no fundo dos mares.

Capítulo 18

REFLEXÕES DE CADA UM
VOLTA-SE AOS TRABALHOS DE CONSTRUÇÃO
1º DE JANEIRO DE 1869
UM PEDAÇO DE FUMO NO CUME DO VULCÃO
PRIMEIROS SINTOMAS DE ERUPÇÃO
AYRTON E CYRUS VÃO AO CURRAL
EXPLORAÇÃO DA CRIPTA DAKKAR
O QUE O CAPITÃO NEMO DISSERA AO ENGENHEIRO

Ao despontar da aurora tinham os colonos voltado em silêncio à entrada da caverna, que batizaram com o nome de "cripta Dakkar", como recordação do Capitão Nemo.

Como a maré estava baixa passaram facilmente debaixo da abóbada.

O escaler de chapa de ferro deixaram-no ali amarrado, ao abrigo das ondas.

Com a noite passara a tempestade. Já não chovia.

Saindo da caverna, Cyrus e os companheiros voltaram à estrada do curral. Nab e Harbert foram recolhendo o fio estendido entre o curral e a cripta Dakkar.

No caminho pouco falaram.

Perdido o Capitão Nemo que era o "gênio protetor" da ilha, sentiram-se mais isolados do que nunca.

Às nove horas da manhã os colonos tornavam a entrar no Palácio de Granito.

Combinaram que a construção do navio se fizesse agora com a maior presteza.

Não sabiam o que lhes reservava o futuro.

Se, quando estivesse pronto o barco, ainda não houvessem decidido para onde ir, pelo menos deveriam ir o mais breve possível à ilha Tabor, a fim de depositar ali a informação sobre Ayrton.

Continuaram, pois, os trabalhos. Todos trabalhavam sem descanso.

Dali a cinco meses o navio deveria estar pronto, se quisessem ir à ilha Tabor antes dos vendavais da estação.

Quanto à aparelhagem não havia preocupação. Haviam salvo tudo do *Speedy*.

Era preciso terminar toda a parte de madeira.

Passaram o fim do ano de 1868 entregues a este trabalho.

Toda a estação do verão foi má. Muito calor durante o dia e à tarde descarregava-se a atmosfera saturada de eletricidade em tempestades violentas.

O 1º de janeiro de 1869 assinalou-se por uma tempestade de violência extraordinária.

Os raios caíram algumas vezes sobre a ilha. Árvores foram derrubadas, todas elas gigantescas.

Cyrus se perguntava se aqueles fenômenos atmosféricos não tinham ligação com as perturbações que se passavam nas entranhas da terra.

Foi no dia 3 de janeiro que Harbert, estando desde o amanhecer no planalto da Vista Grande para selar um dos onagros, avistou enorme coluna de fumaça que se desenrolava no cimo do vulcão.

Harbert preveniu os companheiros, que vieram observar o cume do monte Franklin.

– Eh! – exclamou Pencroff. – Desta vez não são só vapores. Parece-me que o gigante não se contenta em respirar. Agora fuma!

– Há fogo na chaminé – disse Spilett.

– E parece-me que não o poderemos extinguir! – acrescentou Harbert.

– Deviam limpar os vulcões – observou Nab.

– Então, Nab – brincou Pencroff –, por que não se encarrega da limpeza?

E Pencroff soltou uma gargalhada.

– Com efeito – disse Cyrus. – Estamos ameaçados de erupção próxima!

– Pois bem, Sr. Cyrus, veremos a erupção – exclamou Pencroff. – Não me parece que valha a pena nos preocuparmos com isso!

– Não, Pencroff – respondeu Cyrus –, a antiga boca está aberta e a cratera lança a lava para o norte. Contudo...

– Contudo, como não podemos tirar vantagem de uma erupção, melhor seria que não houvesse – disse Spilett.

– Quem sabe? Talvez haja ali alguma matéria útil e preciosa que poderemos aproveitar – falou Pencroff.

Cyrus balançou a cabeça como a dizer "não". Estava preocupado com a possibilidade de um terremoto. Sendo a ilha de composição bem diversa, não correria o risco de ser desagregada?

– Parece-me – declarou Ayrton, que tinha apoiado o ouvido na terra –, parece-me ouvir um ruído surdo como se um carro arrastasse barras de ferro.

Os colonos escutaram com atenção e verificaram que Ayrton tinha razão.

Mas não ouviram nenhum barulho de explosão.

– Então?! – disse Pencroff. – Não voltamos ao trabalho? O monte Franklin pode fumar, berrar, gemer, vomitar fogo e chamas à vontade. Isso não é razão para não se fazer coisa alguma! Vamos, Ayrton, Nab, Harbert, Sr. Cyrus, Sr. Spilett, é preciso que hoje todos trabalhem! Não devemos perder nem uma hora!

Todos desceram ao estaleiro.

Trabalharam, pois, sem descanso durante todo o dia 3 de janeiro, sem se importarem com o vulcão.

Várias vezes no dia o sol ficou oculto por espessa nuvem de fumo.

Ninguém interrompeu o trabalho porque era do maior interesse agora que o barco ficasse pronto logo.

Quem sabe se este barco não seria um dia o seu único refúgio?

À noite, depois da ceia, subiram ao planalto da Vista Grande.

— A cratera vomita fogo! — gritou Harbert.

O monte Franklin parecia um tocheiro gigantesco.

— Os progressos são rápidos — disse Cyrus.

— Não admira — respondeu Spilett. — A atividade do vulcão já dura algum tempo.

— É verdade, já são passados três meses.

— Portanto, os fogos subterrâneos estiveram se desenvolvendo durante quinze semanas. Não é de admirar que venham com essa violência.

— Não sentem vibrações no solo? — perguntou Cyrus.

— Com efeito — respondeu Spilett —, mas daí a um tremor de terra...

— Deus nos livre disso! Essas vibrações são devidas à efervescência do fogo central.

— Oh, que magníficas fitas de fogo! — exclamou Harbert.

Os colonos, depois de passarem uma hora no planalto, desceram à praia e voltaram para o Palácio de Granito.

Spilett, vendo Cyrus tão pensativo, perguntou-lhe se receava algum perigo próximo.

— Sim e não — respondeu Cyrus.

— Penso que não devemos temer um terremoto, porque as lavas passam livremente para a cratera.

— Não receio um tremor de terra. Mas há outras coisas que podem produzir grandes desastres.

— Quais?

— É preciso que veja... que visite a montanha... Dentro de poucos dias hei de formar o meu juízo.

Spilett não insistiu e pouco depois, apesar das detonações, todos dormiam.

Passaram os dias 4, 5 e 6 de janeiro.

Trabalharam sem parar na construção do navio.

O monte Franklin estava envolto numa nuvem de fumo escura de aspecto sinistro. Jogava rochas incandescentes, algumas das quais caíam na própria cratera.

– O gigante brinca! – dizia Pencroff. – Está fazendo malabarismo!

Ficaram todos espantados, quando, um dia, Cyrus disse a Ayrton:

– Já que vai amanhã ao curral, eu o acompanho.

– O quê, Sr. Cyrus, ficar sem quatro braços para o trabalho? – falou Pencroff.

– Voltaremos no dia seguinte. Agora preciso ir lá para ver como vai a erupção.

– A erupção, a erupção!!! Pode ser muito importante, mas não para mim!

No dia seguinte saíram Cyrus e Ayrton, de carro, para o curral. Mal haviam chegado ao curral uma poeira semelhante a pólvora começou modificando instantaneamente o aspecto do solo.

Tudo desaparecia debaixo de uma camada de várias polegadas de espessura. O vento soprava de nordeste e a maior parte dessa nuvem se dissipou no mar.

– Isto é estranho, Sr. Cyrus.

– É grave – falou o engenheiro. – Isto demonstra como é profunda a perturbação nas camadas inferiores do vulcão.

– E nada se pode fazer?

– Nada, senão seguir os progressos do fenômeno. Vai tratar do curral, Ayrton. Examinarei o estado do monte na sua vertente setentrional. E depois...

– Depois... Sr. Smith?

– Faremos uma visita à cripta Dakkar. Quero ver... Bem, daqui a duas horas virei buscá-lo.

Ayrton fez o seu trabalho.

Cyrus foi até à ponta dos contrafortes do monte. Que diferença! Em vez de uma única coluna de fumo, contou treze, que saíam da terra como empurradas por um êmbolo.

Cyrus sentia agitarem-se os tufos vulcânicos derramados pela planície. Mas não viu o menor vestígio de lava recente.

De fato, pela cratera não se operava o derramamento de lava.

"Eu gostaria que assim acontecesse", refletia Cyrus. "Quem sabe vão sair por outra boca? Mas não é ali que está o perigo!"

Ayrton já estava à espera, quando voltou.

– Os animais estão tratados, mas inquietos.

– É o instinto que os avisa. Pegue a lanterna e uma tocha. Vamos lá!

Pelo caminho nem uma ave, nem um quadrúpede. Só cinzas e o ar carregado de gases. Chegaram à praia protegendo os olhos, o nariz e a boca.

Acharam logo a entrada da cripta.

– O escaler de ferro deve estar aí.

– Cá está, Sr. Cyrus.

– Vamos, então.

A tocha e a lanterna davam uma claridade bem fraca. Mas avançaram. Logo começaram a ouvir os ruídos.

– É o vulcão – declarou Cyrus. – Aqui é que está o perigo. Bem o temia o Capitão Nemo. Mas é necessário ir até o fim.

Vinte e cinco minutos depois, chegava o escaler à parede de fundo.

Ali parou.

A grossura da parede não parecia grande. Os ruídos atravessavam-na facilmente.

O engenheiro amarrou a lanterna no alto de um remo e explorou a parte de cima. Pelas fendas a fumaça passava, infetando o ambiente. A parede estava toda listrada por fraturas.

– Sim, o capitão tinha toda a razão! Aqui está o perigo, e que terrível perigo!

Ayrton não disse palavra. A um sinal de Cyrus, pegou nos remos e, dali a meia hora, saíam da cripta Dakkar.

Capítulo 19

O ENGENHEIRO DÁ CONTA DA EXPLORAÇÃO QUE FEZ
APRESSAM-SE OS TRABALHOS DE CONSTRUÇÃO
DO BARCO — ÚLTIMA VISITA AO CURRAL
LUTA DO FOGO COM A ÁGUA
O QUE RESTA À SUPERFÍCIE DA ILHA
OS COLONOS DECIDEM-SE A LANÇAR O NAVIO AO MAR
A NOITE DE 8 PARA 9 DE MARÇO

No dia seguinte, 8 de janeiro, pela manhã, depois de passarem um dia e uma noite no curral e de terem posto tudo em ordem, Cyrus e Ayrton voltaram ao Palácio de Granito.

O engenheiro reuniu todos e comunicou o grave perigo que a ilha Lincoln corria.

— Meus amigos, a ilha Lincoln não é daquelas que devem durar tanto como o próprio globo. Está antes destinada a uma destruição e nada poderá salvá-la!

— Explique-nos melhor, Cyrus! — pediu Spilett.

— Eu me explico. Ou melhor, vou me limitar a repetir a explicação que o Capitão Nemo me deu nos poucos minutos de conversa confidencial que tivemos.

— O Capitão Nemo! — exclamaram os colonos.

— Sim! O capitão, que antes de morrer ainda nos quis prestar mais este serviço.

— Mais um serviço! — bradou Pencroff. — Mais um! Olhem que, apesar de morto, ainda é bem capaz de nos prestar mais alguns!

— Mas o que disse então o Capitão Nemo? — perguntou o repórter.

– Vão sabê-lo, amigos. A ilha Lincoln está nas mesmas condições que as outras do Pacífico. Mais cedo ou mais tarde haverá deslocamento dos alicerces submarinos...

– Desmanchar-se a ilha Lincoln! Ora essa! – protestou Pencroff.

– Ouve-me, Pencroff. O que o Capitão Nemo verificou, também eu ontem me certifiquei, quando explorei a cripta Dakkar. Esta cripta prolonga-se por baixo da ilha até ao vulcão, de cuja chaminé central está separada pela parede que lhe forma o fundo. Esta parede está sulcada de fendas que já deixam passar os gases sulfurosos, desenvolvidos no interior do vulcão.

– E daí? – perguntou Pencroff.

– E daí, eu próprio reconheci que essas fendas iam se alargando com a pressão interna, e que daqui a algum tempo hão de dar entrada às águas.

– Bom! – replicou Pencroff. – No fim o mar apaga o fogo do vulcão.

– No dia em que o mar passar além da parede e penetrar na chaminé central até às entranhas da ilha, onde fervem as matérias eruptivas, nesse dia, Pencroff – respondeu Cyrus –, voará a ilha.

Os colonos agora compreendiam o perigo que os ameaçava.

A ilha duraria apenas enquanto a parede da cripta resistisse.

O primeiro sentimento dos colonos foi de dor profunda! Não pensaram no perigo que os ameaçava, mas na destruição daquela terra que lhes dera abrigo e que pretendiam tornar tão florescente!

Pencroff não pôde, nem tentou ocultar as lágrimas.

Agora era trabalhar! Terminar o barco, a única tábua de salvação que restava aos habitantes da ilha Lincoln.

No dia 23 caiu o primeiro patamar do vulcão. O ruído foi horrível.

Eram duas horas da manhã. O céu estava em brasa.

– O curral! O curral! – exclamou Ayrton.

Em virtude da nova direção da cratera, era para o curral que desciam as lavas. Tudo estava em risco de destruição imediata.

Ao grito de Ayrton correram todos. Lembraram-se de que era preciso dar liberdade aos animais.

Um mar de lava já tomava a planície quando lá chegaram. Os animais gritavam em estado de terror.

Ayrton abriu os portões e os animais fugiram em todas as direções.

Era afinal 24 de janeiro.

Cyrus quis dar uma olhada na situação geral.

– Estamos cobertos pelo lago – declarou Spilett.

– Assim o espero! – respondeu Cyrus.

Os colonos pararam perto do lago. Ia decidir-se entre eles uma questão de vida ou de morte.

– Ou o lago vai suster esta torrente, e uma parte da ilha ficará ao abrigo de uma devastação completa, ou a torrente invade as florestas, e nem uma só planta ficará de pé sobre a terra. Uma só perspectiva nos restará então sobre estes rochedos nus: a morte.

– Visto isso – disse Pencroff –, nada adiantou trabalhar no navio.

– Pencroff – respondeu Cyrus –, é preciso que façamos nosso dever até o fim!

Neste momento o rio de lavas, abrindo passagem, chegou à beira do lago.

– Mãos à obra! – gritou Cyrus.

Todos compreenderam. Era preciso levantar um dique e abrigar a corrente, e lançar-se no lago.

Trouxeram ferramentas e, por meio de aterros e árvores tombadas, conseguiram levantar um dique de três pés de altura.

Era tempo. A torrente engrossou como rio que enche e vai transbordar... mas o dique a deteve.

As primeiras lavas que caíram no lago solidificaram-se.

No lugar onde estavam as águas do lago agora havia um amontoado de rochas incandescentes.

Agora, ao menos por algum tempo, estavam livres do perigo.

Recomeçaram, então, o trabalho no navio.

– Não acha que o vulcão quer sossegar? – falava Spilett.

– Pouco importa – disse Cyrus. – O fogo continua nas entranhas da terra.

Estavam a 20 de fevereiro. Faltava um mês para o navio ficar pronto.

Aguentaria a ilha até lá?

– Apressemos! – falava Cyrus.

Na primeira semana de março o vulcão voltou a ameaçar. Daquela vez a torrente de lava surgiu a sudoeste e invadiu o planalto.

Moinho, capoeira, estrebarias, desapareceu tudo.

Os colonos resolveram lançar o barco ao mar.

Na noite de 8 para 9 de março aumentaram as detonações. Era evidente, que a parede da cripta Dakkar cedera, e a água do mar precipitou-se pela chaminé central.

A cratera, porém, não pôde dar saída à enorme massa de vapores e a atmosfera foi sacudida por uma explosão.

Caíram no seio do Pacífico milhares de fragmentos de montanhas e, dentro de poucos minutos, o oceano cobriu o lugar onde havia existido a ilha Lincoln.

Capítulo 20

UM ROCHEDO ISOLADO NO PACÍFICO
O ÚLTIMO REFÚGIO DOS COLONOS NA ILHA LINCOLN
A MORTE EM PERSPECTIVA — O SOCORRO INESPERADO
POR QUE E COMO VEM ELE — O ÚLTIMO BENEFÍCIO
UMA ILHA EM TERRA FIRME
O SEPULCRO DO CAPITÃO NEMO

O único ponto da ilha que não fora invadido pela água do Pacífico era um rochedo isolado de trinta pés de comprimento por quinze de largura, emergindo apenas uns dez.

Era isto tudo quanto restava da enorme penedia que fora o Palácio de Granito!

A muralha despedaçara-se. De tudo o que fora a ilha Lincoln via-se apenas o acanhado rochedo que servia então de refúgio aos seis colonos e ao seu cão Top.

Todos os animais haviam perecido; até o infeliz Jup encontrara a morte nalguma fenda de terreno.

Os colonos salvaram suas vidas pelo fato de estarem todos juntos na barraca e terem sido lançados ao mar no momento em que os fragmentos da ilha caíam em chuva por todos os lados. E naquele rochedo nu viviam há nove dias! Algumas provisões e alguma água da chuva empoçada era tudo o que possuíam. A última esperança, o navio, que tantos trabalhos lhes custara, fora esmagado. Não tinham fogo, nem como obtê-lo. Estavam condenados à morte! Só Deus os podia socorrer.

Cyrus estava tranquilo. Estavam num estado extremo de fraqueza. Já estavam estirados, quase sem vida, sem consciência do que os cercava. Ayrton, de vez em quando, levantava a cabeça e olhava o mar deserto.

De repente, na manhã de 24 de março, os braços de Ayrton levantaram-se. Ajoelhou-se e tentou fazer um sinal...

À vista do rochedo estava um navio! Dirigia-se para eles em linha reta!

– O *Duncan*! – murmurou Ayrton, e caiu inerte.

Quando voltaram a si achavam-se na câmara de um barco, sem poder compreender como haviam escapado à morte.

– Deus todo-poderoso! Permitistes que fôssemos salvos! – disse Cyrus.

Era o *Duncan,* o iate de Lorde Glenarvan, comandado pelo filho do Capitão Grant, Roberto, o qual fora mandado à ilha Tabor para trazer Ayrton – após doze anos de expiação!

Cyrus quis saber como souberam da posição da ilha Lincoln, uma vez que não constava dos mapas.

– Conheci-a pela notícia que deixaste na ilha Tabor.

– Qual notícia? – perguntou Spilett.

– Ei-la aqui – falou Roberto, mostrando o documento que indicava longitude e latitude da ilha Lincoln, "residência atual de Ayrton e de cinco americanos".

– O Capitão Nemo! – exclamou Cyrus depois de reconhecer que era a letra do bilhete encontrado no curral.

Ayrton aproximou-se do engenheiro e perguntou simplesmente:

– Onde deposito este cofre?

Era o cofre que ele salvara, arriscando a vida, para restituir ao engenheiro.

– Ayrton! – disse Cyrus comovido.

Depois, dirigindo-se a Roberto:

– Senhor, onde deixaste um culpado vieste encontrar um homem de bem a quem me orgulho de dar a mão.

Contaram-lhe toda a história do Capitão Nemo e dos colonos da ilha Lincoln.

Quinze dias depois desembarcaram na América, a pátria, já pacificada depois da guerra que produziu o triunfo da justiça sobre o direito!

A maior parte das riquezas contidas no cofre foi empregada na compra de um domínio em Java. Naquele domínio fundaram uma colônia a que deram o nome da ilha desaparecida. Era uma ilha em terra firme, porque ali estavam repetidos os acidentes geográficos com os respectivos nomes dados na ilha do Pacífico. Tudo prosperou sob a direção inteligente do engenheiro e dos companheiros. Harbert acabava seus estudos sob a direção de Cyrus e todos estavam reunidos porque haviam jurado permanecer juntos. Até Spilett fundou o *New Lincoln Herald,* um jornal muito bem informado.

Receberam muitas vezes a visita de Lady e Lorde Glenarvan e de todos os que haviam tomado parte na história do Capitão Grant e do Capitão Nemo.

Enfim, todos ali foram felizes, unidos no presente como o haviam sido no passado. Mas nunca puderam esquecer a ilha a que chegaram pobres e nus e da qual restava apenas um fragmento de granito batido pelas vagas do Pacífico, túmulo daquele que fora o Capitão Nemo.

Índice

PRIMEIRA PARTE
Os náufragos do ar

CAPÍTULO 1 *O furacão de 1865 – Gritos nos ares – Um balão arrastado por uma tromba-d'água – O invólucro roto – Mar e só mar – Cinco passageiros – O que se passa dentro da barquinha – Costa do horizonte – Desenlace do drama* 11

CAPÍTULO 2 *Episódio da Guerra de Secessão – O engenheiro Cyrus Smith – Gedeon Spilett – O preto Nab – O marinheiro Pencroff – O jovem Harbert – Inesperada proposta – Reunião apostada para as dez da noite – Partida no meio da tempestade* 15

CAPÍTULO 3 *Quem falta à chamada – Desespero de Nab – Buscas para o norte – O ilhéu – Triste noite de angústia – O nevoeiro da manhã – Nab a nado – Vista da terra – Passagem do canal* 20

CAPÍTULO 4 *A foz do rio – As chaminés – Continuam as buscas – A floresta de árvores verdes – A provisão de combustível – Espera-se pela maré – Do alto da costa – A carga de lenha – Volta à praia* 24

CAPÍTULO 5 *Arranjo interno das chaminés – A importante questão de acender lume – A caixa de fósforos – Busca na praia – Regresso do repórter e de Nab – Fósforo único! – O fogo crepitando – Primeira ceia – Primeira noite em terra* 28

CAPÍTULO 6 *Inventário dos náufragos – Trapo queimado – Excursão através da floresta – Flora das árvores verdes – O jacamar fugindo – Pegadas de animais ferozes – Os curucus – Os tetrazes – Esquisita pesca a linha* 33

CAPÍTULO 7 *Nab sem voltar ainda – Reflexões do repórter – A ceia – Prepara-se uma noite má – Horrorosa tempestade – Partida noturna – Luta contra a chuva e o vento – A oito milhas do primeiro acampamento* 39

CAPÍTULO 8 *Cyrus Smith estará vivo? – Narração de Nab – Pegadas humanas – Problema insolúvel – Primeiras palavras de Cyrus Smith – Verificação de pegadas – Regresso às chaminés – Pencroff aterrado!...* 46

CAPÍTULO 9 *Cyrus ali está – Tentativas de Pencroff – Fricção de pau com pau – Ilha ou continente? – Projetos do engenheiro – Em que ponto do Pacífico? – No meio da floresta – O pinheiro manso – Caçada ao cabié – Fumaça de bom agouro* 53

CAPÍTULO 10 *Invenção do engenheiro – O assunto que mais preocupa Cyrus Smith – Partida para a montanha – A floresta – Solo vulcânico – As tragopanas – Os carneiros selvagens – O primeiro planalto – Acampamento noturno* 58

CAPÍTULO 11 *No vértice do cone – Interior da cratera – O mar em volta – Nenhuma terra visível – O litoral visto de cima – Hidrografia e orografia – A ilha será habitada? – Batizam-se baías, cabos, rios, golfos etc. – A ilha Lincoln* 64

CAPÍTULO 12 Regulam-se os relógios – Pencroff satisfeito – Fumo suspeito – Curso do riacho vermelho – Flora da ilha Lincoln – Fauna – Os faisões das montanhas – Corrida aos cangurus – As cutias – O lago Grant – Regresso às chaminés 71

CAPÍTULO 13 O que se encontrou no corpo de Top – Fabricação de arcos e flechas – Uma tijoleira – O forno de louça – Diferentes utensílios de cozinha – Panela ao lume pela primeira vez – Importante observação astronômica 76

CAPÍTULO 14 Mede-se a altura da muralha granítica – Latitude da ilha – Excursão ao norte – Um banco de ostras – Projetos de futuro – A passagem do sol pelo meridiano – Coordenadas da ilha Lincoln 81

CAPÍTULO 15 Resolve-se definitivamente invernar – A questão metalúrgica – Caçada às focas – O kula – Explora-se o ilhéu da Salvação – Fabricação do ferro – Como se obtém aço 84

CAPÍTULO 16 Trata-se de novo da questão da habitação – Fantasias de Pencroff – Exploração ao norte do lago – As serpentes – A extremidade do lago – Top vai nadar – Combate debaixo da água – O dugongo 87

CAPÍTULO 17 Visita ao lago – A corrente indicadora – Projetos de Cyrus Smith – A gordura do dugongo – Emprego das piritas xistosas – O sulfato de ferro – Como se faz glicerina – Sabão – Salitre – Ácido sulfúrico – Ácido azótico – Nova queda-d'água 91

CAPÍTULO 18 Pencroff acha tudo possível – O antigo escoadouro do lago – Descida subterrânea – Caminhada através do granito – Desaparece Top – A caverna central – O poço inferior – Mistério! – A golpes de picareta – Regresso 95

CAPÍTULO 19 Plano de Cyrus Smith – Fachada do Palácio de Granito – A escada de corda – Sonhos de Pencroff – As ervas aromáticas – Desviam-se as águas para prover às necessidades da nova habitação – O que se vê das janelas do Palácio de Granito 98

CAPÍTULO 20 Estação pluviosa – A questão do vestuário – Caçando focas – Fabricação de velas de estearina – Obras interiores no Palácio de Granito – Volta de uma excursão à ostreira – O que Harbert acha no bolso 100

CAPÍTULO 21 Alguns graus abaixo de zero – Exploração da região pantanosa – Vista de mar – O que virá a ser do globo terrestre 103

CAPÍTULO 22 As armadilhas – As raposas – Salta o vento a noroeste – Tempestade de neve – Os maiores frios do inverno – Cristalização do açúcar de bordo – O poço misterioso – A exploração projetada – Um grão de chumbo 106

SEGUNDA PARTE

O abandonado

CAPÍTULO 1 A propósito do grão de chumbo – Construção de uma piroga – A caça – No cume de um kauri – Nada que revele a presença do homem – Uma pesca de Nab e de Harbert – A tartaruga voltada – Desaparece a tartaruga – Explicação de Cyrus Smith 113

CAPÍTULO 2 Primeira experiência da piroga – Salvados na costa – O reboque – A ponta dos salvados – Inventário do caixote: ferramentas, armas, instrumentos, vestuário, livros e utensílios – O que faz falta a Pencroff – O Evangelho – Um versículo do livro sagrado 116

CAPÍTULO 3 Partida – Enche a maré – Ulmeiros e lódãos – Plantas diversas – Os eucaliptos gigantes – Por que lhes chamam árvores da febre – Bandos de macacos – A queda-d'água – Acampamento noturno 120

CAPÍTULO 4 A caminho da costa – Bandos de caranguejos – Outro rio – Por que não se sente neste a influência das marés – Uma floresta em vez de litoral – O promontório do Réptil – Spilett é invejado por Harbert – Os bambus estalam como bombas 123

CAPÍTULO 5 Proposta de regressar pelo litoral do sul – Configuração da costa – Em busca do presumido naufrágio – Descoberta de um pequeno porto natural – Um barco à tona da água 126

CAPÍTULO 6 As chamadas de Pencroff – Uma noite nas chaminés – A flecha de Harbert – Projeto de Cyrus Smith – Solução imprevista – O que se passara no Palácio de Granito – Como os nossos colonos arranjaram mais um criado para servi-los 131

CAPÍTULO 7 Projetos para executar – Uma ponte no Mercy – Fazer uma ilha do planalto da Vista Grande – A ponte levadiça – A colheita de trigo – O regato – A capoeira – O pombal – Os dois onagros – O carro atrelado – Excursão ao porto Balão 135

CAPÍTULO 8 A roupa branca – Calçado de pele de foca – Fabrico de algodão-pólvora – Diversas sementeiras – A pesca – Os ovos de tartaruga – Progresso do Mestre Jup – O curral – Caça aos carneiros bravos – Novas riquezas vegetais e animais – Recordações da pátria 140

CAPÍTULO 9 O mau tempo – O elevador hidráulico – Fabrico de vidraças e outros objetos de vidro – A árvore-do-pão – Visitas frequentes ao curral – Aumento do gado – Uma pergunta do repórter – Coordenadas exatas da ilha Lincoln – Proposta de Pencroff 144

CAPÍTULO 10 Construção do barco – Segunda colheita de trigo – Caça aos kulas – Nova planta mais agradável que útil – Uma baleia à vista – O arpão de um baleeiro de Vineyard – Retalha-se o cetáceo – Emprego das barbas – O fim do mês de maio – Pencroff nada mais tem a desejar 148

CAPÍTULO 11 O inverno – Prensagem da lã – O moinho – Ideia fixa de Pencroff – As barbas de baleia – Para que pode servir um albatroz – O combustível do futuro – Top e Jup – Tempestade – Estragos na capoeira – Excursão aos pântanos – Cyrus Smith só – Exploração do poço 152

CAPÍTULO 12 O aparelhar do barco – Um ataque das raposas – Jup ferido – Jup tratado – Jup curado – Termina-se o barco – Triunfo de Pencroff – O Bonadventure – Primeira experiência ao sul da ilha – Documento inesperado 156

CAPÍTULO 13 Decide-se a partida – Hipótese – Preparativos – Os três passageiros – Primeira noite – Segunda noite – A ilha Tabor – Exploração na costa – Exploração na mata – Ninguém – Animais – Plantas – Uma habitação deserta 160

CAPÍTULO 14 Inventário – Durante a noite – Algumas letras – Continuam as buscas – Plantas e animais – Harbert corre um grande perigo – A bordo – Partida

293

– *Mau tempo – Clarão de instinto – Perdidos no mar – Uma fogueira que se acende de propósito* 163

CAPÍTULO 15 *Volta – Discussão – Cyrus Smith e o desconhecido – Porto Balão – A dedicação do engenheiro – Uma experiência comovente – Derramam-se algumas lágrimas!* 166

CAPÍTULO 16 *Um mistério a desvendar – Primeiras palavras do desconhecido – Terceira colheita – Um moinho de vento – A primeira farinha e o primeiro pão – Doze anos no ilhéu – Confissões involuntárias – Desaparecimento – Confiança de Cyrus – Um ato de dedicação – As mãos honradas* 168

CAPÍTULO 17 *Sempre afastado – Pedido do solitário – Constrói-se a granja no curral – Doze anos atrás – O contramestre do* Britânia *– Abandono na ilha Tabor – A mão de Cyrus – O documento misterioso* 171

CAPÍTULO 18 *Conversa – Cyrus Smith e Gedeon Spilett – Lembrança do engenheiro – O telégrafo elétrico – Os fios – A pilha – O alfabeto – A estação amena – Prosperidade da colônia – Fotografia – Um efeito de neve – Dois anos na ilha Lincoln* 176

CAPÍTULO 19 *Recordações da pátria – Probabilidades futuras – Projeto e reconhecimento das costas da ilha – Partida a 16 de abril – A península Serpentina vista do mar – Os basaltos da costa ocidental – Mau tempo – Chega a noite – Novo incidente* 179

CAPÍTULO 20 *A noite passada no mar – O golfo do Tubarão – Confidências – Preparativos para o inverno – Precocidade da estação invernosa – Grandes frios – Trabalhos – Seis meses depois – Um clichê fotográfico – Incidente inesperado* 182

TERCEIRA PARTE

O segredo da ilha

CAPÍTULO 1 *Perda ou salvação? – Chamam Ayrton – Discussão importante – Não era o* Duncan *– Embarcação suspeita – Precauções a tomar – O navio aproxima-se – Um tiro de peça – O brigue fundeia – À vista da ilha – Anoitecer* 187

CAPÍTULO 2 *Discussões – Pressentimentos – Uma proposta de Ayrton – Aceita-se Ayrton e Pencroff no ilhéu Grant – Degredados de Norfolk – Seus projetos – Tentativa heróica de Ayrton – Seu regresso – Seis contra cinquenta* 192

CAPÍTULO 3 *Levanta o nevoeiro – Disposições que o engenheiro toma – Três postos – Mais duas embarcações – No ilhéu – Desembarcam seis dos degredados – O brigue levanta ferros – Os projéteis do* Speedy *– Situação desesperadora – Inesperado desenlace* 196

CAPÍTULO 4 *Os colonos na praia – Ayrton e Pencroff tratam de colher salvados – Conversa ao almoço – Como Pencroff discorre sobre o caso – Inspeção minuciosa do casco do brigue – O paiol de pólvora intato – Novas riquezas – Últimos despojos – Um pedaço de cilindro partido* 201

CAPÍTULO 5 *Afirmativas do engenheiro – Hipóteses grandiosas de Pencroff – Os quatro projéteis – A propósito dos degredados que tinham escapado – Hesitação de*

294

Ayrton – Sentimentos generosos de Cyrus Smith – Pencroff rende-se contra a vontade 207

CAPÍTULO 6 Projetos de expedição – Ayrton no curral – Visita ao porto Balão – Reflexões que faz Pencroff a bordo do Bonadventure – Expede-se um telegrama para o curral – Ayrton não responde – Partida no dia seguinte – Por que não trabalha já o fio – Detonação 212

CAPÍTULO 7 O repórter e Pencroff no curral – Transporte de Harbert ferido – Desespero do marinheiro – Conferências médicas do repórter e do engenheiro – Tratamento que adotam – Começam-se a conceber algumas esperanças – Como se há de prevenir Nab? – Mensageiro seguro e fiel – Resposta de Nab 217

CAPÍTULO 8 Os degredados nas vizinhanças do curral – Instalação provisória – Continuação do tratamento de Harbert – Primeiras alegrias de Pencroff – Recordações do passado – O que o futuro reserva – Ideias de Cyrus a este respeito 221

CAPÍTULO 9 Nada de notícias de Nab! – Proposta de Pencroff e do repórter rejeitada – Surtidas de Spilett – Um farrapo de pano – Missiva – Partida súbita – Chegada ao planalto da Vista Grande 225

CAPÍTULO 10 Transporte de Harbert para o Palácio de Granito – Nab conta o que se passou – Visita de Cyrus ao planalto – Ruína e devastação – Acham-se os colonos desarmados perante a doença – A casca de salgueiro – Febre mortal – Top torna a ladrar 231

CAPÍTULO 11 Mistério inexplicável – Convalescença de Harbert – As partes da ilha não exploradas – Preparativos de partida – Primeiro dia – Primeira noite – Segundo dia – Os kauris – O casal de casuares – Pegadas na floresta – Chegada ao promontório do Réptil 238

CAPÍTULO 12 Exploração da península Serpentina – Acampamento junto da foz do rio da Queda – A seiscentos passos do curral – Reconhecimento realizado por Spilett e Pencroff – Regresso dos dois – Tudo para a frente! – Uma porta aberta – Uma janela iluminada – À luz da lua! 244

CAPÍTULO 13 Narração de Ayrton – Projetos dos seus antigos cúmplices – Instalação deles no curral – O justiceiro da ilha – O Bonadventure – Pesquisa em redor do monte Franklin – Os vales superiores – Ruídos subterrâneos – Uma boa réplica de Pencroff – No fundo da cratera – Regresso dos exploradores 248

CAPÍTULO 14 Já são passados três anos – O caso do novo navio – O que a tal respeito se resolve – Prosperidade da colônia – O estaleiro – Os frios do hemisfério austral – Pencroff resigna-se – Lavagem da roupa – O monte Franklin 254

CAPÍTULO 15 Desperta o vulcão – A estação amena – Recomeçam os trabalhos – A noite de 15 de outubro – Um telegrama – Um pedido – Uma resposta – Partida para o curral – A notícia – O fio suplementar – A costa de basalto – Na maré alta – Na maré baixa – A caverna – Luz deslumbrante 259

CAPÍTULO 16 O Capitão Nemo – As suas primeiras palavras – História de um herói da Independência – Ódio dos usurpadores – Seus companheiros – Vida submarina – Só – Último refúgio do Nautilus na ilha Lincoln – Gênio misterioso da ilha 266

CAPÍTULO 17 Horas derradeiras do Capitão Nemo – Últimas vontades do moribundo – Lembrança que lega aos seus amigos de um dia – Sepulcro do Capitão Nemo – Conselhos que dá aos colonos – Momento supremo – No fundo do mar 270

CAPÍTULO 18 Reflexões de cada um – Volta-se aos trabalhos de construção – 1º de janeiro de 1869 – Um pedaço de fumo no cume do vulcão – Primeiros sintomas de erupção – Ayrton e Cyrus vão ao curral – Exploração da cripta Dakkar – O que o Capitão Nemo dissera ao engenheiro 276

CAPÍTULO 19 O engenheiro dá conta da exploração que fez – Apressam-se os trabalhos de construção do barco – Última visita ao curral – Luta do fogo com a água – O que resta à superfície da ilha – Os colonos decidem-se a lançar o navio ao mar – A noite de 8 para 9 de março 283

CAPÍTULO 20 Um rochedo isolado no Pacífico – O último refúgio dos colonos na ilha Lincoln – A morte em perspectiva – O socorro inesperado – Por que e como vem ele – O último benefício – Uma ilha em terra firme – O sepulcro do Capitão Nemo 287